W0183841

GOLDM

Von Mary Scott
liegen als Goldmann-Taschenbücher außerdem vor:

Das waren schöne Zeiten. Mary Scott
erzählt aus ihrem Leben (2782)
Es ist ja so einfach. Heiterer Roman (1904)
Es tut sich was im Paradies. Heiterer Roman (730)
Fremde Gäste. Heiterer Roman (3866)
Fröhliche Ferien am Meer. Heiterer Roman (3361)
Frühstück um Sechs. Heiterer Roman (1310)
Geliebtes Landleben. Heiterer Roman (3705)
Hilfe, ich bin berühmt! Heiterer Roman (3455)
Das Jahr auf dem Lande. Heiterer Roman (3882)
Ja, Liebling. Heiterer Roman (2740)
Kopf hoch, Freddie! Heiterer Roman (3390)
Macht nichts, Darling. Heiterer Roman (2589)
Mittagessen Nebensache. Heiterer Roman (1636)
Na endlich, Liebling. Heiterer Roman (3913)
Oh, diese Verwandtschaft! Heiterer Roman (3663)
Onkel ist der Beste. Heiterer Roman (3373)
Das Teehaus im Grünen. Heiterer Roman (3758)
Tee und Toast. Heiterer Roman (1718)
Truthahn um Zwölf. Heiterer Roman (2452)
Übernachtung – Frühstück ausgeschlossen. Heiterer Roman (6316)
Und abends etwas Liebe. Heiterer Roman (2377)
Verlieb dich nie in einen Tierarzt. Heiterer Roman (3516)
Wann heiraten wir, Freddie? Heiterer Roman (2421)
Zärtliche Wildnis. Heiterer Roman (3677)
Zum Weißen Elefanten. Heiterer Roman (2381)

Von Mary Scott und Joyce West
sind als Goldmann-Taschenbücher erschienen:

Das Geheimnis der Mangroven-Bucht. Roman (3354)
Lauter reizende Menschen. Roman (1465)
Das Rätsel der Hibiskus-Brosche. Roman (3492)
Tod auf der Koppel. Roman (3419)
Der Tote im Kofferraum. Roman (3369)

MARY Scott

Flitterwochen

Heiterer Roman

GOLDMANN VERLAG

Ungekürzte Ausgabe

Aus dem Englischen von Helga Krauss
Titel der Originalausgabe: The Long Honeymoon

Der Goldmann Verlag
ist ein Unternehmen der Verlagsgruppe Bertelsmann

Made in Germany · 8. Auflage · 11/88
© der deutschsprachigen Ausgabe 1970
beim Wilhelm Goldmann Verlag, München
Umschlagentwurf: Design Team München
Umschlagfoto: The Image Bank, München
Druck: Elsnerdruck, Berlin
Verlagsnummer: 3482
MV · Herstellung: Harry Heiß/Voi
ISBN 3-442-03482-5

1

Lautes Klirren von zerbrechendem Glas, schrilles Lachen über dem allgemeinen Getöse. Ein Mann bahnte sich seinen Weg durch die Menge, angestrengt bemüht, vier Cocktailgläser im Gleichgewicht zu halten. Jemand stieß ihn an, und eins kippte um. Lee tupfte schnell ihren Rock ab und stimmte entschlossen in die allgemeine Fröhlichkeit ein. Irgendwo kreischte ein Mädchen einen Witz in die Gegend, und eine Gruppe wogte vorwärts. Eine Stimme an Lees Ellenbogen sagte ganz leise: »Verdammt!« Schnell drehte sie sich um und sah einen großen jungen Mann, den die allgemeine Bewegung in ihre Nähe getrieben hatte. Wie Strandgut, das von der Flut angeschwemmt wird, dachte sie.

Er klammerte sich verzweifelt an sein Glas, balancierte in der anderen Hand eines von diesen verlockenden und ausgesprochen unbefriedigenden Appetithäppchen, und irgendwie war es ihm gelungen, seinen Cocktail nicht in Lees Ausschnitt zu schwappen. Sie lächelte ihn dankbar an, wobei sie fand, daß er in dieser gemischten Gesellschaft gelangweilt und fehl am Platz aussah.

Verstohlen ließ er das Appetithäppchen in die nächste Vase fallen, zog sein Taschentuch heraus, um sich die Stirn abzuwischen, und grinste dann zu ihr hinunter.

»Das wäre ich los. Lieber Himmel, warum tun sie das nur?«

»Was denn?«

»Solche Parties geben oder hingehen. Bei der Fütterung im Zoo ist es viel gemütlicher.«

»Eine Tränkung ist auch nicht schlecht. Mögen Sie keine Parties?«

»Natürlich nicht. Wer mag das schon?«

»Warum gehen Sie dann hin?«

»Weil meine Kusine, Sally Curtis, sich so angestellt hat.

Alles hinge nur von mir ab, und sie hätte sich schon seit Ewigkeiten darauf gefreut. Sie kennen ja diese Leier.«

Lee lachte. »Ich kenne Sally. Wohnen Sie bei der Familie?«

In diesem Augenblick wurde er von zwei Mädchen und einem Mann von ihrer Seite getrieben. Der Mann trat schwerfällig auf Lees Fuß, aber sie lachte heldenhaft und sagte: »Oh, macht nichts. Alles in Ordnung. Hat überhaupt nicht weh getan. Wirklich«. Und dann gingen sie weiter, während sie sich ihren schmerzenden Spann rieb.

Jetzt kämpfte sich der junge Mann zurück und setzte die Unterhaltung fort, als hätte es keine Unterbrechung gegeben. »Ja, ich wohne ein oder zwei Wochen hier, während ich mir eine andere Stellung suche.«

Sie wollte ihn gerade fragen, was für einen Beruf er habe, als sie ebenso plötzlich getrennt wurden, wie sie sich gefunden hatten.

»Lee, mein Schatz. Du mußt unbedingt Justin kennenlernen.«

Ihre Gastgeberin, die zwar erhitzt und zerzaust, aber ausgesprochen fröhlich aussah, kämpfte sich durch die Menge zu ihr hin. Im gleichen Augenblick segelte Sally, ein schwankendes Glas in der einen und eine Zigarette in der anderen Hand, auf ihren Vetter zu.

»Andrew, mein Schatz, du mußt das herrlichste Mädchen der Welt kennenlernen. Komm mit.«

Nur unter hartnäckigen Bemühungen fand Andrew Marsden Lee wieder. Sie sah, wie er sich schwerfällig von dem herrlichen Mädchen losmachte, und sofort, ohne die geringsten Gewissensbisse brachte sie es fertig, Justin abzuschütteln. Andrew bahnte sich rücksichtslos einen Weg durch die kämpfende Menschenmenge, sein Glas hoch erhoben, die Augen fest auf sie geheftet, damit sie nicht wage, noch einmal zu verschwinden.

Als er sie erreichte, fuhr er unbeirrt fort. »Mein Beruf? Ich bin Farmer. Sehe ich nicht so aus? Komm mal her, alter Freund«, sagte er zu einem fröhlichen Jungen, der auf die Tür zuging, wobei er eine Zigarette wie ein Schwert vor sich hertrug.

»Tut mir leid, ich muß gehen. Verdammt schwer, sich einen

Weg zu bahnen«, sagte der junge Mann, und im Vorbeigehen brannte er Andrew ein Loch in den Ärmel. Er seufzte, als er es betrachtete, und fuhr fort: »Ich glaube, Ihnen gefallen diese Parties auch nicht so richtig. Irgendwie sind Sie kein Partytyp.«

Das kleine dunkelhaarige Mädchen mit den erstaunlich dunkelblauen Augen lachte, und plötzlich streifte sie ihre gespielte Geziertheit ab und flüsterte: »Nicht so richtig. Ich würde viel lieber ausreiten, Sie nicht?«

Das, so konnte Andrew später erklären, gab den Ausschlag. Eifrig sagte er: »Da können Sie sicher sein. So ein schöner Galopp über die Hügel oder am Sandstrand entlang.«

Ihre wirklich schönen Augen leuchteten auf. »Einfach himmlisch, und ich habe es nur in den Ferien getan.« Dann, mit einiger Selbstbeherrschung, zu einem großen, offensichtlich angetrunkenen Mann, der in einem geistesabwesenden Moment ihren dunklen Kopf mit einem Aschenbecher verwechselt hatte: »Oh, entschuldigen Sie sich nicht. Es ist ja nur Asche. Kann man nichts machen.«

Sie schüttelte die Asche von ihrem Haar, und einen Augenblick lang sah Andrew verärgert aus. Dann lachte er: »Asche in Ihrem Haar. Ein Fuß gequetscht. Stundenlanges Stehen. Einer schubst den anderen herum. Man schreit Leuten, die man noch nie zuvor gesehen hat und nie wieder zu sehen hofft, verrückte Bemerkungen zu. Und dabei gibt es die ganze Zeit Pferde und Hügel und ... «

Er wurde von einer sehr dünnen schwarzäugigen Frau unterbrochen, die ihr hageres Gesicht dem seinen entgegenstreckte und unglaublicherweise fragte: »Wann haben Sie Geburtstag?«

Andrew sah überrascht aus, aber er antwortete nachsichtig: »Am 31. Juli. Warum?«

Sie verzog triumphierend das Gesicht. »Leo. Ich wußte es. Ich fühlte, daß Sie ein Leo sind. Großartig. Die Welt steht Ihnen offen.«

Er sah etwas verstört aus und stammelte: »Wie bitte?«, aber sie war verschwunden, und Lee lachte laut auf. »Sie ist nicht verrückt. Sie ist von den Sternen besessen. Das ist alles. Wissen Sie – sie liest Ihr Schicksal in den Sternen, je nach dem Planeten, unter dem Sie geboren wurden. Leo ist ein ungeheures Kompliment.«

»Wirklich? Sie hat mich erschreckt. Diese großen Augen nur ungefähr drei Zentimeter von meiner Nase entfernt. Kommen Sie, wir stellen uns in diese Ecke. Da ist etwas weniger los. Mein Gott – « denn in diesem Augenblick kam ein melancholischer junger Mann auf sie zu und sagte feierlich und sehr traurig: »Eigenartig. Irgend etwas ist mit mir los. Immer wenn ich auf eine Party gehe, läuft alles schief. Peng. Einfach so. Irgendwas stimmt nicht mit mir. So etwas wie ein Fluch.«

Der Ausdruck seiner Augen war tragisch, und er sah aus, als wollte er im nächsten Augenblick in Tränen ausbrechen. Er blickte Lee sehnsüchtig ins Gesicht, fand es jedoch offensichtlich enttäuschend, denn er schüttelte verzweifelt den Kopf und ließ sich weitertreiben.

Lees und Andrews Blicke trafen sich, und beide lachten. »Kennen Sie ihn?« fragte Andrew.

»Natürlich nicht. Habe keine Ahnung.«

»Armer Kerl. Morgen früh wird er noch trauriger sein. Aber sehen Sie, was ich meine. Mit niemandem kann man hier vernünftig reden und . . .«

»Danke. Nett gesagt.« Ihre Augen blitzten herausfordernd.

»Wenn Sie mich meinen Satz vielleicht beenden ließen«, fuhr er fort und versperrte gleichzeitig einem rundgesichtigen Jungen, der einen unsteten Kurs auf Lee steuerte, den Weg. »Verflucht. Er hat seine Zigarette in mein Glas fallen lassen. Gut, daß diese Vase hier steht.«

Er schüttete sein Getränk schnell hinein und fuhr fort: »Ich wollte nur sagen, wenn Sie jemanden treffen, mit dem Sie reden möchten, ist es das einzig Wahre . . . «

Lee mußte sich weiter fragen, was das einzig Wahre sein mochte, denn in diesem Augenblick kämpfte sich Sally erneut zu ihnen durch und stürzte sich auf ihren Vetter.

»Warum versteckst du dich in dieser Ecke? Wir sind auf einer Party. Du kannst Dich nicht einfach zurückziehen. Du mußt dich unter die anderen mischen, dich nicht nur mit Lee verschwören. Kommt mal beide mit. Lee, sieh dir mal den großen

Mann mit der Hornbrille an. Ich bin sicher, daß er dir gefallen wird ...«

Drei Tage später sah sie Andrew wieder. Und zwar bei einer ganz unerwarteten Gelegenheit, bei einer Lesung von *Warten auf Godot.* Er saß neben Sally, die alles, was mit Schauspiel zu tun hatte, einfach anbetete, und sein Gesichtsausdruck war leicht verwirrt und sehr geduldig. Seine Miene leuchtete auf, als er sie erblickte, und später gelang es ihnen, mit einem kleinen diskreten Trick beiderseits, zusammenzufinden. Als dann die Zuhörer aus der Halle strömten, brachte er es geschickt fertig, sie von der übrigen Gesellschaft zu lösen.

»Puh! Das war genug Bildung für einen Abend. Sally ist versessen auf Theaterstücke.«

»Sie ist eine erstklassige Schauspielerin.«

»Mag sein, aber sagen Sie mir doch, warum hält man Ausspucken für intellektuell?«

Sie lachte und sagte: »Vielleicht erzählen Sie mir lieber, welchen großen Gedanken Sie mir neulich abends darlegen wollten, als Sally dazwischenplatzte.«

»Einen sehr guten – nämlich, daß wir diese verflixte Party hätten verlassen sollen, um uns woanders vernünftig zu unterhalten. Sally hat alles verdorben, weil sie mich dieser dummen Frau vorstellte, die in die Sterne vernarrt ist. Sie erzählte den größten Blödsinn über Horoskope, und ich konnte sie nicht loswerden. Aber wir haben ja noch den heutigen Abend. Was meinen Sie?«

Während sie in einem ruhigen Restaurant gemütlich Kaffee tranken, erfuhren sie allmählich alles übereinander.

Andrew Marsden war dreißig, einziger Sohn, dessen Eltern sich augenblicklich auf einer Seereise befanden. Sie wollten, daß er Buchhalter wurde, wie sein Vater.

»Aber ich nicht. Ich wollte immer Farmer werden, und ich habe angefangen, als ich achtzehn war, und bis jetzt bereue ich es nicht. Erst Schafe hüten, dann Bewirtschaftung in den letzten fünf Jahren. Ich habe gespart, und als mein Vater schließlich merkte, daß es mir ernst war, hat der gute Alte nachgegeben und schließlich zu meinem Gesparten noch etwas dazugelegt. Alles in allem ist es nicht viel, aber es genügt, um einen kleinen eigenen Hof zu kaufen. Natürlich etwas ganz Bescheidenes.«

Lee Connor, entdeckte er, war zweiundzwanzig, sie lebte bei ihrer Mutter und ihrem Stiefvater und hatte die Universität besucht. »Eigentlich weiß ich nicht genau warum, es gingen eben viele von meinen Freunden hin, und ich hatte etwas zu tun. Aber ich bin nicht klug, und bin einmal durchgefallen, und schließlich habe ich mit Hangen und Bangen noch das Examen geschafft.«

Jetzt schwankte sie, ob sie eine Stelle suchen oder das Angebot ihres Stiefvaters, eine Überseereise zu machen, annehmen sollte.

Andrew schluckte und sagte dann mit ungeheurer Überwindung: »Etwas Schöneres als Reisen gibt es nicht. Das werde ich mir auch eines Tages leisten, wenn ich mein Glück gemacht habe.« Dann lachte er und fügte ziemlich traurig hinzu: »Aber das wird auf der Farm, die ich kaufen werde, lange dauern.«

»Was für eine Farm ist es denn?«

»Nur Weideland. Gemischte Schafzucht und Rindvieh, denn davon verstehe ich was. Natürlich könnte man aus einer Milchfarm mehr herausholen, aber ich möchte lieber den anderen Hof. Er muß ziemlich abgelegen sein, das ist billiger. Ich wäre gern nahe am Meer. Nur Hügel und Büsche und Strand.«

Lee, die sich ihr ganzes Leben lang immer nach dem Hinterland gesehnt hatte, aber gar nichts darüber wußte, blickte gefühlvoll. »Meer und Hügel und viele, viele Tiere. Wissen Sie, Andrew, ich reite unheimlich gerne, aber ich habe noch nie ein Pony gehabt. Nicht einmal einen Schoßhund. Bernard mag Tiere nicht. Oh, wie herrlich das klingt mit Ihrem Hof«, und in ihren blauen Augen lag eine Verträumtheit, der kein junger Farmer widerstehen konnte.

Eine Woche später waren sie verlobt.

»Jetzt muß ich sofort anfangen und einen Hof suchen«, sagte Andrew und blieb weiter bei seiner Tante, Louisa Curtis, denn er war von Lees irischen Augen, ihrer lustigen kleinen Stupsnase und ihrer Art, wie sie über alles lachte, völlig verzaubert.

»Lieber Himmel, ich kann mein Glück gar nicht fassen«, sagte er zu Sally, die ihm zustimmte, obwohl sie bei sich dachte, daß auch Lee Glück hatte, denn sie mochte ihren gutaussehenden, ruhigen Vetter gerne.

»Lee ist sehr beliebt«, erzählte sie ihm. »Stell Dir nur einmal vor, ich hätte dich nicht überredet, zu dieser Party zu gehen – und dabei konntest du dich gar nicht mit dem Gedanken anfreunden.«

Der Gedanke, wegzugehen, schreckte ihn und erfüllte ihn mit Widerwillen, es könnte ja ein blendend aussehender junger Mann auftauchen und Lee beweisen, wie dumm sie gewesen war. Trotz ihres ganzen törichten Verhaltens konnte er nicht glauben, daß Lee genauso verliebt war wie er.

»Lee.« Er wiederholte den Namen nachdenklich und fragte: »Warum hat man dich so genannt? Ein eigenartiger Name, aber er paßt zu dir.«

Sie guckte ganz geheimnisvoll. »Jetzt kommt die schreckliche Wahrheit. Nur die Familie kennt sie, aber du mußt sie natürlich auch erfahren, weil du mich heiratest. Und dann kommt der Hochzeitsgottesdienst, wenn auch der Archidiakonus ein Lamm ist, und ich ihm das Versprechen abnehmen werde, möglichst undeutlich zu sprechen, und selber werde ich nur flüstern, wenn ich dran bin . . . «

»Würdest du mir vielleicht sagen, von was du da redest?« fragte er, wobei er völlig berauscht auf das dunkle, lebhafte Gesicht herunterblickte.

»Mein Name, Liebling. Du würdest ihn nie erraten. Schrecklich, manchmal bin ich so wütend auf Mutter, aber dann denke ich wieder daran, daß sie in höheren Sphären schwebt, und muß lachen. Siehst du, bevor ich geboren wurde, schwärmte sie fürs Ballett – das tut sie übrigens auch jetzt noch. Außerdem meinte sie wohl, ich würde einmal so werden wie sie, groß und blond und schön. Und deshalb nannte sie mich Leda. Mich! Na, wie findest du das?«

Er lachte. »Und du bist so dunkel geworden wie eine kleine Zigeunerin, bis auf deine Augen. Aber trotzdem, ich mag dich lieber so, wie du bist.«

»Gott sei Dank, denn ich habe mir immer sehnsüchtig gewünscht, wie Mutter zu sein, und niemand hätte je gedacht, daß sie etwas mit mir zu tun hat. Ich glaube, es kommt von Vaters Seite, aber ich mag dir gar nicht erzählen, wie oft ich gefragt wurde, ob italienisches Blut in meinen Adern fließt, ganz zu schweigen von den Leuten, die mich beschwichtigen wollten und sagten: ›Meine Liebe, ich habe überhaupt keine rassischen Vorurteile. Ich liebe die Maoris.‹ Ich muß für Mutter eine große Enttäuschung gewesen sein, aber schließlich hat sie gesehen, daß Leda völlig hoffnungslos war, und so hat sie das Bestmögliche getan, indem sie Lee daraus machte und niemandem erzählte, daß es eigentlich Leda heißen sollte.«

Er hatte noch nie einen so fröhlichen Menschen kennengelernt und malte sich das Leben auf der Farm aus, allein mit ihr. Nur sie beide ganz allein an irgendeinem stillen Ort. An diesem Punkt der Überlegungen riß er sich zusammen und begann, die Verkaufsangebote von Farmen sorgfältig zu prüfen. Dann besuchte er jeden Bodenmakler in der Stadt und erklärte schließlich Lee: »Ich habe von einer Farm gehört. Nichts Gutes, glaube ich. Trotzdem, ich will lieber hinfahren und mir die Sache ansehen.«

»Oh, wie herrlich. Ich glaube, es wird genau die Farm sein, die wir uns wünschen. Ja, du brauchst nicht zu lachen. Ich habe so ein gewisses Gefühl – und Menschen mit irischem Blut haben immer einen sechsten Sinn.«

Er sah sehr beeindruckt aus, wußte damals aber nicht, daß Lees Freunde ihre Gefühle insgeheim sehr hilfreich fanden, einfach, weil meistens genau das Gegenteil eintrat.

Dieses eine Mal hatte sie jedoch recht. Andrew kehrte nach vier Tagen zurück, eifrig bemüht, seine Erregung zu beherrschen.

»Erzähl mir sofort alles darüber«, befahl Lee. »Oh ich wußte, daß es die richtige Farm sein würde. Ich habe es dir gleich gesagt. Du hast sie gefunden, unsere Farm.«

Er schüttelte den Kopf, fest entschlossen, kühl und ruhig zu bleiben. Ich glaube kaum, daß du sie magst. Es wäre dir zu einsam. Es ist wirklich tiefstes Hinterland, und denk einmal daran, wie du aufgewachsen bist. Natürlich ist es gutes Land, und billig, aber das genügt nicht.«

»Aber bestimmt, ganz bestimmt. Es ist großartig. Und das Hinterland, pah! Dort wollte ich schon immer leben, und außerdem ist es heute nicht mehr so trostlos. Wenn man dich hört, könnte man glauben, wir lebten vor fünfzig Jahren.«

»So ist es auch leider. Ich meine, du hast noch nie etwas Ähnliches gesehen. Keine geteerten Straßen. Kein Strom. Ein ganz sonderliches, ausgefallenes altes Haus und kaum Nachbarn. Es wäre nicht recht. Ich kann mir dich dort nicht vorstellen.«

Das weckte in Lee den ganzen harten kämpferischen Geist, den sie insgeheim zu besitzen glaubte.

»Andrew, was für ein ausgemachter Quatsch. Wieso, meine Großmutter ... «

»Ich weiß. Meine auch. Die meisten unserer Urgroßmütter ebenfalls. Aber wir nicht. Und das liegt lange Zeit zurück. Heute sind die Menschen anders.«

»Rede nicht wie ein altmodischer Spießer. Du bist zu verhätschelt. Das ganze bequeme Leben. Das ist nichts für die Jugend von heute. Liebling, sei doch nicht albern. Sieh den Tatsachen ins Auge. Wenn wir die Farm nehmen, können wir morgen verheiratet sein. Du weißt ganz genau, daß es die einzige ist, die ungefähr dem entspricht, was du zahlen kannst. Wenn wir keine Farm bekommen können, mußt du wieder als Verwalter arbeiten, und du hast selbst gesagt, daß das zu nichts führt.«

»Tut es auch nicht, aber wir könnten genauso schnell verheiratet sein, und du hättest ein normales Leben, in der Nähe der Stadt und mit genug Geld, um ein Auto zu kaufen. Ich habe heute einen Brief bekommen, in dem mir eine anständige Stelle als Verwalter angeboten wird.«

»Dann antworte und sage ab. Ich möchte kein normales Leben. Ich möchte etwas, was uns gehört, etwas Ausgefallenes. Und was ist denn schon ein Auto? Jeder hat großartige Autos. Es macht viel mehr Spaß, ein altes zu haben. Außerdem, wenn das Auto nicht mehr geht, sind immer noch Pferde da. Du weißt, ich liebe Pferde.«

Andrew lachte: »Pferde nach dem Jahre 1970? Wenn du etwas Ausgefallenes willst, das hättest du bestimmt. Aber es scheint mir nicht richtig, dich dorthin zu verpflanzen. Freilich, wenn wir morgen verheiratet sein könnten ... Könntest du wirklich mit einer Hinterlandfarm zufrieden sein?«

Lee versicherte ihm auf die überzeugendste Weise, daß sie damit zufrieden sein könnte und würde, aber dann erklärte sie etwas hastig, daß sie mit morgen mindestens zwei Monate gemeint habe. »Du weißt, was eine Hochzeit für Mutter bedeutet, obwohl ich alles versuchen werde, um sie zu überzeugen, daß große Hochzeiten altmodisch sind. Aber es wird nur zwei Monate dauern, dann kann ich kommen und mir die Farm ansehen, bevor wir heiraten. Mach also die Hypothek fest und zahle etwas an – das heißt, wenn du sicher bist, daß du es auch willst.«

»Wollen? Zum Teufel noch mal, und ob ich es will«, fluchte Andrew, ohne zu überlegen. »Aber warum zwei Monate? Wenn es um die Aussteuer geht, das ist unwichtig.«

Lee dachte anders und ihre Mutter auch. Mrs. Lovett erhob sofort Einspruch gegen den Plan, daß Lee überstürzt eine Farm besichtigen sollte, wo sie dann jahrelang leben würde. »Nein, Lee, wir müssen uns Zeit lassen. Du weißt, wie die Schneider sind, und die Aussteuer muß erstklassig sein. Warum nicht? Bernard kann es sich leisten.«

Bernard Lovett war Lees Stiefvater. Ihr eigener Vater war gestorben, als sie drei Jahre alt war, und es war selbstverständlich, daß ihre schöne Mutter wieder heiratete. Bernard war ein gütiger und großzügiger Stiefvater gewesen. Er hatte sie auf eine gute Schule geschickt und dann auf die Universität. »Wenn du es möchtest, Kleines, obwohl ich nicht weiß, was ein hübsches kleines Mädchen wie du mit dem hochgeistigen Zeug will ... Aber du sollst es haben. Ich bin nicht arm, und du bist meine einzige Tochter.«

Der gute Bernard, immer gab er ihr das Gefühl, daß sie die Rechte einer richtigen Tochter hatte. Er war zunächst völlig außer sich gewesen, als es ihr einfiel, sich in einen jungen Mann zu verlieben, der fast so arm war wie sie selbst. Aber seine Frau hatte ruhig gesagt: »Es hat keinen Zweck, es zu verhindern, mein Schatz. Es ist ein netter junger Mann, und er ist unheimlich verliebt, und sie auch.«

»Trotzdem kein Geld«, brummte Bernard, dem viel am Geld und viel an Lee lag. »Sie könnte eine viel bessere Partie machen.«

»Da bin ich nicht so sicher«, sagte Angela in einem ihrer erstaunlich praktischen und realistischen Augenblicke, die ihren verliebten Mann immer wieder aus der Fassung brachten. »Lee ist nicht besonders hübsch. Es sind nur ihre Augen und ihr lokkiges Haar. Sie ist das, was die Leute temperamentvoll nennen, aber sie ist nicht schön«, sagte Mrs. Lovett, die so schön war, daß sie sich nie hatte bemühen müssen, temperamentvoll zu sein.

»Aber sie ist beliebt. Hunderte von diesen Unifreunden hätte sie haben können.«

»Ja, aber was das Studium betrifft, hat sie nicht gerade geglänzt. Lee ist alles andere als hochgeistig.«

»Gott sei Dank«, erklärte Bernard, der hochgeistige Frauen haßte und die Unbefangenheit seiner Frau und die Fröhlichkeit seiner Stieftochter liebte.

»Aber es ist schade, daß das Mädchen ausgerechnet einen Farmer heiratet.«

»Oh, ich weiß nicht, mein Schatz. Lee ist ganz vernarrt in Tiere, und sie reitet für ihr Leben gern. Ich glaube, das ist wieder das irische Blut. Aber jetzt zur Hochzeit ... «

Bernard interessierte sich nicht sonderlich für die Hochzeit. »Oh, mach damit, was du willst. Mach von mir aus eine Märchenhochzeit, aber so was ist Frauensache. Was mich viel mehr bekümmert, ist diese verfluchte Farm. Marsden gibt zu, daß es Hinterland ist. Ich kann nicht verstehen, was ihn bewogen hat, die Farm in Betracht zu ziehen. Es hätte mir nichts ausgemacht, ein paar Tausend vorzustrecken, aber der Junge ist so verdammt selbständig. Und Lee sagt, daß sie das Hinterland liebt. Das kleine Dummerchen, ich dachte, diese ganze Abenteuerlust wäre ein für allemal ausgestorben.«

»Aber es klingt romantisch, Liebling, das Meer und der Wald

und all das ... Glaubst du vielleicht, ein großes Offizierszelt bedeutet die Welt?«

»Um ehrlich zu sein, der Junge ist ein Optimist. Er scheint nicht zu merken, daß Lee an Landleben und Einsamkeit nicht gewöhnt ist.«

»Oh, darüber würde ich mir keine Sorgen machen. Sie wird mit einer Horde Tiere – wahrscheinlich die Hälfte davon im Haus – überglücklich sein. Du weißt, daß sie ihre ganzen Ferien in irgendeinem Stall oder sogar auf einer Farm verbracht hat. Lee hat soviel vom irischen Blut ihres Vaters, daß sie nie etwas richtig ernst nehmen wird.«

»Genau das befürchte ich«, antwortete ihr Mann bissig und lehnte es entschieden ab, darüber zu diskutieren, ob es besser wäre, vier Brautjungfern zu haben oder zwei und dazu zwei Blumenmädchen.

Er sprach Andrew noch einmal darauf an, als sie alleine waren. »Hinterland, sagen Sie? Was für eine Art Platz ist es denn? Wie weit bis zu einer anständigen Stadt?«

Andrew wich der letzten Frage aus, indem er die erste beantwortete. »Es ist gutes, gesundes Land. Ein guter Hügelboden, der das Gras hält. Natürlich ist alles etwas verwildert. Der alte Mann, der es bebaut hat, hat sich nicht viel darum gekümmert; jetzt möchte er es loswerden und gibt es deshalb verdammt billig her. Zum Kaufen ist jetzt die richtige Zeit, bei der unsicheren Marktlage. Mein Geld reicht für das Vieh und für den größten Teil des Landes. Was fehlt, will er als Hypothek stehenlassen.«

Bernard sah niedergeschlagen aus. Der Junge redete viel zu leichtfertig von einer Hypothek. Es klang, als würde er ziemlichen Schiffbruch erleiden. Lee und dieser Mann würden ein unbeholfenes Paar abgeben.

»Ich wünschte, ich hätte Zeit, es mir anzusehen«, sagte er. »Wo ist die nächste Stadt?«

Andrew saß in der Klemme. »Tja, ungefähr zehn Meilen weit ist ein Dorf an der Küste. Bis zur nächsten richtigen Stadt ist es schon eine ziemliche Entfernung, und die Straße ist nicht sehr gut. Ich habe mich schon gefragt, ob es für Lee nicht zu abgelegen wäre, aber ... «

In diesem peinlichen Augenblick kam Lee herein und setzte sich bei ihrem Stiefvater auf die Sessellehne.

»Aber, mein Bester, mach doch kein so böses Gesicht. Es ist überhaupt nicht zu abgelegen für Lee. Es wird mir ungeheuren Spaß machen. Wir möchten keine Besucher. Wir möchten ruhig leben, für uns alleine – natürlich abgesehen von dir und Mutter und Andrews Familie, wenn sie wieder da sind. Du siehst, wenn wir so ein einsames Leben führen, können wir vom Land leben und sparen und es uns leisten, die Kinder auf gute Schulen zu schicken. Aber Ihr müßt bestimmt kommen und bleiben, auch wenn ihr es mit Andrew und mir allein vielleicht etwas langweilig findet.«

Später, viel später sollte Andrew sie einmal an diese Worte erinnern.

Bernard ließ sich besänftigen, und Andrews gute Laune kehrte sofort zurück. »Es ist wirklich ganz hübsch dort«, sagte er bescheiden. »Ungefähr siebenhundert Morgen Land, auf der einen Seite eine Bucht, auf der anderen das offene Meer. Gutes sauberes Land, braucht nur eine Kopfdüngung, und ...« Er sprach weiter über das Land, und Bernard wurde etwas zuversichtlicher. Als sie allein waren, sagte Andrew zu Lee: »Ich wollte ihm nicht zuviel von dem Haus erzählen. Es ist ein seltsames altes Ding, und es wird ihm einen Schrecken einjagen, wenn er uns besuchen kommt.«

»Oh, aber das wird noch Ewigkeiten dauern. Wenn man jung verheiratet ist, kommt keiner.«

»Hoffentlich nicht. Natürlich sind Zimmer genug da. Es sieht gerade so aus, als hätten sie jedesmal eines drangeklebt, wenn ein Baby unterwegs war. Die Parsons waren eine ziemlich kinderreiche Familie, weißt du, aber sie sind alle erwachsen und schon lange verheiratet, und nach dem Tode seiner Frau bewohnte er nur noch drei Zimmer. Alles muß neu gerichtet werden.«

»Das werden wir zusammen machen«, sagte Lee mit leuchtenden Augen. »Oh, ich möchte es so gerne sehen, und ich finde es einfach nicht nett von Mutter, daß sie sich so anstellt, weil ich weggehe. Ich weiß, daß ihr soviel an der Aussteuer liegt, aber mir ist das wirklich ziemlich egal. Ich möchte die Farm sehen und die Tiere. Erzähl mir doch bitte von ihnen. Du hast gesagt, du würdest seine Pferde kaufen ... «

Sobald der Vertrag unterschrieben war, begab sich Andrew auf die Farm, um dort bis zur Hochzeit zu bleiben. »Ich muß die Farm richtig übernehmen, weißt du. Sie scheren zweimal im Jahr, und sie wollen jeden Tag damit anfangen. Dann werfen die Schafe Mitte September. Es ist eine unglückliche Zeit, um eine Farm in andere Hände zu geben, aber Gott sei Dank kann Parsons bleiben, bis wir von unserer Hochzeitsreise zurück sind, er wird also auf alles noch ein Auge haben. Inzwischen werde ich, wenn ich nur ein bißchen Zeit übrig habe, das Haus sauber machen.«

»Oh, warum kann ich nicht mitkommen? Mutter, könntest du mich nicht für ein paar Tage entbehren? Es macht mich wahnsinnig, daß ich nicht einmal weiß, wie unser zukünftiges Heim aussehen wird. Ich könnte mit Andrew fahren und mir alles ansehen. Ich brenne einfach darauf.«

Aber Mrs. Lovett brummte nur irgend etwas Unbestimmtes über diese modernen Sitten und meinte dann, sie wünsche, Lee würde sich endlich über die Länge ihrer Schleppe klar werden. Als Lee noch einmal in sie drang, erklärte sie in einem für sie ziemlich scharfen Ton: »An diesen Ort am Ende der Welt gehen? Was für ein Unsinn. Also Lee, ein für allemal, wegen des Schleiers ... «

Es war eine sehr große Hochzeit. Andrew ließ sie ruhig über sich ergehen und Lee genoß sie. Alle ihre Freunde von der Universität waren gekommen, und es gab viel Lärm und Gelächter. Sally war die erste Brautjungfer, und ihr warf Lee den Blumenstrauß zu, als sie zum Umziehen nach oben rannte. »Du heiratest als nächste«, rief sie und hielt dann erstaunt inne.

Denn dieses eine Mal hatte Sally ausnahmsweise nicht mitgespielt. Sie hatte sich nicht im geringsten bemüht, den Strauß zu fangen. Statt dessen trat sie schnell zurück, so daß die Blumen der zweiten Brautjungfer zu Füßen fielen, die sie unter allgemeinem Gelächter aufhob. Aber einen Augenblick lang stimmte Sally nicht mit ein, und das erstaunte Lee. War es möglich, daß sich ihr lustiges lebhaftes Gesicht plötzlich verfinsterte und ihre großen Augen traurig wurden?

Lee dachte darüber nach, als sie nach oben ging. Natürlich würde Sally als nächste heiraten, viel eher als die zweite Brautjungfer, die ein nettes sanftes Mädchen mit guten Manieren war. Sally war weder immer nett noch sanft, und ihre Mutter klagte immer über ihre Manieren, aber sie war faszinierend und beliebt, und obwohl sie absolut nicht schön war, hatte sie ständig irgendeinen ansehnlichen Mann im Schlepptau. Warum dann dieser Blick?

Viel später, als das Brautpaar endlich glücklich allein war und in dem ungeheuer alten Auto, der gelungensten und köstlichsten Attraktion des ganzen Festes, aus der Stadt hinausfuhr, dachte Lee wieder an Sallys Gesicht und sagte zu Andrew: »War das nicht eigenartig mit Sally und dem Brautstrauß? Hast du bemerkt, daß sie ziemlich traurig aussah?«

»Kann ich mir nicht vorstellen. Sally sieht nie traurig aus.«

»Hat sie aber. Denk einmal nach, warum Sally nicht verheiratet ist. Sie ist fünfundzwanzig und unheimlich attraktiv.«

Aber Andrew interessierte sich nicht für Sally. Er sagte gleichgültig: »Wahrscheinlich will sie nicht. Es ging einmal das Gerücht von einer Verlobung, als sie den Hauswirtschaftskurs in Dunedin machte. Habe nie etwas Genaues erfahren. Ein Streit oder so ähnlich. Oder ist der Junge gestorben?« Dann fuhr er ohne jegliches Mitgefühl für seine Kusine fort: »Zum Teufel mit Sally. Liebling, haben wir nicht ziemlich viele Leute für diesen Sommer zu uns eingeladen?«

Denn er meinte, sehr oft gehört zu haben: »Lee hat uns gebeten, im Sommer einmal bei euch hereinzuschauen«, und dann dachte er an sein erzwungenes Lächeln und an seine automatische Antwort: »Gut. Wir werden euch beim Wort nehmen.«

Wie oft hatte er das gesagt, und wieviele Leute würden sie besuchen kommen? Es begann, ihn zu beunruhigen, aber Lee lachte nur und sagte unbekümmert: »Oh, das will doch überhaupt nichts heißen. Ich mußte etwas sagen und sie auch. Vergiß es. Wir werden einen herrlich ruhigen Sommer haben. Allein, nur wir zwei, und natürlich die Tiere.«

»Ich bete zum Himmel, daß du recht hast.«

»Natürlich habe ich recht.« Plötzlich kicherte sie. »Ich wollte dir eben von einem urkomischen Hochzeitsgeschenk erzählen. Du erinnerst dich doch an die dünne Frau, die dich festgehalten hat, um über die Sterne zu reden? Sie hat mir ein köstliches Buch über Horoskope geschenkt. Da steht drin, was uns jeden Tag passiert.«

»Dieses gräßliche Weib, das sagte, ich wäre ein Leo oder so was? Sie hat mich eine Woche lang im Traum verfolgt.«

»Na ja, sie hat uns auch dieses lustige Buch geschenkt, und ich habe nachgesehen, was Menschen, die heute geheiratet haben, erwartet.«

»Liebling, ich habe gleich gedacht, daß du zuviel Sekt getrunken hast.«

»Stimmt nicht. Ich habe mich sehr zurückgehalten. Aber ganz ehrlich, in diesem Buch steht, daß wir sehr glücklich sein und daß unser ganzes Leben lang die Flitterwochen nicht aufhören werden.«

2

Vierzehn Tage später fuhren sie an einem sonnigen Nachmittag im späten Frühling durch endlose Haarnadelkurven, steile Hügel hinauf und hinunter, in Richtung Westküste und dem neuen Zuhause.

»Zu Hause«, murmelte Lee. »Wie phantastisch das klingt. Ich kann es kaum abwarten, bis ich es sehe. Schließlich ist es mein erstes Zuhause«, und dabei bebte ihre Stimme.

»Aber Liebling«, protestierte ihr Mann sanft, denn er war erfreut über diese Gefühlsregung, erinnerte sich aber an das große, eindrucksvolle Haus in dem modernen Vorort, wo Lee völlig zu Hause gewesen zu sein schien. »Da tust du Mr. Lovett unrecht. Er hat mir ein dutzendmal gesagt, daß du für ihn wie seine eigene Tochter seist.«

»Der gute alte Bernard, das sieht ihm gleich. Er war immer

unheimlich lieb zu mir, aber trotzdem, eigentlich war es sein Zuhause, seines und Mutters. Es war kein bißchen so, als hätte man sein eigenes Haus. Das habe ich noch nie gehabt.«

Insgeheim dachte Andrew, daß nur selten unverheiratete zweiundzwanzigjährige Mädchen ein wirklich eigenes Zuhause hatten, aber er hatte schon entdeckt, daß mit Logik bei seiner Frau nichts zu machen war, und so sah er sie nur liebevoll an und sagte: »Ich wünschte nur, es wäre ein besseres Haus. Es wird dir einen Schock versetzen.«

»Wird es nicht. Es *gehört uns*, und wir werden es bald verschönern«, sagte Lee mit einem Optimismus, den ihr Stiefvater mißbilligt hätte. Dann lachte sie. »Das heißt, wenn wir jemals dort ankommen. Andrew, wieviele hundert Meilen haben wir jetzt schon von der Stadt aus zurückgelegt?«

»Nur fünfunddreißig, und wir haben noch ungefähr zehn vor uns. Müde?«

»Natürlich nicht. Ich bin nie müde. Es sieht nur alles so gleich aus, daß ich schon gedacht habe, du hättest vielleicht die falsche Richtung erwischt, und wir drehten uns im Kreis. Meilenweit Wald und nur hier und da eine Farm. Ich wußte gar nicht, daß es im ganzen Land noch soviel Wald gibt.«

In Wirklichkeit waren es nur ungefähr fünfzehn Meilen nicht eingezäunter Wald gewesen, und auch er wurde ab und an von einer Lichtung und einer Farm unterbrochen, aber Andrew führte das nicht weiter aus, denn er gewöhnte sich langsam an die Eigenschaft seiner Frau, unglaublich zu übertreiben. Es war nur ein Segen, daß der Wald sie nicht traurig machte, wie so viele Mädchen aus der Stadt, sondern daß sie immer wieder die Schönheit der Bäume pries.

Jetzt sagte er: »Hier müssen wir abbiegen. Diese Straße führt zu unserer Farm. Halt dich ordentlich fest. Sie ist nicht ganz ungefährlich.«

Das schien Lee eine Untertreibung zu sein. Es war eine beängstigende Straße, äußerst schmal, sogar schmaler als die eben verlassene, und sie fiel ganz steil zur Bucht hinunter ab. Aber sie vergaß alle Ängste, als das Meer in Sicht kam und brach in Freudenschreie aus. Offenbar lagen Haus und Farm an einer

Bucht, denn die Straße führte daran entlang, und das Wasser war, so weit sie sehen konnte, still und blau. Vor sich erblickte sie in der Ferne eine Ansammlung von Häusern; es war Ruru, ihr nächstes Dorf, wie Andrew sagte.

»Ganz herrlich. Wunderbar stilles Wasser, und der Wald wächst fast bis hinein.«

»Jetzt ist Flut«, fühlte Andrew sich als ehrlicher Mensch verpflichtet zu erklären. »Viele Schlammpfützen, wenn sie zurückgeht.«

»Auch Schlammpfützen können schön sein«, erklärte Lee tapfer, und bald führte die Straße einen Hang hinauf auf einen niedrigen Hügel, und da lag vor ihnen die Farm und ihr Haus.

Der Wald hatte nun plötzlich aufgehört, und freies, rauhes, mit Gras bewachsenes Land bedeckte den Hügel, so weit sie sehen konnte. An der sanft abfallenden Hangseite lehnte sich ein niedriges sonderbar geformtes Haus, das von Schlingpflanzengewirr überwuchert war. Dieses, so sagte Andrew, sei wesentlich, weil es das Haus zusammenhalte. Rings herum Reste eines Gartens, den vor sehr langer Zeit irgend jemand einmal angelegt und geliebt hatte. Da waren einige Sträucher, die mutig um ihr Leben kämpften, eine verwilderte Grasfläche, früher wohl einmal Rasen, die sich vom Haus bis zur Straße erstreckte und die Aussicht auf das Binnenmeer freigab.

Lee sprang schnell aus dem alten Wagen, stand mit gefalteten Händen da, blickte begeistert um sich und sog tief den Geruch des Meeres und des großen Trompetenlilienbaums ein, der am Ende des verkommenen Rasens wuchs. Dann drehte sie sich mit leuchtenden Augen zu Andrew um und sagte: »Was für einen herrlichen Spaß wir beide hier allein haben werden.«

»Wirst du auch bestimmt nicht einsam sein? Natürlich haben wir Nachbarn.«

»Nachbarn? Wer will denn Nachbarn? Und wie könnte ich einsam sein, wenn ich mit dir alleine bin?«

Lange Zeit sollte sie wenig Gelegenheit haben, diese Frage zu beantworten. Später schlenderten sie langsam um das Haus, Hand in Hand, wie Kinder, und Andrew wartete heimlich auf ein Zeichen von Bestürzung, wie er sie empfunden hatte, als er zum ersten Mal diese planlos angelegten Zimmer betrat, von denen eines ins andere führte. Aber er konnte nichts entdecken. Lee war voll fröhlicher Pläne.

»Was für ein herrlich großes Wohnzimmer. Die Aussicht ist wunderbar. Wir werden alle diese scheußlichen Tapeten abreißen – sie fallen sowieso schon ab – und etwas Neutrales nehmen, und das Gebälk streichen wir in einem warmen Weiß, und . . . «

Der Grundriß des Hauses war verhältnismäßig einfach. An der Vorderseite führte eine lange Veranda vorbei, und von dort aus ging es in das Wohnzimmer, dieses führte wiederum in drei Schlafzimmer, ein großes auf einer Seite, zwei kleinere auf der anderen. Hinter dem Wohnzimmer lag eine geräumige Küche, die in ein Badezimmer und in einen Waschraum mit einem Schlafzimmer auf der anderen Seite mündete.

Lee hatte mit jedem Zimmer etwas vor. Da Andrew ihre Angewohnheit, ehrgeizige Pläne zu schmieden und sie dann völlig zu vergessen, noch nicht kannte, sah er etwas beunruhigt aus. Als sie das jetzt gewahr wurde, blickte sie ihn ziemlich schuldbewußt an und sagte: »Wir haben noch die ganzen Schecks von der Hochzeit. Diese irische Tante, Vaters Schwester, hat eine Riesensumme geschickt – vermutlich, weil ich ihre einzige Nichte und ihr Patenkind bin und sie noch nie gesehen habe. Gott sei Dank hat Bernard sich auch zu Geld entschlossen. Ich war entsetzt, als er große Teppiche vorschlug, habe aber nur gesagt: ›Lieber, stell' dir nur einmal Schlamm und Gummistiefel vor‹, und da hat er uns stattdessen einen Scheck geschenkt. Hier gehören gebeizte Böden und kleine Vorleger rein, und dann können wir fast das ganze Geld zum Instandsetzen der Zimmer verwenden. Weißt du – Farbe und Tapeten und so.«

Andrew stimmte ohne übermäßige Begeisterung zu. Er konnte sich schon denken, wer anstreichen und tapezieren würde, und schließlich mußte man sich auch noch um die Farm kümmern.

»Ich mag einfach viel Zimmer, auch wenn sie eine komische Form haben und ineinander verschachtelt sind. Es gibt nichts Schöneres als Bewegungsfreiheit.«

»Da wir gerade bei Bewegungsfreiheit sind, komm und sieh dir das Badezimmer an.«

Sogar Lee schreckte ein bißchen zurück. Der Raum war groß genug für ein Eßzimmer, offensichtlich handelte es sich um ein weiteres Schlafzimmer, in dessen einer Ecke man einfach eine Badewanne aufgestellt und für ein Rohr ein Loch durch die Außenwand gebrochen hatte. Die Zinkwanne war leicht verrostet, ohne Emaille und Anstrich, und erhob sich schwer auf dicken Eisenfüßen. In einer anderen Ecke befand sich eine Waschgelegenheit, die in finsterem Schwarz gestrichen und mit buntem Porzellan ausgekleidet war. An einem großen, mit purpurnen Iris und roten Schmetterlingen verzierten Becken waren ein Seifenhalter und ein hoher vasenartiger Gegenstand, der offensichtlich Zahnbürsten beherbergen sollte, angebracht. Aber Lees besondere Aufmerksamkeit gehörte den Porzellanteilen, die ganz bescheiden auf dem unteren Regal lagen.

»Ich habe einmal etwas darüber gelesen, aber ich wußte nicht, daß es noch welche auf der Welt gibt. Oh guck mal, da ist ein Kärtchen im Becken.« Es war mit einer verschnörkelten Schrift beschrieben: »Ein Hochzeitsgeschenk. Die besten Wünsche von Mr. Alf Parsons.«

»Der gute alte Mann. Ich frage mich, ob er das extra gekauft hat. Wo hat er das nur aufgetrieben? Und alles passend. Aber wir werden es lassen, wie es ist. Das ist ein Museumsstück, und außerdem können wir uns sonst nirgends die Hände waschen.«

Es gab wirklich nur einen Wasserhahn, und zwar über dem Bad. Offensichtlich war kein heißes Wasser vorgesehen. Lee war völlig ungerührt und sagte, man könne jederzeit einen Petroleumbehälter auf den Ofen setzen, und außerdem sei es das richtige Klima für kalte Bäder. Andrew lachte.

»Ich wette, du hast vielleicht im Sommer nach dem Tennis einmal kalt gebadet, mehr weißt du nicht darüber, und bestimmt bist du noch nie in deinem Leben ohne ein heißes Bad ins Bett gegangen.«

»Liebling, du mußt dir wirklich nicht den Kopf über Kleinigkeiten zerbrechen. Das tun abgehärtete Abenteurer nicht.«

Die Küche war groß, aber ziemlich dunkel. »Das ist dieser

gräßliche Anstrich. Warum sind alleinstehende Männer immer für dunkelbraun? Das ist wie ein Warenzeichen. Ein weißer Anstrich wird ganz anders aussehen.«

Sie entschieden sich für das große Schlafzimmer mit Blick auf das Meer. Durch seine altmodischen Flügelfenster, die nicht ganz schlossen, steckten die Jasminranken, welche die Vorderfront des Hauses überzogen, ihre Sternenköpfchen. Das entzückte Lee so, daß sie über die unebene Wand und die sich ablösenden Tapeten nur lachte.

Der Fuhrmann hatte ihre Sachen am Tag zuvor gebracht, und das ganze Haus war mit Paketen und Koffern übersät. Sie wußten, daß sie daraus jetzt die notwendigsten Sachen heraussuchen sollten, denn die Dämmerung brach schon herein, aber sie blieben noch am Fenster und beobachteten die von der untergehenden Sonne rot gefärbten Wolken, berauschten sich am Jasminduft und am Geruch des angeschwemmten Tangs.

Plötzlich schreckte Lee mit einem überraschenden Aufschrei zurück, als etwas Großes, Weißes an ihrem Gesicht vorüberschoß. »So eine große Möwe, und daß sie so spät noch hier herumfliegt?«

Andrew, der über ihre Schulter geschaut hatte, lachte. »Das ist keine Möwe. Es ist eine von Parsons alten Hennen. Sie schlafen in den Bäumen. Guck mal, da ist sie, sie sitzt auf dem Zweig da. Er konnte sie nicht mit in die Stadt nehmen, deshalb hat er sie uns dagelassen.«

»Noch ein Hochzeitsgeschenk. Wie nett von ihm. Wir werden unsere eigenen Eier haben.«

»Ich glaube kaum, daß sie viel legen werden. Sie sahen genauso alt aus wie Alf. Aber wahrscheinlich geben sie eine anständige Suppe ab.«

»Suppe? Du willst sie doch nicht etwa schlachten? O Andrew, wie kannst du nur? Die armen alten Tiere. Wir wollen sie als Haustiere halten. Ich hoffe, sie sind nicht halb verhungert.«

»Wohl kaum. Alf ist erst heute morgen abgereist. Er sagte auch irgendwas von seiner Katze.«

»Hurra. Ich möchte eine Katze. Ich habe mich mein Leben lang so nach Tieren gesehnt. Es macht dir doch nichts, wenn das meine Haustiere werden, oder, Andrew? Weißt du, du hast ja deine Arbeitshunde.«

Andrew, der zwar ein sehr gütiger Mensch war, aber doch die Meinung eines Farmers über unnütze Haustiere vertrat, gab in diesem Punkt großzügig nach.

Plötzlich sagte Lee: »Was ist das für ein ständiges Geräusch im Hintergrund? Wie leises Löwengebrüll.«

»Das ist die Brandung an der Küste. Weißt du, wir sind hier auf einem breiten Kamm, der die Binnenbucht vom Ozean trennt. Du brauchst nur den Hügel hinaufzuklettern und auf der anderen Seite hinunterzulaufen, dann siehst du die Brandung.«

»Oh, das ist ja ganz phantastisch. Wir können an diesem stillen Strand Flundern aufspießen bei Ebbe und in der Brandung baden. Ich liebe hohe Wellen.«

»Da ist auch noch eine Farm, die bewirtschaftet werden will. Es gibt viel Arbeit. Kaputte Zäune, schreckliche Stacheldrahtdurchgänge, Farn muß ausgerissen werden, und die zweite Saat kommt.«

»Macht nichts. Ich werde dir helfen. Natürlich steht die Farm an erster Stelle. Nichts ist besser, als ein sehr praktischer Mensch zu sein, du siehst die Dinge richtig. Als erstes gehen wir morgen früh hinaus. Ganze siebenhundert Morgen für uns allein.«

Nur ungern ließen sie das Fenster und die Aussicht im Stich und begannen, in dem Durcheinander von Gepäck nach dem Notwendigsten für die Nacht zu suchen, nach dem Bettzeug, etwas Geschirr und der unerläßlichen Pfanne.

Lee betrachtete sie skeptisch.

»Müssen wir heute abend kochen? Was hältst du von Brot und Käse? Der Ofen sieht so finster aus«, und dabei schielte sie mißtrauisch nach dem großen schwarzen Ungeheuer, das am Kamin lauerte.

»Hast du schon mal einen gesehen?« fragte Andrew.

»Ich meine, mich daran zu erinnern, als ich noch klein war und wir ein Haus am Meer hatten. Mutter hatte Ruß im Haar, und das Essen war immer angebrannt oder halb roh. Aber ich werde mich schnell daran gewöhnen.«

Aber sie war doch erleichtert, als Andrew einen Spirituskocher hervorholte und sagte, er würde heute abend Eier mit Schinken braten. Lee beäugte die technische Neuheit skeptisch und fragte sich insgeheim, wie sie ohne Strom zurechtkommen sollte. Schon im Dämmerlicht hatte sie gemerkt, wie sie nach einem Lichtschalter tastete.

Aber Andrew stellte stolz eine Reihe Lampen auf den Tisch und sagte: »Ich habe das Ganze spottbillig vom alten Parsons gekauft, weil er in die Stadt zieht. Zwei Karbidlampen für die Wohnzimmer und vier Petroleumlampen für die Schlafzimmer. Ob ich damit umgehen kann? Aber sicher. Ich habe auf einem Hof im Hinterland gearbeitet, wo es nichts anderes gab. Sobald wir richtig eingerichtet sind, installieren wir unsere eigene Dynamomaschine. Sinnlos, sich um öffentlichen Strom zu bemühen. Der wird doch ständig abgestellt. Am besten, man ist unabhängig.«

Lee sah ihn mit bewundernden Blicken an. Was für ein Glück, daß sie einen Mann geheiratet hatte, der echten Pioniergeist besaß.

Lee wurde früh wach und fühlte sich von fremden Augen beobachtet. Sie setzte sich auf und schaute sich in dem nackten Zimmer mit den vorhanglosen Fenstern und den halbausgepackten Koffern um und atmete fröhlich auf. Während der letzten vierzehn Tage hatte sie in vielen fremden Betten geschlafen. Jetzt war sie zu Hause.

Dann sah sie einen großen gelben Kater, der sie auf der Schwelle unverwandt anstarrte. Behutsam schlug sie das Bettzeug zurück. Andrew schlief noch, er ließ sich von dem forschenden Blick nicht stören. Sie schlüpfte aus dem Bett, ging ganz vorsichtig auf ihn zu und flüsterte mit angehaltenem Atem etwas kindisch: »Pussy, arme Pussy.« Zu ihrer Freude rannte der Kater nicht weg; er kam auch nicht auf sie zu. Er saß nur einfach da und starrte verwirrt in die Gegend.

Lee streckte sanft die Hand aus und streichelte den dicken viereckigen Kopf. Einen Augenblick lang saß der Kater reglos da, dann stand er langsam auf, machte einen Buckel, und mit einem lauten heiseren Schnurren rieb er sich an Lees Beinen. Er hatte sie akzeptiert.

Als Andrew aufwachte, fand er seine junge Frau friedlich schlafend, ein großer gelber Kopf neben dem ihren auf dem Kopfkissen. Der Kater, der sich an einem für ihr Mittagessen gedachten Steak reichlich gelabt hatte, hatte beschlossen, daß er mit diesen neuen Verhältnissen sehr zufrieden war.

Andrew seufzte. Eigentlich mochte er eine Katze nicht gerne in seinem Bett, aber er merkte schon jetzt, daß nichts dagegen zu tun war. Er hatte eine Tierfanatikerin geheiratet, die um so vernarrter war, weil man ihre Leidenschaft so viele Jahre lang unterdrückt hatte. Er stand leise auf und ging hinaus, um den Kampf mit dem Ofen aufzunehmen.

Zwanzig Minuten später wurde Lee von einem lauten Knurren an ihrem Ohr geweckt. Der Kater saß auf ihrem Kopfkissen und starrte auf die Fensterbank, wo eine zerzauste Henne herumspazierte und der Bedrohung aus dem Bett kreischend Trotz bot. Es handelte sich sicher um eine alte Fehde.

Als Andrew mit einer Tasse Tee hereinkam, bestand sie darauf, etwas Butter und Brot auf die Fensterbank zu streuen. Mit einem dankbaren Gackern nahm die betagte Henne ihre Mahlzeit an, und Lee rief fröhlich:

»Ist sie nicht süß? Jag sie nicht fort, bevor sie fertig ist. Sie sucht sicher nach Mr. Parsons. Ich finde das richtig rührend.«

Das, so erkannte Andrew später im Rückblick, war der Beginn seiner Leiden. Nicht, daß er Tiere haßte, aber er war dafür, sie an ihrem Platz zu halten, und der Platz einer Katze war nicht in seinem Bett und der einer Henne nicht auf der Fensterbank. Lee streichelte den Kater und sagte: »Ist er nicht herrlich?«

»Großes häßliches Ungetüm. Sieh dir nur seinen knochigen kahlen Schwanz an.«

»Er ist genau wie der Kater in *Frühstück bei Tiffany*. Wir wollen ihm nicht irgendeinen albernen Namen geben. Wir werden ihn ›Kater‹ nennen, wie in dem Film«, und dabei blieb es dann auch.

Das Frühstück wurde von Kisten als Picknick auf der Veranda eingenommen, damit sie die Aussicht genießen konnten. Lee sagte: »Das Beste am Leben auf einer Farm ist, daß man so viele Tiere haben kann. Erzähl mir mal, was wir eigentlich alles besitzen.«

Es war nicht gerade wenig, aber Andrew war beruhigt, weil er wußte, daß die meisten sicher draußen auf den Weiden bleiben würden. Er begann gewissenhaft: »Ich habe tausend Schafe von Parsons übernommen, siebenhundert davon sind Mutterschafe, der Rest einjährige Schafe. Dann fünfzig Rinder und fünf Pferde – zwei schwere, weil Parsons immer einen Schlitten benutzte und keinen Traktor besaß, und ich kann mir auch noch keinen leisten. Die anderen drei sind normale Reitpferde, sehr nützlich für die Hügel.«

»Schafe und Rinder und Pferde und Geflügel und deine zwei Hunde«, in den Ohren ihres Mannes klang Lees Aufzählung beunruhigend wie ein Triumphgesang. »Dann bekommen wir bestimmt Kälber und hunderte von Lämmern und ... «

»Gott sei Dank keine Kätzchen. Und jetzt ist's höchste Zeit, daß ich hinausgehe und nach dem Rechten sehe. Die Schafe haben wahrscheinlich noch nicht alle geworfen. Deshalb helfe ich dir nur schnell, die Möbel an Ort und Stelle zu bringen, und dann fange ich mir ein Pferd ein.«

»Zwei Pferde«, verbesserte Lee bestimmt. »Liebling, ich muß dagegen kämpfen, nur Hausfrau zu sein. Ich würde so gräßlich langweilig werden.«

Andrew stimmte ihr ernst zu, obwohl er nicht glaubte, daß Lee sehr zu kämpfen haben würde, und sie fuhr lebhaft fort: »Übrigens, in meinem Horoskop für heute steht: ›Scheuen Sie sich nicht, mit der gewohnten Routine zu brechen. Beweisen Sie Einfallsreichtum, und Sie werden neue Freunde gewinnen.‹«

»Willst du damit sagen, daß du in dem Buch dieser Frau nachgeguckt hast?«

»Natürlich! Du wirst also nichts dagegen haben, wenn ich heute nicht viel Hausarbeit erledige, oder?«

»Was dagegen haben? Ich fände es schrecklich, wenn du ein Hausmütterchen würdest. Diese Sorte Frauen kann ich nicht ausstehen. Zum Henker mit dem Haus. Wir werden ein paar

Sachen in die richtigen Zimmer feuern, und dann zeige ich dir die Farm.«

Sie waren gerade dabei, einen schweren Tisch hochzuheben, als Lee plötzlich sagte: »Was passiert, wenn ein armes kleines Lämmchen seine Mutter verliert? Ich habe gehört, Schafe sollen so dumm sein, daß ein Mutterschaf, wenn es Zwillinge hat, sich manchmal nur um eines kümmert. Und was geschieht mit dem anderen?«

Da Andrew Gefahr witterte, antwortete er ausweichend: »Oh, normalerweise gibt man es einem anderen Mutterschaf.«

Lee setzte ihr Tischende ab und fragte ganz direkt: »Und wenn man das nicht tut? Was hat man mit den Lämmern auf dem Hof gemacht, wo du gearbeitet hast?«

»Na ja, auf einem Hof haben die Schäfer keine Zeit, sich mit jedem mutterlosen Schaf zu beschäftigen«, begann er abwehrend. »Man hat eben sein Bestes getan, oder aber ... «

Die Vorsicht gebot ihm, innezuhalten, aber Lee hatte nicht die geringste Absicht, es auf sich beruhen zu lassen. »Oder aber?« wiederholte sie in anklagendem Ton.

»Na ja, man konnte sie ja nicht verhungern lassen. Es war besser, mit ihnen Schluß zu machen.«

»Das habe ich mir gedacht. Wie kann man nur so grausam sein?« wetterte sie, und dann plötzlich mit zuckersüßer Stimme: »Aber so etwas werden wir mit hilflosen kleinen Lämmchen nie tun, nicht wahr?«

Andrew sah gereizt aus und murmelte etwas über süße kleine Lämmchen, die nichts als eine Plage seien. »Sie bringen keinen Gewinn. Du verschwendest Zeit und Milch an sie, und sie gehen in deinen Garten und fressen deine ganzen Sämlinge. Wenn wir eine Milchfarm hätten und viel Milch, dann wäre es nicht so schlimm, aber ich melke nur eine Kuh, und das ist nicht genug für uns und kleine Lämmchen.«

Lee nahm ihr Tischende wieder hoch und bemerkte nur, Andrew habe gestern abend gesagt, daß es auf der Farm mehrere Milchkühe gebe, und außerdem könne man ja noch immer Büchsenmilch nehmen, aber Andrew fühlte sich nicht wohl in seiner Haut. Jetzt sagte sie: »So, das ist schon mal prima. Wir haben einen Durchgang bis zur Küche, lassen wir es also heute morgen dabei. Du holst die Pferde, Liebling, und ich werde im Gepäck nach meinen Reithosen wühlen.«

Als Andrew mit dem Zaumzeug den Hügel hinaufstieg, dachte er, daß sie voller Überraschungen steckte. Wer hätte erwartet, daß ihr soviel an der Farm und so wenig am Haus liegen würde? Aber er fürchtete, daß es ihr bald langweilig würde, über die Hügel zu reiten. Er wußte, daß sie viel geritten war, aber sicher auf guttrainierten Reitpferden auf einer guten Straße oder vielleicht auf einem Mietpferd im Reitclub. Reiten über holpriges Land würde sehr ungewohnt für sie sein.

Aber auch hier hatte er seine Frau unterschätzt. Zu seiner Überraschung schwang sie sich behende in den Sattel, und sie hatten noch nicht die erste Koppel durchquert, da merkte er, daß Lee nicht nur die geborene Reiterin war, sondern auch viel mehr Erfahrung besaß, als er vermutet hatte.

»Aber natürlich. Ich habe meine Freundinnen immer sorgfältig unter Mädchen vom Lande ausgesucht, die gerne ritten. Sie haben mich in den Ferien eingeladen, und den größten Teil der Zeit verbrachten wir auf den Pferden.«

Hier war sie ausgesprochen in ihrem Element, viel mehr, gestand er sich ein, als in der Küche. Das Leben mit diesem Mädchen würde nicht aus geregelten Mahlzeiten bestehen, aber das war um so besser.

In einem Punkt wollte er jedoch fest bleiben. Es gab keine Hauslämmchen. Er würde keine zweite Kuh melken, um sie aufzuziehen oder Lee bei jedem Unwetter nach ihnen suchen lassen. Sie verstand überhaupt nichts von Schafen. Man konnte ihr leicht verheimlichen, daß bei Parsons Art die Farm zu führen sehr wahrscheinlich ein paar mutterlose Lämmer herumliefen.

So ist es denn bedauerlich, berichten zu müssen, daß drei Stunden später jeder mit einem Lämmchen vorne auf dem Sattel nach Hause ritt und daß Lee schon vor Ablauf einer Woche fünf Hauslämmchen pflegte, so daß er sich gezwungen sah, eine zweite Kuh hereinzuholen, um in Zukunft auch diese zu melken.

An diesem Morgen jedoch begann er zum ersten Mal das

Hochzeitsgeschenk von der dünnen dunklen Frau mit dem hungrigen Blick zu hassen. Denn Lee lächelte ihn an, als sie ihr Lämmchen in eine Heukiste im Stall legte und sagte:

»So, beweist das nun nicht, daß an Horoskopen doch etwas dran ist? Wäre ich der Routine gefolgt und im Haus geblieben, hätten wir nie diese süßen Lämmchen bekommen.«

3

Lees Gesicht glühte, und die ersten Tränen traten ihr in die Augen. Sie zeigte aufgebracht auf einen kleinen Haufen steinähnlicher Gebilde auf dem Tisch.

»Wieder ein Fehlschlag. Langsam habe ich das Gefühl, daß ich nie kochen lerne.«

Andrew äußerte Mitleid. Er wollte ehrlich sein, aber es war ihm unmöglich, als sie so ängstlich auf sein Urteil wartete, hoffnungsvoll und doch bereit, verdammt zu werden.

Er sagte: »Es ist nicht deine Schuld. Ich wette, es ist der Ofen. Einfach zu kalt.«

»Ich habe geheizt und geheizt. Die Haube war fast rotglühend, aber ich hätte mich ohne weiteres gemütlich in den Ofen setzen können. Was hat das verdammte Ding nur?«

Nachdenklich wog er ein steinhartes Stück Brot in der Hand, dann zielte er auf ein paar Hennen, die hoffnungsvoll auf der Wiese saßen. Er traf genau ins Schwarze, und lautes Gegacker folgte.

»Wie konntest du nur? Du hättest sie töten können.«

»Besser sie als mich. Wir müssen nach diesem Ofen sehen.«

Zwei Wochen wohnten sie jetzt hier, und das Auspacken und Aufräumen machte Fortschritte, aber nur langsam, denn Lees Devise war: »Die Farm steht an erster Stelle.« Das gefiel Andrew, der fanatische Hausfrauen haßte, aber er war erstaunt, daß ein Mädchen, das in einem gutgeführten und einwandfreien Haus aufgewachsen war, sich soviel mehr für die Landwirtschaft interessierte. Zweifellos war sie ihm eine Hilfe, denn sie hatte einen außergewöhnlichen Instinkt, wenn es um Tiere ging, und es war ihr schon gelungen, ein paar Mutterschafe wieder ins Leben zurückzurufen, die entschlossen schienen, daraus zu scheiden. Als er sie lobte, hatte sie nur gesagt: »Das ist doch gar nichts. Ich habe einen Erste-Hilfe-Kurs gemacht, und Tiere sind genau wie Menschen, nur netter.«

Aber an diesem Morgen war sie niedergeschlagen wegen der mißlungenen Brötchen und sah sich mit neuer Bestürzung im Haus um. Sie hatten sicher etwas Ordnung in das Chaos gebracht; die Möbel waren an ihrem Platz, einige der Böden gebeizt und das meiste ausgepackt, aber Lees Haushaltsführung war unregelmäßig und hing von ihrer Laune ab. Außerdem hatte sie die schlechte Angewohnheit entwickelt, das Horoskopbuch zu zitieren, besonders wenn es zufällig ihren eigenen Wünschen entgegenkam, und zu Andrews Ärger und Belustigung begann sie zu behaupten, sie glaube an die Sterne. Mußte irgend etwas auf der Farm dringend getan werden, war ihr gleichbleibender Ausspruch, wenn sie ihr Pferd bestieg: »Das Haus kann warten.«

Daß es das wahrscheinlich müsse, bewies eben dieses Pferd, denn der Scheck der irischen Tante war dafür verwendet worden, nicht etwa für das Haus. Andrew hatte zufällig von sehr günstigen und guten Pferden gehört, die mit Sattel und Zaumzeug zum Verkauf angeboten wurden, und sie hatte mit ihrem Entschluß keine Sekunde gezögert.

»Tante Hester möchte bestimmt, daß ich mir einen Wunsch erfülle, und in einem Leben wie dem meinen ist ein Pferd eine Notwendigkeit. Der Heißwasserboiler? Ja, ich habe ihr geschrieben, ich hätte ihren Scheck dafür ausgegeben, aber was macht das schon? Ich werde doch wohl meine Meinung ändern dürfen, und außerdem wird sie es nie erfahren.«

Andrew überlegte, daß ihn die ehrgeizigen Renovierungspläne seiner jungen Frau im Haus nicht hätten zu erschrecken brauchen. Im Augenblick schienen sie in Vergessenheit geraten, und sie kam sich jetzt selbst wie ein richtiger Farmer vor.

Aber bestimmt war irgend etwas mit dem Ofen nicht in Ordnung. Er briet und kochte, aber er wollte nicht backen. Das war schlecht, denn ihr Brot, das zusammen mit den Lebensmitteln und der Post dreimal in der Woche vom Milchwagen angeliefert werden sollte, konnte sich leicht verirren. Sam, der reizende Maori-Fahrer, hatte ein Herz wie Gold, so daß jeder Bericht von Not oder von einer Versammlung, bei der das Brot ausging, bei ihm unweigerlich ein positives Echo fand. Dann bekamen sie die Hälfte ihrer Brotbestellung und manchmal gar nichts.

»Brot«, sagte Lee und betrachtete traurig die weißen Steine, »ist eine gewichtige Notwendigkeit.«

»Die paar Klumpen wiegen schwer genug«, stimmte er ihr verdrießlich zu, »fragt sich nur, wo. Es liegt bestimmt am Abzug. Da fällt mir gerade ein, ich habe Parsons immer nur braten oder kochen gesehen. Er hat den Ofen nicht benutzt, da wette ich, daß er den Abzug nie geputzt hat. Laß uns mal nachsehen. Ja, völlig verstopft. Laß das Feuer ausgehen, und dann werden wir uns damit befassen, wenn ich wiederkomme. Ich muß rausgehen und nach der Kuh sehen.«

Bei diesen Worten sah Lee ihn hochmütig an und bemerkte, daß sie sehr wohl in der Lage sei, einen Abzug zu reinigen, und daß das Frauensache sei. »Gib mir also eine Bürste und zeig mir, was ein Abzug ist, und wo er sich befindet, und dann werde ich die Angelegenheit im Handumdrehen erledigen.«

Draufhin äußerte Andrew Bedenken. »Du hast noch nie etwas mit einem Ofen zu tun gehabt, und es ist eine schmutzige Arbeit. Du wirst eine schreckliche Laune haben, wenn ich zurückkomme.«

»Werde ich nicht. Ich hasse Frauen, die wegen materieller Dinge ihre gute Laune verlieren.«

Bei dieser selbstbewußten Aussage lachte er und sagte, er werde vorsichtshalber klopfen, bevor er hereinzukommen wage, so daß Lee eine halbe Stunde später, als sie ein leises Klopfen an der Hintertür hörte, es nicht beachtete, weil sie etwas gereizt dachte, daß es doch nur Andrew sei, der sich einen Scherz erlaubte. Sie empfand inzwischen weniger Begeisterung für die perfekte Hausfrau, denn sie hatte herausgefunden, wie weit Ruß sich verbreiten kann. Ihr Gesicht, ihre Hände, das Tuch, das sie sich um den Kopf gebunden hatte, und der Herd, alles war äußerst schmutzig, und ihre Laune war auch nicht mehr so gut wie zuvor.

Wieder klopfte es, diesmal etwas bestimmter, und Lee entschloß sich, Rache zu üben. Sie riß schnell die Türe auf, sagte: »Da, du Idiot! Wie gefällt dir das?« und warf die Bürste ins Gesicht eines völlig fremden Menschen, der schüchtern auf der Schwelle stand. Der Mann fuhr schnell zurück, wich der Bürste fast aus, stolperte jedoch auf der Stufe, gewann sein Gleichgewicht unter Schwierigkeiten wieder und ging aus der Begegnung mit einem schwarzen Streifen auf seiner hohen intelligenten Stirn hervor.

»Lieber Himmel«, keuchte er. »Wenn Sie mich schon fragen, das gefällt mir gar nicht.«

Lee war entsetzt, als sie merkte, daß sie das Gesicht ihres allerersten Besuchers geschwärzt hatte. Und sie sah so gar nicht aus wie eine junge Frau, sondern ausgesprochen häßlich, in einer großen Sackschürze, die bis auf den Boden ging und Alf Parsons gehört hatte. Und nicht nur häßlich, sondern auch schmutzig. Verzagt sagte sie: »Es tut mir schrecklich leid. Ich dachte, es wäre mein Mann.«

Zu ihrer großen Erleichterung lachte der Fremde. »Und Sie begrüßen Ihren Mann immer so?«

Er hatte eine kultivierte Stimme, und jetzt bemerkte Lee zum ersten Mal seinen Kragen. »O je, Sie sind ein Pfarrer. Wie schrecklich. Deshalb sagten Sie ›lieber Himmel‹ statt ›zum Teufel‹.« Aber dann konnte sie trotz aller Anstrengung eine ungebührliche Fröhlichkeit nicht mehr zurückhalten.

Zum Glück schien der Pfarrer viel Sinn für Humor zu haben, denn er lachte ganz spontan mit. Als beide ihre Fassung wiedergewonnen hatten, sagte Lee: »Kommen Sie herein, ich bin nicht völlig verrückt. Ich habe nur noch nie einen Ofen von innen gesehen, und Andrew sagte, ich würde dabei so eine Wut bekommen, daß er wohl besser klopfe, bevor er sich hereinwage. Deshalb dachte ich, er wäre es und würde sich einen Scherz erlauben. Die Küche sieht ziemlich übel aus, weil der Ruß herumfliegt. Vielleicht waschen Sie sich inzwischen das Gesicht, während ich aufräume und den Spirituskocher für den Tee anstelle.«

Vergnügt unterhielten sie sich bei einer Tasse Tee. »Gut, daß wir hier ein paar Kekse haben, oder hätten Sie gerne etwas von dem Brot gegessen?«

»Ich habe schon ein wachsames Auge darauf gehabt. Wenn Sie ein Stück mit Butter bestrichen hätten, wäre ich um mein Leben gerannt.« Lee kam zu dem Schluß, daß der Pfarrer in Ordnung sei.

Nachdem sie jetzt sauberer war und die gräßliche Schürze ausgezogen hatte, fand er seinerseits, daß sie ein sehr reizvolles Mädchen sei, doch absolut nicht das, was er erwartet hatte, denn das Gerücht ihres Studiums war ihr vorausgeeilt. Wenn er ihr so zuhörte, würde er ohne weiteres wetten – denn Hugh Knight dachte noch immer und sprach auch häufig noch so wie bei der Luftwaffe –, daß diese Gerüchte wahrscheinlich falsch waren. Sie schien das Leben auf dem Lande gut zu kennen. Das sprach er jetzt aus: »Ich dachte, Sie wären so ein Universitätserzeugnis.«

»Bin ich auch. Habe aber nur ein bescheidenes Diplom geschafft. Aber ist das ein Grund, auf fast allen anderen Gebieten unwissend zu sein?«

»Absolut nicht. Ich rechne Ihnen Ihren akademischen Grad nicht als Nachteil an. Ich habe ja selbst einen. Das Leben an der Universität macht doch eigentlich Spaß, finden Sie nicht?«

Sie tauschten sehr vergnügt Erinnerungen aus, und jetzt sagte sie: »Erzählen Sie mir etwas von den Nachbarn. Andrew sagte, in der Nähe wohnten zwei Familien, aber er hat sie noch nicht gesehen. Er und Mr. Parsons hatten schrecklich viel zu tun!«

»Und Alf war nicht so sehr gesellig. Oh, es gibt bestimmt Leute in Ruru, die Ihnen gefallen werden – in den Sommerferien sogar eine ganze Menge. Dann wohnen zwei Nachbarn in der Nähe. Auf der einen Seite die Harveys. Eine Mutter mit Sohn und Tochter. Sie werden Kathleen Estrade und ihren Bruder sicher gern mögen.«

»Estrade? Ist sie verheiratet?«

»Eine Witwe mit zwei kleinen Kindern. Sie hat früh geheiratet. Ich lernte ihren Mann bei der Luftwaffe gut kennen. Vor über zwei Jahren kam er bei einem Unfall ums Leben.«

»Das arme Mädchen. Und der Bruder kümmert sich um die Farm?«

»Ja, Donald ist ein feiner Kerl. Er war auch leidenschaftlich für die Universität begeistert und strebte auf eine wissenschaftliche Karriere zu, als sein Vater bei einem Autounfall umkam. Auf der Farm ging es drunter und drüber, deshalb gab Donald sein Studium auf und kam nach Hause. Er hat wirklich etwas daraus gemacht – so hat er seinen wissenschaftlichen Verstand schließlich doch noch zu etwas genutzt.«

»Und die Mutter?«

Knight zögerte, während christliche Nächstenliebe mit weniger edlen Gefühlen kämpfte. Dann sagte er vorsichtig: »Mrs. Harvey ist sehr energisch. Eine große Streiterin für die Kirche und für jede Art von Kultur. Ihr Diplom wird sie befriedigen.«

»Dann wollen wir es verheimlichen. Gibt es noch mehr Nachbarn?«

»Großartige Leute, die Macgregors. Sie haben eine Milchfarm und betreiben sie gemeinsam.«

»Hoffentlich jung, oder?«

»Leider nein. Sie haben ein paar erwachsene Söhne, die in die Stadt gezogen sind. Mrs. Macgregor ist eine wahre Wonne, und ich mag den alten Jock sehr gerne, wenn er auch seine kleinen Mucken hat.«

»Was für Mucken? Saufen oder Schwachsinn?«

»Weder noch. Er ist ein sehr achtbarer Mann, nur manchmal ist er wie besessen vom Alten Testament. Er ist ein großer Bibelkenner. Er neigt zu der Vorstellung, er verkörpere eine der Bibelfiguren.«

»Eine traurige Angelegenheit, wenn es Jeremia ist.«

»Besser als David. Ich wurde ganz nervös, wenn ich vorbeifuhr, weil er immer mit einer Schleuder übte. Jeremia paßt in die Zeit, wegen der Atombombe.«

Sie lachten, als Andrew hereinkam, und sie ihm von der Begrüßung des Pfarrers erzählten. Es war kaum eine Minute vergangen, da sprachen die beiden Männer über die Leiden dieser Welt, und als Knight ging, sagte er: »Die nächste Kirche ist in Ruru, aber manchmal halte ich einen Gottesdienst in dem kleinen Saal etwas weiter oben an der Straße ab. Kommen Sie, wenn Sie können, obwohl ich kein sehr guter Prediger bin.«

»Tja, das war unser erster Besucher, und ich hoffe, die anderen werden genau so nett sein«, kommentierte Lee, als er gegangen war. »Aber Liebling, irgendwie schäme ich mich ein bißchen wegen dieses Zimmers. Hier sieht es aus, als ob wir nur eine Woche kampierten. Vielleicht sollten wir besser bald mit dem Tapezieren und Anstreichen beginnen. Es gibt nur soviele Aufgaben auf der Farm, die erledigt werden wollen.«

»Das wird auch immer so bleiben«, stimmte ihr Mann nachdenklich zu. »Deshalb ist es sinnlos, zu warten. Da die Lämmer jetzt alle auf der Welt sind, fangen wir lieber mit dem Haus an, bevor ich mich an die Zäune mache.«

Am nächsten Tag legten sie den langen Weg von fünfundvierzig Meilen in die Stadt zurück und gaben einen der Hochzeitsschecks für Tapeten und Farbe aus. Am nächsten Morgen stand Lee früh auf und verkündete, sie sei startbereit. »Nicht, daß ich jemals auch nur von weitem beim Tapezieren zugesehen hätte, aber es müßte eigentlich ganz einfach sein.«

Eine halbe Stunde genügte, um sie vom Gegenteil zu überzeugen, und um Andrew zu beweisen, daß seine Frau ausgesprochen ungeeignet zum Tapetenaufkleben oder Kleistermischen sei. Sie klatschte den Kleister mit verschwenderischer Großzügigkeit und unbekümmerter Hand auf, und als sie versuchte, die Papierbahnen hochzuheben, rollten sie sich, rissen, wickelten sich um ihre Beine und fielen gelegentlich als kleine Hügel auf dem Boden zusammen, während Lee aufgeregt erklärte, daß es nur am Kleister, dem Papier oder sogar an Andrew liege.

Das Schlimme war, daß sie sich plötzlich so für das Instandsetzen des Hauses begeisterte, daß man sie nur schwer ablenken konnte. Aber schließlich kam Andrew auf den Gedanken festzustellen, daß einer von beiden zum Vieh hinausreiten müßte, und er das wohl besser übernehmen würde. Sofort sagte Lee mit scheinbarem Zögern, aber heimlicher Erleichterung, daß sie ihm das jederzeit abnehmen könne, wenn er einverstanden sei, und als Andrew zusah, wie sie wegritt, überlegte er, daß eigentlich nichts schiefgehen konnte, da die Schafe ihre Lämmer hatten und das Schneiden und Scheren vorbei war, aber zumindest würde sie das außer Hause halten. Dann machte er ruhig und systematisch beim Tapezieren weiter.

In stillschweigendem Einverständnis wurde diese Absprache eingehalten, bis das Wohnzimmer und ihr eigenes Schlafzimmer tapeziert und angestrichen waren. Lee war von dem Ergebnis begeistert und bemerkte zufrieden, daß alles nur auf eine vernünftige Arbeitsteilung ankomme, und daß Andrew nie so schnell fertig geworden wäre, wenn sie nicht für das Vieh hätte sorgen können. Außerdem stand in ihrem Horoskop für jene Tage ganz deutlich, daß sie die weite freie Natur aufsuchen sollte.

Nachdem drei Zimmer sauber und ansehnlich waren, verlor Lee erneut jegliches Interesse an dem Haus und verbrachte die herrlichen Frühsommertage mit Andrew draußen.

»Vor allem müssen wir alles vom streng praktischen Standpunkt aus betrachten, und ich bin nützlicher, wenn ich dir die Latten halte, als wenn ich im Haus herumfuhrwerke. Warum sollen wir denn noch mehr Zimmer schrubben und polieren oder tapezieren, wenn sie doch niemand sieht?«

»Mit solchen Feststellungen fordert man das Schicksal heraus«, meinte Andrew grimmig, und schon am nächsten Tag, als Lee von ihren Einzäunversuchen unordentlich und ziemlich verschmiert zum Haus zurückritt, war sie erstaunt, vor der Türe einen eleganten Wagen und auf der Veranda eine elegant gekleidete Dame zu sehen, während ein schlankes, attraktives Mädchen verträumt die Aussicht betrachtete.

Du großer Gott. Mrs. Harvey mit Tochter, dachte Lee und wollte umkehren, um zu fliehen. Dann sagte sie bestimmt: »Unsinn. Du bist eine verheiratete Frau und kannst die Nachbarn nicht so behandeln«, und entschlossen ritt sie weiter. Als sie vom Pferd sprang und die Besucher etwas zu überschwenglich begrüßte, wurde ihr bewußt, daß sie auch diesmal nicht wie eine jungverheiratete Frau aussah. Ihre Reithosen waren in Ordnung, aber sie trug einen Pullover, den ihre Mutter schon einmal zum Untergang verurteilt, Lee dann später aber wieder aus dem Rote-Kreuz-Paket gerettet hatte. Er war verblichen und ziemlich eingelaufen, und in letzter Zeit war an einem Ellenbogen ein Loch sichtbar geworden.

»Ich muß Sie vielmals um Entschuldigung bitten«, sagte sie. »Gewiß sind Sie Mrs. Harvey. Warten Sie schon lange? Ich habe Andrew beim Einzäunen geholfen. Wir Farmerfrauen müssen uns wirklich mit allem auskennen, nicht wahr?« Letzteres sagte sie mit leichter Selbstgefälligkeit, die aber schnell in Bestürzung umschlug, als ein paar wildgewordene Hennen aus dem Schutz der Bäume stürzten und auf die Veranda flatterten, verfolgt von einem kleinen, ungefähr fünfjährigen Jungen und seiner vielleicht dreijährigen Schwester.

»Auf die Veranda!« rief Lee mit nicht ganz echter Aufregung. »Wie schrecklich!« Die Kinder nahmen keine Notiz von ihrer Gastgeberin, sondern stellten den Hennen nach, die vor Angst so aufgebracht waren, daß sie geradewegs durch das Haus rannten, zur Hintertür wieder herauskamen und auf dem Stalldach Zuflucht suchten. Kathleen Estrade versuchte ohne Erfolg, ihren Sprößling zurückzuhalten, aber Mrs. Harvey sagte nur: »Sie sind so intelligent, die Kleinen. Ich war schon gespannt, was die lieben Kinder im Schilde führten. Ich dachte, sie wären im Haus. Ich erforsche gerne die kleinen Köpfchen, Sie nicht?«

Lee war sich nicht so ganz sicher. Sie hatte das ungute Gefühl, daß die kleinen Köpfchen vielleicht ihre Schränke erforscht haben könnten, aber sie lächelte tapfer und sagte: »Eigentlich ja. Machen Sie sich keine Gedanken, Mrs. Estrade. Auf den Schuppen können die Kinder nicht klettern. Kommen Sie doch herein, Mrs. Harvey. Wie nett von Ihnen, mich zu besuchen.« Das Mädchen gab die hoffnungslose Verfolgung auf und kam zu ihnen hin, und Jane schoß es durch den Kopf, daß der verstorbene Mr. Harvey sehr blond und hübsch gewesen sein mußte, denn dieses Mädchen war völlig anders als seine gedrungene kleine Mutter. Ihr Benehmen war ebenso zurückhaltend wie das ihrer Mutter überschwenglich, und sie sagte nur ganz ruhig: »Die armen Hennen. Ich hoffe, Sie haben nichts gegen die Kinder. Sie sind schrecklich, aber wir mußten sie mitbringen. Wir werden versuchen, sie draußen zu lassen.«

Ihr Ton war müde und resigniert, und Lee fand, daß sie teilnahmslos und erschöpft aussah, aber vielleicht wirkte sie nur im Vergleich mit der überströmenden Vitalität ihrer Mutter so. Sogar Lee spürte das Bedürfnis, sich angesichts dieses sprudelnden Wasserfalls in Schweigen zu hüllen. Die Kinder schienen unglücklicherweise die Rastlosigkeit ihrer Großmutter geerbt zu haben, denn sobald die Hennen außerhalb ihrer Reichweite waren, verschwendeten sie keine Zeit mehr an sie, sondern stürmten sogleich das Gehege der Lämmchen und begannen, diese süßen Haustierchen zu jagen. Mrs. Harvey sagte strahlend: »Sie sind so voller Leben. Ich halte nichts davon, Kinder in ihre Schranken zu weisen. Es ist besser, wenn sie selbst zu der Erkenntnis kommen. Finden Sie nicht auch, Mrs. Marsden?«

Lee, die ein etwas ungutes Gefühl wegen der Lämmchen hatte, sagte lachend, daß es ganz von der Art dieser Erkenntnis abhinge, und dann zeigte sie den Weg ins Haus, das ausnahmsweise verhältnismäßig ordentlich war. Sie sagte stolz: »Dieses Zimmer haben wir gerade frisch tapeziert. Gefällt es Ihnen?«

»Sehr gut«, sagte Kathleen höflich, aber ihre Mutter bemerkte etwas weniger taktvoll, daß es bei dieser herrlichen Aussicht wirklich nichts ausmache, wenn ein Zimmer etwas armselig aussehe, worauf ihre Tochter ihr einen Blick stiller Verzweiflung zuwarf und dann Lee anlächelte. »Alte Häuser sind etwas besonders Schönes, nicht wahr? Und Sie werden aus diesem ein Kleinod machen«, schloß sie.

Lee dachte: Dieses Mädchen werde ich mögen, aber Mrs. Harvey ließ ihnen keine Möglichkeit, sich zu unterhalten. Sie lief auf Hochtouren. »Ich glaube kaum, daß Sie geistige Gesellschaft hier entbehren müssen«, bemerkte sie selbstgefällig. »Die Frauen der Farmer sind heute so viel gebildeter, nicht wahr? Sie selbst besitzen einen akademischen Grad, wie ich höre. Wie schön. Es ist ja so schade, daß Kathleen zu jung heiratete, um zur Universität zu gehen.«

»Aber Mutter«, protestierte ihre Tochter. »Du weißt ganz genau, daß ich nie ein Examen bestanden hätte«, doch Mrs. Harvey sprach weiter:

»Ein gebildeter Mensch mehr ist immer eine Bereicherung. Ein Ansporn für uns.«

Der Gedanke an eine angespornte Mrs. Harvey erschreckte Lee, und sie sagte schnell: »Ich befürchte, ich entspreche gar nicht Ihren Vorstellungen. Ich bin weder klug noch gebildet.«

»Unsinn. Ein akademischer Grad spricht für sich. Es war ein großer Kummer für mich, daß mein Sohn seine wissenschaftliche Karriere aufgeben und auf die Farm zurückkehren mußte. Er hat sich jedoch getröstet, indem er das Gelernte auf das Land anwandte, und ich glaube, Ihren Mann würde das Ergebnis interessieren. Ich hoffe, Sie werden uns bald einmal einen Besuch abstatten.«

Lee wich dieser Frage schnell aus. Der Gedanke, Andrew in Mrs. Harveys Gesichtskreis zu führen, reizte sie zum Lachen. Sie bot den Besuchern Tee an und wechselte das Thema: »Auf dem Spirituskocher ist er im Handumdrehen fertig, und ich habe selbst so eine Lust darauf. Ich fürchte, das Feuer ist aus. Ich hasse Öfen.«

»Sie müssen sich sofort eine Dynamomaschine zulegen«, sagte Mrs. Harvey bestimmt. »Ganz klar, es kann selbstverständlich niemand ohne Strom auskommen.«

»Tja, das müssen wir wohl«, antwortete Lee fröhlich. »Wir können uns erst eine leisten, wenn die Farm richtig in Gang ist.« Sie sah, daß Kathleen Interesse und Mitgefühl zeigte, während ihre Mutter diese Offenheit erschreckte.

Zum Glück lehnten sie den Tee ab; insgeheim hatte sich Lee, trotz ihres unbekümmerten Angebots bereits verzweifelt gefragt, was sie ihnen zu essen geben würde. Sie hatten schon vor ihrem Besuch Tee getrunken, da sie wußten, daß Mrs. Marsden bestimmt sehr damit beschäftigt sein würde, ihr Haus in Ordnung zu bringen, wie Enid Harvey sich ausdrückte.

»Aber Sie müssen sich die Zeit nehmen, uns in unseren kulturellen Bemühungen zu unterstützen. Ein kleiner literarischer Zirkel in Ruru zum Beispiel und später, wenn in der Saison die Fremden kommen, werde ich immer gebeten, ein Theaterstück aufzuführen.«

»Oh, das tut mir leid, aber ich mag moderne Literatur nicht. Ich verstehe sie einfach nicht«, sagte Lee schnell. »Aber ich sehe mir gerne Theaterstücke an. In der Stadt gingen wir oft ins

Theater, denn die meisten meiner Freunde waren gute Schauspieler, aber ich bin hoffnungslos. Ich bin wie gelähmt vor Lampenfieber, und wenn ich mich davon erholt habe, bekomme ich einen Lachanfall.«

Bei diesen Worten sah Mrs. Harvey leicht verwirrt aus; offensichtlich überlegte sie, ob dieses junge Mädchen ganz normal sei. Aber ihre Tochter lachte. »Ich mag Menschen gerne, die etwas nicht können«, bemerkte sie ein bißchen unlogisch, doch ihre Mutter erklärte energisch, daß das Unsinn sei. Kathleen selbst habe als sehr vielversprechende Schauspielerin gegolten, und letztes Jahr in Ruru sei sie sehr erfolgreich gewesen – dieses Kompliment nahm Kathleen mit einem vielsagenden heimlichen Seitenblick zu Lee hin entgegen.

In diesem Augenblick wurden sie von den plötzlich hereinstürmenden Kindern unterbrochen, die das größte und friedlichste Lämmchen hinter sich herzogen.

»Sie schwärmen für Tiere«, rief ihre Großmutter begeistert. »Das ist so etwas Schönes.«

»Aber am falschen Ort«, gab Kathleen mit einem gereizten Lachen zu bedenken, und während Lee das aufgeregte, keuchende Lamm energisch zu seinen Kameraden zurückbrachte, überblickte Kathleen die Situation und holte Kehrichtschaufel und Scheuertuch.

»Mrs. Harvey ist ein Greuel«, berichtete Lee ihrem Mann, als er, wie er sagte, gerade rechtzeitig zurückkam, um die Besucher zu verpassen. »Aber Kathleen ist ganz anders. Sie hat bestimmt kein sehr schönes Leben mit diesen wilden Kindern und dieser albernen Großmutter, die außerdem sehr unternehmungslustig ist. Schon jetzt versucht sie, mich für irgendein gräßliches Theaterstück zu ködern.«

»Klingt ganz wie bei Sally. Für die Leidenschaft dieses Mädchens, auf der Bühne herumzutanzen, geht mir jedes Verständnis ab.«

»Sie tanzt aber sehr gut. An der Universität hielt man sie für ein großes Talent. Aber ich für mein Teil habe sehr entschieden erklärt, daß ich nicht Theater spielen kann.«

»Ich sehe aber schon voraus, daß du es tun wirst – und

Amateuraufführungen sind zum Davonlaufen. Ich habe sie zur Genüge kennengelernt, als ich bei Tante Louisa wohnte; Sally redete von nichts anderem . . . Meinst du nicht, daß du die Lämmer überfütterst?«

Lee, die gerade eine Flasche füllte, unterbrach ihre Arbeit und sagte vorwurfsvoll: »Du wirst den armen Kleinen doch wohl noch einen Tropfen Milch gönnen? Sie haben schrecklich unter den Kindern gelitten«, und Andrew, der wegen der armen Kleinen abends und morgens zwei Kühe molk, seufzte mit bemerkenswerter Geduld. Am nächsten Tag, als sie wieder draußen am Zaun arbeiteten, trafen sie auf ihre anderen Nachbarn. Eine hohe, interessante Gestalt kam über die Koppel und begrüßte sie. Es war ein gut aussehender alter Herr mit einem kurzen weißen Bart und sehr schwarzen Augen, die ein fanatisches Feuer in sich trugen. »Hier kommt der kleine Prophet, Jeremia Macgregor«, murmelte Lee, und in der nächsten Minute verschwand ihre Hand in der riesigen des Fremden. Diese nachbarliche Gebärde überraschte sie einigermaßen. Etwas so enttäuschend Normales und Gesundes hatte Lee nicht erwartet. Jock strahlte sie sehr freundlich an und hieß sie in diesem gelobten Land mit biblischen Worten willkommen. »Und hier kommt die rechtschaffene Ehefrau, um das Echo meiner Worte zu sein.«

Neben ihrem außergewöhnlich großen Mann nahm sich Jean Macgregor fast wie ein Kind aus. Nur das seidige weiße Haar, das in einen festen Knoten zurückgekämmt war, verriet ihr Alter. Ihr Gesicht war beinahe faltenlos, rosa und gesund, und ihre Augen strahlten warme Güte aus. Lee fühlte sich ungeheuer erleichtert. Das war soviel besser als die überkandidelte Mrs. Harvey mit ihrem Bildungsgeschwätz.

»Natürlich müssen Sie mit zum Haus kommen, um anzusehen, was wir gemacht haben. Es ist noch nicht viel, weil ich am liebsten draußen auf der Farm bin. Finden Sie das schlimm?«

»Das ist gut. Ein Mann möchte eine Kameradin, kein Hausmütterchen, und Ihr Mann hat viel vor sich. Es ist gutes Land, aber der arme Alf hat es in den letzten Jahren verkommen lassen.«

Jean Macgregor würdigte sehr herzlich die Veränderungen

im Haus, bewunderte die Tapeten und half, den Spirituskocher anzuzünden und Tee zu machen.

»Ich habe mir erlaubt, ein bißchen Gebäck mitzubringen. Vielleicht ist das eine kleine Abwechslung.«

»Das kann ich Ihnen versichern. Sie sollten nur mein Brot sehen. »Bevor ich den Abzug gefegt hatte, brachte Andrew mit einem Stück davon beinahe eine Henne um«.

»Sie werden sich bald an den Ofen gewöhnen, jetzt, wo er sauber ist. Heutzutage sind alle für Strom, aber ich meine, ein guter Ofen mit gutem Holz drin ist unschlagbar.«

Sie erzählte von ihren beiden Söhnen. Sie hatten sich nichts aus der Farm gemacht und Stellungen in der Stadt angenommen. Jetzt waren sie verheiratet, und es ging ihnen gut.

»Und warum auch nicht? Laß ihnen ihren Spaß, sage ich. Aber Jock nahm es zuerst zu schwer und sprach von Absalom. Das war, als er David bevorzugte.«

»David bevorzugte?« Lee staunte. Die sanfte monotone Stimme war ausdruckslos. Sie hätte ebensogut sagen können, daß er Zucker im Tee vorzog.

»Ja, Vater hält sehr viel von der Bibel, und ab und zu schätzt er den Begriff der Wiederfleischwerdung sehr. Einmal ist es der eine, dann wieder ein anderer. Es gab einmal eine Zeit, da bekam ich es mit der Angst zu tun, denn er begann mit dem Neuen Testament, und das ging nicht. Es kam zu hart an den Rand der Blasphemie, denn wer wußte, wo er haltmachen würde? Aber jetzt hat er das aufgegeben, und er macht sich keine Gedanken mehr, obwohl er zuweilen noch sagt: ›Wehe dieser Generation‹, wenn die Amerikaner wieder eine Bombe gezündet haben. Aber schließlich haben wir alle unsere kleinen Marotten, oder nicht?«

»Aber natürlich«, stimmte Lee ihr eilig zu und erstickte einen starken Lachreiz. »Wie herrlich, jemanden zum Tee hier zu haben. Mrs. Harvey ist vorbeigekommen, aber sie ist nicht zum Tee geblieben, und Mr. Knight hat hereingeschaut, aber er hat nur ein paar Kekse gegessen, da ich gerade wieder verunglücktes Brot gebacken hatte.«

»Was Sie brauchen, sind ein paar junge Menschen. Mr. Knight ist ein feiner Mann und ein guter Pfarrer, aber bei dieser großen

Gemeinde ist er ständig unterwegs. Da ist noch die hübsche Mrs. Estrade, aber sie kann sich nur schwer von ihrer Mutter losmachen. Donald ist ein netter Junge, aber völlig von seiner Farm in Anspruch genommen. Man sagt, er hätte Wissenschaftler werden wollen, und jetzt geht er ganz in seinen Experimenten mit dem Weideland, der Oberdüngung, dem Unterboden und all dem auf. Was er auch gelernt haben mag, er hat aus der Farm etwas gemacht. Als sein armer Vater ums Leben kam, war sie dem Bankrott nahe gewesen. Ich glaube aber kaum, daß Sie Donald häufig sehen werden, obwohl er ein feiner Kamerad ist. Eine kleine Nichte von mir soll jeden Tag aus Schottland ankommen, aber das ist so ein kleines Mädchen von einer Farm, wahrscheinlich nicht so ganz Ihr Fall. Einsam fühlen Sie sich doch nicht, Kindchen?«

»O nein, obwohl ich Ihre Nichte ganz bestimmt mögen werde, wenn sie nur ein bißchen so ist wie Sie. Aber einsam werde ich mich nie fühlen. Draußen gibt es noch soviel mit Andrew zu tun, und dann haben wir den herrlichen Wald und das Meer. Ich bin vollkommen glücklich.«

»Dann machen Sie das Beste aus diesem Leben. Das Leben ist schön, wenn Sie und Ihr Mann alleine sind. Jock und ich, wir genießen gemeinsam unser Alter. Und ich habe so das Gefühl, daß Sie nicht lange alleine bleiben werden. Sie sind ein Mensch, der viele Freunde und viel Besuch haben wird. Es wird gar nicht so leicht für Sie sein, noch Zeit zu finden, daß Sie mit Ihrem Mann allein ein paar Worte reden können.«

Lee lachte über diesen, in weiter Ferne liegenden Gedanken. Später erinnerte sie sich allerdings an diese Worte und meinte dann zu Andrew, daß, wenn Jock Macgregor sich für einen der kleinen Propheten halte, es keinen Zweifel gebe, daß seine Frau ein großer sei.

Bereits am nächsten Tag begann diese Prophezeiung sich zu bewahrheiten. Sie hatten soeben das Vieh eingebracht, und es war schon um fünf Uhr, als das Telefon klingelte.

»Geh du mal ran, Andrew, ich suche inzwischen das Abendessen zusammen. Ich weiß, daß irgendwo noch zwei Koteletts sind.« Eine Stimme im Telefon sagte: »Rat mal, wer hier ist?« Es gibt kaum etwas Ärgerlicheres, als diese Art sich zu melden. Andrew war müde und daher kurz angebunden. Außerdem kamen ihm böse Ahnungen.

»Keine Ahnung. Nun mal raus mit der Sprache.«

»Dann hol mal deine liebe Frau. Sie kennt diese Stimme ganz sicher.«

So war es auch einen Augenblick später, und während Lee ihre Hand über die altmodische Sprechmuschel hielt, schnitt sie Andrew verzweifelte Grimassen. »Lawrence Dean. Deine Stimme klingt genau wie damals in *Macbeth.* Und was machst du hier? Sag wenigstens, wo du bist!«

»Gar nicht weit entfernt, und ich sehne mich danach, dich wiederzusehen. Was wir hier machen? Wir halten nur unser Versprechen, euch zu besuchen.«

»Wir?« Lees Stimme klang bekümmert, da sie an die zwei Koteletts dachte.

»Ja, Grant Lawton und ich. Wir sind in diesem entzückenden interessanten Dorf Ruru.«

»Ich wette, daß es weder entzückend noch interessant ist, aber ich habe es noch nicht gesehen.«

»Na, mein Schatz, zum Widerspruch aufgelegt wie immer. In Wahrheit befinden wir uns auf Motivsuche, und unser Wagen hat eine Panne gehabt. Nicht schlimm, aber ein oder zwei Tage wird es schon dauern. Gerade lange genug, um zu bewundern, was für ein verwegener Abenteurer unsere Lee geworden ist. Ob du uns holen könntest? An diesem sonderbaren Ort scheint es keine Mietwagen zu geben.«

»Gut, nur nicht sofort. In ungefähr einer Stunde. Ich treffe euch vor dem Postamt, das sollte ich eigentlich finden können.«

Sie setzte sich auf einen Stuhl und lachte hilflos. »An meiner Hochzeit muß ich wahnsinnig gewesen sein. Ich mag Lawrence Dean nicht einmal. Zu überspannt und drückt sich so geschraubt aus. Er kennt Sally ganz gut. Nein, keiner von ihren Verehrern, aber sie haben viel zusammen Theater gespielt. Auch er ist sehr begabt. Grant ist wirklich nett, aber wir wollen doch keine Besucher, wo wir erst so kurze Zeit verheiratet sind. Keines der freien Zimmer ist in Ordnung, und wir haben auch nichts zu essen.«

Andrew widerstand ehrenhaft der Versuchung zu fragen, warum die Sterne vor dieser Invasion nicht rechtzeitig gewarnt hätten, und wurde sehr sachlich.

»Laß dich nicht aus der Ruhe bringen. Wir werden in Windeseile ein Zimmer herrichten. Es macht ihnen bestimmt nichts, wenn es noch etwas provisorisch ist.« Lee, die sich an Lawrences hohes Einkommen und sein verwöhntes und wählerisches Gehabe erinnerte, war nicht so sicher, aber sie sagte nur: »Diese zwei Koteletts ...« und schon drohte sie, von albernem Gelächter überwältigt zu werden.

»Jetzt hör auf. Wir müssen anfangen, dieses Zimmer herzurichten. Das Abendessen? Ganz einfach. Es gibt doch Geschäfte in Ruru. Kauf ein paar Konserven. Macht es dir was, wenn du sie holst? Ich muß melken.«

Eine halbe Stunde lang arbeiteten sie hart, säuberten das größte unbenutzte Zimmer von aufgetürmten Gerümpel und leeren Koffern, stellten zwei Klappbetten, einen Tisch und einen Stuhl auf und legten ein paar Vorleger auf den Boden.

»Das genügt vollkommen für ein paar Nächte«, sagte Andrew vergnügt.

»Aber werden es nur ein paar Nächte sein?« jammerte Lee. »Lawrence ist ein Typ, der nicht wieder rauszukriegen ist, wenn es ihm gefällt. Und die Sache mit dem Besuch, die glaube ich einfach nicht. Bei Grant mag das stimmen. Wir waren immer gute Freunde. Aber Lawrence hat sich nie um mich gekümmert. Ich bin nicht künstlerisch veranlagt und kann nicht Theater spielen, und das sind seine beiden Leidenschaften. Er ist nur hierher gekommen, um zu malen, und wir hätten nichts davon erfahren, wenn sein Auto keine Panne gehabt hätte. Das kann tagelang dauern.«

»Sieh doch nicht so schwarz. Wenn sie nicht wieder abhauen, lassen wir sie arbeiten, Löcher graben oder Gestrüpp schneiden. Das wird ihnen Beine machen.«

Lee lachte. Allein der Gedanke an den schönen Lawrence mit Spaten oder Beil in den Künstlerhänden stimmte sie fröhlich. Sie fuhr ab, verfolgt von Andrews Warnungen: »Denk dran, wie schmal die Straße ist, paß in den Kurven auf, daß kein Lastwagen kommt«, und so weiter. Trotzdem war Lee überzeugt, daß sie einen äußerst gütigen und verständnisvollen Mann geheiratet hatte. Es würde Spaß machen, mit diesem Ehemann bei ihren Freunden von der Universität anzugeben. Wenn sie in die Stadt zurückkehrten, würden sie sicher sagen: »Ein feiner Kerl, mit einem phantastischen Sinn für Humor. Lee hat schon gewußt, was sie tat.« So Grant; Lawrence lobte selten andere Männer. Aber selbst er würde zugeben müssen, daß Lee ihre Sache meisterhaft bewältigte, das Mädchen von der Universität war eine gute Farmersfrau geworden, ritt über Hügel, sah aus wie ein Gemälde – wie Andrew ihr in einem schwachen Augenblick gesagt hatte – und war außerdem eine tüchtige Hausfrau. Diese Vorstellung begeisterte Lee so sehr, daß sie die unfertigen Zimmer und die zwei Koteletts vergaß.

Sie hatte Ruru noch nie gesehen, aber sie hatte telephonisch alles mit dem Laden und dem Postamt geregelt und war nun gespannt, die Quelle ihrer Versorgung und vielleicht ihres gesellschaftlichen Lebens zu erforschen. Lee, die ihren Führerschein erst einen Monat vor ihrer Hochzeit gemacht hatte, war etwas bestürzt über die schmale, kurvenreiche Straße, die eine ganze Weile am Meer entlang und dann landeinwärts führte, über zwei steile Hügel, jetzt vorbei an einem Maori *pa* und am Friedhof bis zu einer verstreuten Ansammlung von alten Häusern, neuen Hütten, geschlossenen Motels und schäbigen Läden, die das Dorf bildeten.

Die ungepflasterte und sandige Straße lief am Wasser entlang, nur auf einer Seite waren Häuser gebaut. Es gab drei Läden, einen Metzger mit dem Schild »Montags und donnerstags geöffnet«, eine Garage mit einer Benzinpumpe, ein kleines Postamt und eine noch kleinere Filiale der Bank von Neuseeland. Dem Postamt gegenüber entdeckte sie Grant Lawton, und auf den Stufen saß anmutig Lawrence Dean, den Kopf in einer charakteristischen Pose leicht geneigt und eifrig bemüht, die Szene auf den Zeichenblock zu bannen. Um ihn hatten sich eine kleine Gruppe Maorikinder und ein paar ältere Personen, Maoris wie Pakehas, geschart.

Grant begrüßte Lee herzlich, Dean erhob sich lässig und winkte. Sie fuhr mit dem lauten alten Wagen zu ihnen hin und rief erschreckt aus: »Lieber Himmel, Lawrence, was ist denn in dich gefahren? Ein Bart auf deine alten Tage? Bärte sind doch völlig aus der Mode, und deiner ist gräßlich, goldgelb und gelockt. Kein Wunder, daß dich alle Welt anstarrt. Steig schnell ein. Es braucht ja niemand zu wissen, daß ich so sonderbare Freunde habe.«

Lawrence lächelte und zuckte die Achseln. »Immer noch unser kleiner Spießbürger. Altmodisch? Mein liebes Kind, glaubst du im Ernst, ich hätte mir einen Bart wachsen lassen, als alle damit rumliefen? Auf jeden Fall ist er sehr praktisch, wenn man unzivilisiert leben muß.«

»Schrecklich. Warte im Auto. Ich muß einen offenen Laden finden.«

Da war einer, dessen Besitzer offensichtlich vergessen hatte, die Türe zu schließen. Das Schaufenster war voll eigenartiger Gegenstände, die ohne Zweifel schon monatelang dort lagen. An der Decke war ein Draht gespannt, von dem verschiedene Artikel zum Verkauf baumelten. Lee ging ihnen aus dem Weg, bis auf ein Bündel Zwiebeln, das sich in ihrem Haar verfing, dann spazierte sie um einen Sack keimender Kartoffeln, einen verrosteten Rasenmäher und ein Bündel gefährlich scharfer Messer herum. Nach kurzer Suche entdeckte sie den Ladenbesitzer in dem schmutzigen Raum hinter dem Laden und fragte ihn nach Fleisch in Büchsen.

Es war ein freundlicher Mann, der so fürchterlich schielte, daß man unmöglich sagen konnte, ob er einen selbst oder irgendeine unsichtbare Gestalt in einer Ladenecke ansah. Er grüßte sie zuvorkommend und bat sie »hinter die Theke zu kommen und auszuwählen«. Die Auswahl war beschränkt. Geschlossene Reihen von Rindfleischbüchsen ließ Lee unbeachtet, suchte drei Büchsen Zunge aus und fand zu ihrer großen Überraschung mit schlechtem Gewissen, daß sie teuer waren. Sie gab eine zurück und dachte erleichtert daran, daß am nächsten Tag Donnerstag war und Fleisch mit dem Milchwagen kommen würde. Nachdem der Ladenbesitzer sie genötigt hatte, einen kurzen Abriß ihrer Lebensgeschichte und der gegenwärtigen Umstände zu geben, eilte sie hinaus, um Dean lässig gegen die Kühlerhaube gelehnt zu finden, wo er seine Zeichnung beenden wollte, während Grant etwas verlegen aussah, weil die kleine Versammlung, die noch immer ausharrte, seinem Freund große Aufmerksamkeit schenkte und laute Kommentare abgab.

Lee nahm ihren Platz hinter dem Steuer ein und stellte ein Ultimatum. »Du kannst einsteigen und mit mir zurückfahren, vorausgesetzt, daß du dich morgen früh rasierst. Ich will diesem Bart bei den Mahlzeiten nicht gegenübersitzen. Du kannst ihn wieder wachsen lassen, wenn du wegfährst.«

Lawrence war selten verärgert und nie beleidigt. Das war gleichzeitig einer seiner liebenswürdigsten wie auch schlimmsten Charakterzüge. Er lachte und zuckte die Achseln, aber sie weigerte sich loszufahren, bis er sagte: »Also gut, du sollst deinen Willen haben, meine Liebe. Aber ich muß schon sagen, ich bin enttäuscht über die viel gerühmte Gastlichkeit des Hinterlandes. All diese Bedingungen . . . Trotzdem, er soll fallen. Er hat sowieso gekitzelt.«

Lee fuhr zu der Garage und lief hinein, um sich bei dem Maori-Besitzer zu erkundigen.

»Es geht um das Auto von Mr. Dean. Wird die Reparatur lange dauern? Oh, müssen Sie das Ersatzteil wirklich aus der Stadt kommen lassen? Wie schrecklich. Aber Sie könnten doch sicher sofort anrufen, damit sie das Teil morgen schicken? Dann ist der Wagen in zwei oder drei Tagen fertig. Vielen herzlichen Dank.«

Er lächelte verständnisvoll. »Zwei, drei Tage, und weg sind sie, hm? Komischer Kerl, der mit Bart, was?«, und beschämt ertappte Lee sich dabei, wie sie das vielsagende Lächeln erwiderte und sich überschwenglich bedankte.

Sie hoffte nur, daß Grant den Grund ihrer Unterredung nicht ahnte, denn als sie herauskam, sagte er entschuldigend: »Mir tut das alles sehr leid, Lee. Ist verflixt ungehörig, euch so zu überfallen. Ehrlich gesagt, ich habe versucht, hier eine Unterkunft zu finden, aber niemand scheint mehr Platz zu haben.«

Lee beruhigte ihn hastig, denn sie mochte Grant Lawton gerne. Er war ein untersetzter, dunkelhäutiger junger Mann, hatte nichts von einem Apoll wie sein Freund, hingegen während ihres ganzen Studiums an der Universität Lee heimlich bewundert. Er war weder genial noch mit einem Privateinkommen gesegnet wie Lawrence, und wahrscheinlich würde er jetzt nach Abschluß seines Studiums irgendeinen kleinen Lehrerposten übernehmen, aber sie mochte ihn tausendmal lieber als den hochgewachsenen, gutaussehenden und selbstbewußten Lawrence, der sich im allgemeinen nicht viel aus Menschen machte, die keinen strahlenden Geist oder entsprechendes Geld besaßen.

»Ich wußte gar nicht, daß du fahren kannst«, bemerkte Dean etwas ängstlich, als sie anfuhren und dabei einen Satz machten, der sie beinahe im Schlamm hätte landen lassen.

»Fahren? Aber natürlich. Wir Farmersfrauen müssen alles können«, erwiderte Lee unbekümmert und riß das Steuer herum, um einer Gruppe von Maori-Kindern auszuweichen, die fröhlich im Staub vor dem *pa* spielten.

Die Wahrheit war, daß der nachsichtige Beamte, der Lee nur zögernd ihren Führerschein ausgehändigt hatte, »denn sehen Sie, ich ziehe ja ins Hinterland und brauche Gott sei Dank nicht in der Stadt zu fahren«, nie damit gerechnet hatte, daß sie eine solche Straße befahren würde. Unglücklicherweise hatte sie ihre Nervosität völlig verloren; auf der Hinreise war ihr nichts in den Weg gekommen; jetzt war diese Wahrscheinlichkeit noch geringer. Außerdem konnte doch jeder Idiot einen Wagen fahren. Man brauchte sich ja nur umzusehen. Das sagte sie vergnügt, als sie durch die scharfen Kurven sauste, und ihre Mitfahrer sich an die Seitenwände klammerten.

»Stellt euch vor, jetzt kommt ihr in die Wildnis«, sagte sie gesprächig, während beide inständig hofften, daß sie ihre Aufmerksamkeit der Straße zuwenden möge, anstatt zu sprechen.

»Ruru ist bestimmt überhaupt nicht euer Fall, und ich glaube nicht, daß ihr gekommen seid, um uns zu besuchen. Dieses Dorf hat nicht einmal ein Hotel mit Lizenz. Ich gebe natürlich zu, daß es romantisch ist.«

»Genau das. Das hat uns angezogen. Und dazu noch das Vergnügen, euch und euer Heim im Hinterland zu besuchen. Ist es nicht so, Grant?«

Grant murmelte auf seinem Rücksitz irgend etwas Unverbindliches, denn er erinnerte sich, wie vor einer Woche Lawrence zu ihm gesagt hatte: »Laß uns einmal dem Alltag entfliehen. Versuchen wir's mit dem einfachen Leben und allem, was dazu gehört. Cynthia wird mir lästig. Wenn wir ein paar Wochen auf Motivsuche gehen, sollte sich das verflixte Mädchen in das Unvermeidliche schicken.« Als Grant dann Einwände wegen der Ausgaben gemacht hatte, hatte sein Freund ganz selbstverständlich geantwortet: »Nur keine Sorge. Wir können Lee und diesen erdverbundenen Menschen, den sie geheiratet hat, besuchen. Inzwischen langweilt sie sich wahrscheinlich ein bißchen und wird uns mit offenen Armen begrüßen.«

Lawrence war leicht überrascht, wenn auch nicht gerade beunruhigt, weniger offene Arme zu finden, als er erwartet hatte; aber es war nicht seine Absicht, sich davon aufhalten zu lassen. Ihr Auto hatte eine Panne gehabt. Eine anständige Unterkunft war nicht zu bekommen. Lees Farm war das einzig Wahre. Das heißt, wenn sie sie lebendig erreichten. Lawrence kamen daran augenblicklich ernsthafte Zweifel, denn sie nahmen eine Ecke etwas ungestümer und landeten fast in einem riesigen Milchwagen, der zwei Lagen ratternder Milchkannen geladen hatte. Der Fahrer riß das Steuer herum, um auszuweichen, ein Rad geriet jedoch in den Graben, und von oben ergoß sich eine Lawine von Milchkannen; sie sprangen vom Wagendach, rollten vergnügt die Straße hinunter und stürzten über die Böschung. Mit kreischenden Bremsen hielten beide Fahrzeuge, und beide Fahrer sprangen heraus. Lawton stieg schnell aus, bereit, Lee vor der heftigen Beschimpfung zu schützen, die sie so redlich verdient hatte. Aber kein verärgertes Wort fiel. Statt dessen schienen beide Fahrer sehr erfreut und belustigt und beglückwünschten sich gegenseitig, daß sie mit dem Leben davongekommen waren.

»Oh, Tag, Sam. Bin ich dir nicht gut ausgewichen?«

»Sehr gut, Mrs. Marsden. Ich glaube, wir sind uns ziemlich nahe gekommen.«

»Nahe?« keuchte Lawrence, der auf seinem Vordersitz noch immer wie angefroren schien. »Ich könnte schwören, daß uns keine fünf Zentimeter trennten; das verfluchte Auto rollte mehrere Meter auf zwei Rädern. Die anderen beiden hingen in der Luft«, und nervös warf er einen Blick auf die ihm so nahe, steile Böschung.

»Oh, sitz nicht rum und reg dich auf«, sagte da seine Gastgeberin ungeduldig. »Komm raus und hilf, die Kannen einzusammeln. Einige rollen schon zum Fluß hinunter.« Eine lebhafte Jagd begann. Die Kannen schienen von bösen Geistern besessen, als sie die Straße hinunterrollten; aber nach viel Gerede und Gelächter von Lee und Sam waren sie schließlich wieder auf ihrem alten Hochsitz versammelt, und der Maori fuhr davon, winkte vergnügt und rief:

»Keine Kanne kaputt. Nur ein bißchen verbeult. Gut gemacht, Mrs. Marsden.«

Lee bemerkte, daß Lawrence noch immer nachdenklich ihre Fahrspur betrachtete, und sagte fröhlich: »Komm schon. Guck nicht so verdrießlich. Ich glaube, ich habe richtig reagiert. Kannst du jetzt noch irgend etwas gegen meine Fahrkünste sagen?«

»Eine ganze Menge, aber man sagt es besser nicht laut. Vor allem folgendes – setz dich rüber und überlaß mir das Steuer.«

»Aber nie im Leben. Ich verstehe etwas von diesen Straßen.«

An diesem Abend lieferte Lawrence Andrew einen amüsanten Bericht der gesamten Episode und erzählte sehr spannend, wie sie der Gefahr entkommen waren und wie seiner Meinung nach Grant auf dem Rücksitz reagiert habe, bis dieser geduldige junge Mann etwas lebhafter als gewöhnlich sagte: »Stimmt alles überhaupt nicht. Lee hat ihre Sache schon gut gemacht; und was den Gesichtsausdruck betrifft, ich wollte, du hättest dich selbst sehen können.«

Woraufhin Andrew nicht umhin konnte, sich zu freuen.

Als sie später an diesem Abend allein waren, sagte er: »Ein netter Junge, Grant, aber der andere . . . Dieser Bart . . . Wie lange bleiben sie wohl?«

Lee, die vermutete, daß sie nicht ganz so unter sich waren wie in einem normal angelegten Haus, flüsterte vorsichtig: »Nicht lange, hoffe ich. Ich habe dem netten Maori in der Garage Beine gemacht und im Horoskopbuch steht: ›Keine Angst. Eine Änderung steht bevor‹.«

Andrew brummte. Er betrachtete die Horoskope langsam etwas skeptisch.

Drei Tage später meinte er, den Sternen Unrecht getan zu haben, denn der Mann von der Werkstatt rief an, um zu sagen, daß das Auto fertig sei, und allem Anschein nach begann den verwöhnten Lawrence das einfache Leben zu langweilen. Sein Freund hingegen schien sich still zu vergnügen. Er half Lee bei vielen kleinen Arbeiten, fütterte die Hühner und die Lämmer, deren Zahl jetzt auf sieben gestiegen war, molk sogar eine der Kühe und fertigte einige hübsche, aber durchschnittliche Zeichnungen von der alten Farm und vom Meer. Er bildete sich auch gar nichts darauf ein.

»Gar nichts besonderes, aber eigenartig, wie gut die Dinger sich verkaufen lassen, und das Geld kommt sehr gelegen, bis ich eine Stelle habe.« Andrew fand sie sehr gut und zog sie den ausgefallenen Arbeiten bei weitem vor, die Lawrence lässig hervorbrachte und die sein Gastgeber, als er sie prüfend betrachtete, unglücklicherweise auf den Kopf gestellt hatte.

Lawrence entdeckte bald, daß er eigentlich nicht ins Hinterland paßte. Er mochte Hühner und Hunde nicht, verabscheute Lämmer und erklärte sich als ausschließlicher Katzenliebhaber. »Soviel feiner, meine Liebe. Von ganz anderem Erkenntnisvermögen und so weise und äußerst schön. Ich habe immer bedauert, daß der Schöpfer nicht bei den Katzen aufgehört hat.«

Nach dieser Offenbarung seines Geschmackes war es eine sehr traurige Enttäuschung, daß der Kater allen Annäherungsversuchen von Lawrence widerstand und sie nur gelegentlich damit beantwortete, daß er ihm heftig die Hand zerkratzte und sich böse fauchend aufs Fensterbrett zurückzog. Lee lachte.

»Irgendwas scheint nicht zu stimmen. Ich dachte immer, keine Katze könnte deinen Schmeicheleien widerstehen«, sagte sie unfreundlich, aber Lawrence entgegnete nur, daß er es nie zuvor mit einer solchen Promenadenmischung zu tun gehabt hätte. Bastarde seien immer unberechenbar, aber eine siamesische oder birmanesische Katze wäre etwas ganz anderes.

Nachdem der Bart gefallen war, fand Andrew Lawrence einigermaßen annehmbar, aber am vierten Abend gestand er seiner Frau, er hoffe, daß sie bald abreisen würden. Das Ehepaar hatte sich daran gewöhnt, Heimlichkeiten im Badezimmer auszutauschen, denn eine Überprüfung der Hausakustik hatte sie überzeugt, daß das der einzige sichere Ort war. Wenn man über die Gäste reden wollte, mußte man den Wasserhahn weit aufdrehen und leise sprechen. In den nachfolgenden Wochen konnte Andrew nur froh sein, daß ihre Wasserversorgung laut Parsons Aussage aus einer praktisch unerschöpflichen Quelle kam.

»Ich glaube, morgen reisen sie ab«, verkündete Lee und führte einen kleinen Freudentanz auf. »Erinnerst du dich, die Sterne sagten endlose Flitterwochen voraus? Na, mit Lawrence um den Weg sind Flitterwochen ausgeschlossen.«

Am nächsten Morgen kam Lawrence, der die Macgregors entdeckt und zum äußersten Mißfallen seines Opfers ein paar kleine gelungene Porträts von dem alten Hochländer fabriziert hatte, mit aufregenden Neuigkeiten zum Mittagessen. »Die kleine Nichte« war angekommen, und er brachte eine Nachricht von ihrer Tante, die Lee einlud zu kommen und sich anzusehen, »was sie mit dem Küken anfangen könne«.

»Und du kannst mir glauben«, schloß Lawrence glühend, »das Küken ist gar nicht so übel.«

Sein Ton stimmte Lee ängstlich, und als sie hinüberging, um Kitty Macfarlane aufzusuchen, fand sie ihre schlimmsten Befürchtungen bestätigt. Der Neuankömmling war der Inbegriff des »reizenden Mädchens«, das in unzähligen schottischen Balladen verewigt ist. Mit ihren schwarz bewimperten grauen Augen, ihren braunen Locken und ihrer durchsichtigen Haut war Kitty das genaue Gegenteil ihrer häuslichen kleinen Tante. Außerdem war sie fröhlich und charmant, und ein kleiner Anhauch von Akzent verstärkte nur noch den lieblichen Klang ihrer sanften Stimme. Jock Macgregor betrachtete sie mit finsterer Verzweiflung und murmelte, daß Schönheit ein Fluch des Teufels sei.

Auf jeden Fall bestrickte sie den eingebildeten Lawrence. Lee, die sich an ein halbes Dutzend Mädchen erinnern konnte, für die er geschwärmt hatte – und an noch viel mehr, die für ihn schwärmten, war überzeugt, daß er diesmal Feuer gefangen hatte und noch eine ganze Weile nicht daran denken würde, ihr so praktisch gelegenes Haus zu verlassen.

Zutiefst niedergeschlagen vertraute die arme Gastgeberin bei heftig laufendem Badezimmerwasser Andrew ihre Befürchtungen an.

»Sie ist ganz reizend, und ich hätte sie so gerne hier, wenn dieser gräßliche Lawrence nicht hier wäre. Jetzt kriegt man ihn nicht mehr raus. So ein Unglück, Grant kann ihn nicht beeinflussen. Das konnte er noch nie. Das liebe Dummerchen bewundert Lawrence und fügt sich in sein Schicksal. Grant ist außerdem auch ganz schön verliebt, aber kein Mädchen würde ihn anschauen, wenn Lawrence dabei ist.«

»Jedes Mädchen, das nicht verrückt ist, wird wissen, welcher der bessere Mensch ist.«

»Aber die Mädchen *sind* verrückt nach Lawrence.«

»Möchte nur wissen, was sie an ihm gefressen haben. Meinst du wirklich, er wird weiter hier bleiben?«

»Solange das anhält, und manchmal hält es drei Monate. Keine Angst, Andrew, ich meinte nicht, daß er solange hierbleibt. Er besitzt doch etwas Anstand, und wir sind erst so kurz verheiratet. Eigenartig, als wir heirateten, war er unheimlich hinter Cynthia Jordan her. Wir dachten alle, es wäre etwas Ernstes, und sie ist wirklich sein Typ. Dieses Mädchen natürlich absolut nicht. Aber warum mußte sie auch ausgerechnet zu diesem Zeitpunkt ankommen? Sie ist ja so unheimlich nett, aber es ist trotzdem ein großes Unglück.«

Lee hatte recht gehabt, als sie sagte, Grant stünde der Situation hilflos gegenüber. Er hatte Lawrence immer nachgegeben und war ihm demütig gefolgt. Der Wagen war zwar fertig, aber es war Lawrences Wagen. Das Gasthaus war voll, zumindest behauptete der Besitzer es, und die Motels waren noch nicht geöffnet und würden für die ganze Saison ausgebucht sein. Grant sah unglücklich aus und sagte, er würde gerne nach Ruru gehen, um etwas Passendes zu suchen, aber Lawrence hatte Kitty im Wagen ausgeführt.

Mit etwas übertriebener Hilfsbereitschaft bot Andrew sofort seinen eigenen an, aber ihr Gast kam mit der bedrückenden Nachricht zurück, daß jedes private Hotel bis unters Dach belegt, jede Hütte vermietet und jedes Motel für die Ferien ausgebucht sei. Außerdem brachte er einen Berg Post mit, die der Lastwagenfahrer in seiner üblichen Leichtfertigkeit übersehen hatte.

Von Grants Mißerfolg am Boden zerstört, sah Lee gleichgültig die Briefe durch, hielt dann bei einem Luftpostbrief inne und sagte erstaunt: »Der kommt von meiner irischen Tante. Weißt du, Andrew von meiner einzigen Tante; diejenige, die uns den Scheck für das Pferd gegeben hat.«

»Für den Heißwasserboiler«, erinnerte ihr Mann sie ungalant, aber sie sagte nur gelassen: »Damit ich mir etwas kaufe. Einen hohen Scheck. Ich konnte es gar nicht begreifen, denn ich habe sie noch nie gesehen. Aber sie ist natürlich meine Patentante.«

Der Brief gab teilweise über den Grund Auskunft, denn Miss Connor schrieb: »Ich habe mich sehr über deinen Brief gefreut, und habe mit großem Interesse von deinem neuen Leben gehört. Dein lieber Großvater und auch ich haben als Pioniere gelebt, wenn die Verhältnisse im Orient auch anders waren.«

Lee machte eine Pause und kicherte. »Das würde ich auch sagen. Massenhaft Personal und eine Stellung bei der Regierung.« Dann fuhr sie fort: »Gewiß habt Ihr aus meinem Geschenk das Beste gemacht, ich bin froh, daß Ihr damit das Haus renovieren und einen Heißwasserboiler anbringen konntet.« Hier errötete Lee anmutig und sagte schnell: »Natürlich werden wir ganz bald einen anbringen, und vielleicht hätte ich nie wieder ein Pferd wie den lieben Kismet gefunden. Wie dem auch sei, es war mein Geld, und sie wird nie etwas davon erfahren.«

»Lies weiter«, sagte Andrew mürrisch. »Ich habe so das Gefühl, daß sie etwas davon erfahren wird.«

»Unsinn«, sagte Lee vergnügt. »Sie befindet sich am anderen Ende der Welt«, dann einen Augenblick später: »Ach, ah – nein, Andrew, sie ist in Australien oder sogar – ach, du lieber Himmel – in Auckland«, und an dieser Stelle begann sie hysterisch zu lachen.

»Eines Tages«, sagte ihr Mann und nahm ihr den Brief aus der willenlosen Hand, »werde ich mich bestimmt von dir scheiden lassen. Diese Angewohnheit, in wahnsinniges Gelächter auszubrechen, grenzt an seelische Grausamkeit. Laß mal sehen. Wahrhaftig, es stimmt. Macht sich auf, um uns zu besuchen, ganz zu schweigen von dem Heißwasserboiler. Diesem Brief zufolge sollte sie in vierzehn Tagen bei uns sein, und der Brief hat fünf Tage auf der Post gelegen, alles was recht ist!«

Hier kam Lee ganz unerwartet zu sich und sah ihren Mann strafend an. »Ich finde, es ist nicht sehr nett, so über die einzige Schwester meines Vaters zu sprechen. Außerdem brennt die liebe alte Dame offensichtlich darauf, dich kennenzulernen.«

»Sie brennt so sehr darauf, daß sie sagt, sie würde unter Umständen drei Monate lang in Neuseeland bleiben.«

»Das heißt doch gar nichts. Sie wird nicht die Hälfte davon hier verbringen. Sie sagt, sie hofft, etwas vom Land zu sehen, vielleicht ein Auto zu mieten und herumzureisen. Sie reist gern umher, hat sich das angewöhnt, als mein Großvater immer wieder an einen anderen Ort versetzt wurde.«

»Warum, was hat er getan? Warum immer ein anderer Ort? War er ein Landstreicher?«

Lee lachte. »Alles andere als das. Irgend etwas im diplomatischen Dienst. Ich weiß nicht mehr, was, aber meistens im Orient. Mutter sagte, er wurde ständig zum Gouverneur irgendeiner unbekannten winzigen Kolonie gemacht. Aber Mutter und Tante Hester verstanden sich nicht sehr gut, und ich glaube, seit Mutter wieder geheiratet hat, haben sie sich nur einmal gesehen; das war, als sie und Bernard einmal nach Hause reisten. Sie verbrachten einen Tag in ihrem Dorf.«

»Deine Tante zeigt keine große Begeisterung. ›Ich habe deiner Mutter geschrieben und hoffe, sie auf der Durchreise zu sehen, das heißt, wenn sie sich noch an meine Existenz erinnert‹.« Lee lachte. »Das beruhte auf Gegenseitigkeit. Mutter sagte immer, sie benehme sich wie eine von schwarzen Dienern umgebene Königin.«

»Und die kommt hierher.« Zum ersten Mal klang Andrews Stimme dramatisch, während sein Blick verloren von dem großen schwarzen Ofen zum Wohnzimmer mit seiner fröhlichen Unordnung schweifte. Er stellte auch fest, daß ganz offensichtlich in den meisten Zimmern die Tapeten und Farben fehlten, für die Tante Hester bezahlt zu haben glaubte; und insbesondere der fehlende Heißwasserboiler. Dann faßte er sich wieder und wurde sachlich. »Also komm, wir müssen uns beeilen, die restlichen Tapeten anbringen, und einen Klempner herbeischaffen.«

»Aber das Geld ist ausgegeben«, klagte Lee. »Ausgegeben für Kismet.«

»Zerbrich dir darüber nicht den Kopf.... Du hattest völlig recht, das Pferd zu kaufen, nachdem Gelegenheit war, ein so gutes zu bekommen. Ich kann das Nötige in diesem verdammten Haus schon bezahlen. Ich habe noch ein Sümmchen auf der Bank, und man wird mir schon aushelfen, bis die Lämmer verkauft sind. Zum Glück haben wir die Tapeten. So verlieren wir keine Zeit mit einem Einkauf in der Stadt. Der Klempner könnte vielleicht ein Problem werden, aber wir finden schon einen. Nur ihre Überspanntheit macht mir Sorgen, die wird sie ablegen müssen. Darauf nimmt in der heutigen Zeit kein Mensch mehr Rücksicht.«

»Aber Tante Hester lebt nicht in der heutigen Zeit. Sie ist bestimmt weit über sechzig und hat bis vor ungefähr zehn Jahren im Orient gelebt. Als Großvater sich dann zur Ruhe setzte, haben sie in irgendeinem kleinen englischen Dorf gewohnt, und da war es genau dasselbe. Alle haben zu ihr aufgeschaut, und Tante Hester war dort wie eine Fürstin. Du hättest Mutters

Kommentar hören sollen, als sie von dieser Reise zurückkam. Oh du lieber Himmel, warum war ich nur so egoistisch und habe das Pferd gekauft? Wird es dich ruinieren?«

»Aber nicht im geringsten, und wer konnte den Besuch der Vizekönigin voraussehen? Ich werde Jock Macgregor anrufen und hören, ob er einen Klempner kennt. Grant«, rief er plötzlich, als der junge Mann am Fenster vorbeiging, »komm mal her und hör zu«, und er offenbarte die ganzen alarmierenden Aussichten. »Hast du jemals tapeziert oder angestrichen? Spring ein, das wird uns helfen.«

Grant war verhalten optimistisch. »Ich bin kein Experte, aber ich habe meiner Schwester in ihrem Haus geholfen. Mach dir keine Sorgen, Lee. Wir werden den Laden im Handumdrehen schmeißen. Außerdem ist Miss Connor doch Irin, oder nicht? Wahrscheinlich ist sie eine Kreuzung zwischen einer Dame von Welt und einer Amazone. Sie wird sich nichts aus dem Haus machen, sondern froh sein, daß ihr ein gutes Pferd habt. Natürlich werde ich helfen. Das ist das wenigste, was ich tun kann. Lawrence werden wir auch dazu bewegen. Warum nicht? Es ist doch ein Notfall.«

Insgeheim glaubten weder Lee noch ihr Mann, daß dieser Notfall Lawrence sehr nahe gehen würde, denn er verbrachte jetzt fast seine ganze Zeit bei den Macgregors und kam im allgemeinen nur zum Abendessen zurück. Aber hier sollten sie eine Überraschung erleben. Entweder hatte sich das Verhältnis zwischen ihm und dem neuesten Gegenstand seiner Bewunderung etwas abgekühlt, oder aber Lawrence fühlte sich seinen Gastgebern gegenüber wirklich verpflichtet. Was auch der Grund dafür sein mochte, er entwickelte plötzlich eine enorme Begeisterung für Innenarchitektur und ließ sich lang und breit über seine Ansichten aus. Natürlich würde er ihnen zur Hand gehen, und wenn es nur mit einem Witz wäre, um sie auf dem steilen schmalen Pfad zu halten. Er würde gerne helfen, und er glaubte, ihnen ein paar Anregungen geben zu können.

Er war erschreckend voll davon. »Das gibt einen Heidenspaß. Wir werden dem ganzen Ding ein neues Aussehen geben. Ob ich schon mal tapeziert habe? Natürlich nicht, aber was macht das? Es wird ein Kinderspiel sein, und ihr müßt zugeben, daß ich mit dem Pinsel umgehen kann. Morgen machen wir uns dran, wie der Blitz.«

Wie der Blitz, das beschrieb Lawrences Methoden leider ganz genau. Seine Begeisterung war ungeheuer, ebenso sein Selbstvertrauen. Er, nur er alleine würde den Kleister anrühren, und als das Ergebnis ein Eimer voller Klumpen war, sagte er, es müsse etwas mit dem Pulver nicht stimmen. Lee trug den Eimer in die Koppel hinaus, um ihn auszuleeren, und zehn Minuten später wurde sie von einem lauten herzzerreißenden Blöken erschreckt. Die Hauslämmchen, von Natur aus neugierig, hatten die Angelegenheit untersucht, und eines war in der klebrigen Masse versunken. Lee mußte ihm die Beine unter dem Wasserhahn waschen, während Kater höhnisch zusah und sich dann aufs Schuppendach zurückzog, von wo aus er die Vorgänge mit fast unverhohlener Verachtung beobachtete.

»Jetzt beginnst du wohl besser damit, die Tapeten zu schneiden, Lawrence. Dabei kannst du nicht viel falsch machen«, schlug Andrew boshaft vor. Aber hier hatte er sich geirrt. Lawrence war kein Mathematiker und hatte die ganze Geringschätzung eines Künstlers für langweilige Genauigkeit. »Nicht eine Bahn stimmt«, protestierte Grant. »Die verfluchte Wand wird wie eine einzige Flickerei aussehen.«

»Nichts als Gemecker«, erwiderte Lawrence verächtlich. »Ihr wolltet doch eine großzügige Wirkung. Die Kunst verabscheut Details und gerade Linien.«

Daß er ein echter Künstler war, bewies er, als er darauf bestand, die Tapeten aufzuhängen; keine einzige war gerade. Lawrence, der sich vergnügt über jede Kritik hinwegsetzte, stand oben auf der Stufenleiter und verunstaltete weiter das Papier, um es schließlich krumm aufzuhängen. In der Küche machten Grant und Andrew finstere Mienen.

»Er meint es ja gut. Es ist doch lobenswert, daß er es versucht und uns zur Hand geht. Aber er ist schlimmer als Lee, und ihn können wir nicht zu den Schafen schicken. Du mußt ihn von dieser Leiter herunterbringen, Grant.«

In diesem Augenblick hörte man ein lautes Krachen und einen Schwall von Flüchen. Grant lächelte mit sadistischer Befriedigung. »Nicht mehr notwendig, er ist unten«, stellte er fest.

Lawrence raffte sich gerade wieder auf, als sie hereinkamen. Bei seinem Sturz hatte er mit dem Kopf die feuchte Tapete durchbohrt, die nun in Falten wie eine römische Toga an ihm herunterhing. Lee, die durch den Lärm aufmerksam geworden war, sagte: »Wie ungeschickt du bist, Lawrence, – steh nicht da und guck wie Marc Aurel. Komm aus der Tapete und zerreiß sie nicht noch mehr.«

Ihr Gast warf ihr einen haßerfüllten Blick zu und sagte: »Verdammt wackelige Leiter. Man muß schon erstklassiges Material haben, wenn man etwas zustandebringen will.«

Er brachte dieselbe Beschwerde vor, als sie den Anstrich der Leiste kritisierten. »Verdammter Pinsel, und wie kann man von jemand, der flach auf dem Bauch liegt, erwarten, daß er anstreicht?«

Bei sich dachte Andrew, daß das Ergebnis ziemlich dasselbe war wie bei Lawrences Gemälden, aber er war zu höflich, um es auszusprechen. Lee hatte natürlich weniger Hemmungen und rief: »Lieber Himmel, was soll das denn sein? Eine Marmorimitation? Das sind ja lauter Streifen und Kringel. Das könnte sogar ich besser.«

Lawrences Sinn für Humor verhinderte, daß er seine gute Laune verlor, aber er sagte: »Blödsinn. Die Wirkung ist gut. Wenn man es nicht fachmännisch kann, dann wenigstens originell.«

»Das ist dir bestimmt gelungen«, sagte seine Gastgeberin und lief heimlich zum Telefon, um Jean Macgregor anzurufen. »Haben sie sich zerstritten? Ich kam auf die Idee, weil Lawrence hier so hilfsbereit ist, und das Ergebnis ist grausam. Ja, er verwüstet einfach alles. Sagen Sie Kitty, sie muß das wieder einrenken, sonst wird es hier bald wie in einem Irrenhaus aussehen. Und wenn er erst einmal bei Ihnen ist, dann halten Sie ihn fest, egal wie.«

Diese Verschwörung befreite sie von der Hilfe eines begabten Dilettanten und machte die Dinge leichter. Trotzdem waren die fünf folgenden Tage ein wahrer Alptraum. Die drei arbeiteten verzweifelt. Andrew und Grant strichen an und tapezierten, während Lee Arbeiten außer Haus und viele Aufgaben im Haus durchführte.

»Der geschickte Mann, der etwas vom Klempnerhandwerk versteht«, wurde ausfindig gemacht und traf nur zwei Tage später als versprochen ein, mit einer so kompletten Ausstattung an Werkzeugen, daß Lawrence unglücklicherweise von verfehltem Eifer gepackt wurde und darauf bestand, seine Dienste anzubieten. Diese Partnerschaft dauerte einen Tag lang, an dem Lawrence ein Rohr mit solcher Begeisterung festschraubte, daß es brach und das Haus überflutete, so daß sie alle in Schlamm und Wasser herumpaddelten, bis der Haupthahn abgestellt war. Wegen der Vorwürfe von allen Seiten verärgert, trat er zu hastig den Rückzug an und überquerte den Fußboden in einem langen anmutigen Rutsch, bis er den Boden unter den Füßen vollends verlor und Hals über Kopf in die feuchten, frisch aufgehängten Tapeten stürzte.

»Jetzt reicht's aber«, brüllte Lee gereizt, »wer hätte gedacht, daß du ein solcher Tölpel bist? Wie ein Elefant im Porzellanladen.«

»Das trifft wohl für mehrere Personen zu«, antwortete der schwer geprüfte Helfer. Nach einem weiteren lebhaften Wortwechsel mit seiner verärgerten Gastgeberin erklärte Lawrence, daß er nörgelnde Frauen nicht ausstehen könne und dem Klempner das benötigte Werkzeug anreichen würde. Dabei zeigte er soviel Eifer, daß er einen unentbehrlichen Schraubenschlüssel hinter den Ofen fallen ließ. Dieser ließ sich nur mit vereinten Kräften wieder auffinden und beendete Lawrences Karriere als Klempnergehilfe.

Die anderen arbeiteten verbissen weiter, behindert von Katers Aufmerksamkeit, der nun, nachdem er triumphierend Lawrences Rückzug beobachtet hatte, von seinem Hochsitz auf dem Schuppendach heruntergeklettert war. Wieder mit seiner Herrin vereint, lief er hin und her, schnurrte heiser und hinterließ kleine fossilienartige Abdrücke auf den frisch gebeizten Böden, die, wie Lee erklärte, für spätere Generationen von größtem Interesse sein würden. Der Klempner, der kein Katzenliebhaber war, beäugte den Eindringling immer wieder böswillig und zielte schließlich mit einem Wasserstrahl genau in seine Richtung. Mit einem wahnsinnigen Aufschrei sprang Kater zu den Hennen im Gebüsch. Jetzt gab es nur noch die Lämmer, die gelegentlich aus ihrem Gehege flüchten und zur allgemeinen Verwirrung beitragen konnten.

»Diese verdammten Tiere«, brüllte Andrew wütend, als ein Farbtopf auf den Boden kippte und das größte Lamm aus dem Haus rannte. »Überall laufen sie herum und verdoppeln die Arbeit.«

Lee, die inzwischen sehr müde war, sagte ziemlich scharf: »Den armen Tierchen geht es so schlecht. Niemand kümmert sich um sie, und dann werden sie noch beschimpft, wenn sie ihre Nase zur Tür hereinstecken, und du läßt auch noch deine Wut an ihnen aus, wenn ein kleines Mißgeschick passiert.«

Und dann sagte sie in einem ihrer plötzlichen Stimmungswechsel, an die Andrew noch nicht recht gewöhnt war: »Liebling, ich wische es auf. Ich bin schuld, daß ihr Gatter offenstand. Wir sind alle schlecht gelaunt, und ich bin die Schlimmste. Laß uns einen Tag ausruhen und ein Picknick an der Küste machen. Es ist völlig ungefährlich. Tante Hester kann noch nicht hier sein. Ich habe Mutter telegraphiert, damit sie uns sofort wissen läßt, wenn sie ihren Fuß auf neuseeländischen Boden setzt, und sie soll sie so lange wie möglich in der Stadt festhalten. Wir haben also massenhaft Zeit.«

Dankbar legten sie ihre Arbeit nieder und vergaßen ihre Sorgen. Es war ein Tag ungetrübter Freude, der alle wieder aufmunterte. Die Brecher waren großartig, und das Wellenreiten eine wahre Wonne. Der hellgraue Sand glitzerte unter den rückflutenden Wellen und spiegelte einen wolkenlosen blauen Himmel wider, und an den schwarzen Felsen rauschte die Gischt wie Dampfwolken empor. Von dieser Küste, sagte Lee, habe sie ihr ganzes Leben lang geträumt, gewaltig, wild und völlig einsam.

Kitty Macfarlane begleitete sie und sah in ihrem Badeanzug so hinreißend aus, daß Lawrence verzauberter war denn je, und Grant ihr mit den hingebungsvollen und bettelnden Blicken eines

Spaniels folgte. »Ich habe Grant noch nie so verliebt gesehen«, sagte Lee zu Andrew, als sie über den Hügel zurückkehrten. »Es ist ein Jammer, denn Lawrence stellt ihn so sehr in den Schatten, dabei würde Grant einen viel besseren Ehemann abgeben.«

Die Ankunft zu Hause brachte sie in die harte Wirklichkeit zurück. Die Bescherung war erschreckend. Der Klempner war gegangen und hatte Spuren von Schlamm und Dreck zurückgelassen. Die Böden waren mit Tapetenfetzen, Farbflecken und Kleisterresten bedeckt. Ihr einziger Trost bestand nur darin, daß das Tapezieren und Anstreichen gelungen war und wirklich heißes Wasser, sehr schmutzig, aber unbestreitbar heiß in die Badewanne und ins Becken floß.

Das stimmte Lee fröhlich; Tante Hester würde sich freuen, wie gut sie den Hochzeitsscheck angelegt hatten. Andrew, der daran dachte, daß sein Bankguthaben so gut wie verschwunden war, wunderte sich etwas über diese Feststellung, sagte aber nur: »Es ist alles ganz gut gelungen, aber das Haus ist in einer gräßlichen Unordnung. Du kriegst das nicht allein hin. Vielleicht rufst du einmal Mrs. Harvey an? Sie scheint auf alles eine Antwort zu wissen, und vielleicht findet sie jemand, der hilft.«

Um Hilfe angegangen kam Mrs. Harvey ihrem guten Ruf nach, indem sie erklärte, es gebe eine ausgezeichnete Frau in Ruru: »Sie kommt manchmal zu mir. Keine eigentliche Putzfrau, und ich muß leider sagen, daß sie ihre schlechten Tage hat, aber sie bleibt über Nacht und leistet gute Arbeit. Ein Jammer, daß sie so ihr Geld verdienen muß, aber sie versteht ihre Sache.«

»Das klingt ja phantastisch. Meinen Sie, sie würde zu uns kommen?«

»Sehr wahrscheinlich, wenn ich sie darum bitte. Sie verehrt mich sehr. Donald fährt morgen ins Dorf. Ich werde Mrs. Drill durch ihn benachrichtigen lassen, und er kann sie zu Ihnen bringen. O nein, das macht gar keine Umstände, und wenn ich sie darum bitte, wird sie nicht ablehnen.«

Als Lee dies Andrew berichtete, sagte er finster: »Klingt zu schön, um wahr zu sein. Und was meint sie mit ›schlechten Tagen‹? Das klingt etwas verdächtig.«

»Liebling, versuch doch einmal, nicht so mißtrauisch zu sein«, bat daraufhin Lee. »Vielleicht bekommt sie Neuritis oder Migräne. Sie muß so perfekt sein, daß es bestimmt eines von beidem ist.«

»Wahrscheinlich hat sie es gerade, wenn wir sie brauchen«, äußerte sich Andrew, durch und durch pessimistisch.

»Unsinn, morgen wird sie hier sein, und alles ist in bester Ordnung. Ich habe gerade unser Horoskop für morgen gelesen, und da steht: ›Sie erwarten willkommenen Besuch‹, das heißt Mrs. Drill. Jetzt müssen wir alles soweit herrichten, daß sie sofort anfangen kann, wenn sie da ist. Wir machen uns alle an die Arbeit, suchen das Gerümpel zusammen und machen klar Schiff. Oh, hallo, Lawrence, wie schön, daß du gerade zurückkommst. Nein, das Essen ist nicht fertig. Ich habe auch keine Idee, was zu essen da ist. Du machst dich am besten schon einmal an die Arbeit, und dann bekommen wir vielleicht vor Mitternacht eine Mahlzeit.«

Um neun Uhr genehmigten sie sich schließlich ein Omelett, aber das Gröbste war geschafft. Jetzt konnte man wenigstens sehen, was getan werden mußte, wie Lee sagte. Am nächsten Morgen um elf Uhr sollte Donald Harvey mit Mrs. Drill ankommen, und als der Zeitpunkt näherrückte, stieg die Aufregung. Sie tranken gerade eine Tasse Kaffee, als sie den Wagen hörten, und Lee rannte ans Fenster, um hinauszusehen.

»Er hat sie mit«, verkündete sie. »Das Horoskop hat recht gehabt. Sie sitzt neben ihm und, ach, du meine Güte, sie sieht wie eine richtig achtbare Putzfrau aus.« Mit diesen Worten eilte sie nach draußen, zum Wagen.

Es war sofort klar, daß Mrs. Drill Ehrerbietung erwartete und erhielt, denn sie blieb aufrecht und reglos sitzen, bis Donald ausstieg und um den Wagen ging, um ihr die Türe aufzuhalten. Dann stieg sie aus; eine große stattliche Gestalt ging auf Lee zu, die sich zu ihrer Bestürzung in den Armen der ausgezeichneten Frau wiederfand, die offensichtlich wußte, was sich gehörte.

Die Umarmung war freundlich, aber herablassend, und Lee dachte erschreckt, daß dies tatsächlich ein »schlechter Tag« sei. Hatte Mrs. Harvey damit gemeint, daß diese Frau manchmal etwas verrückt war?

Sie blickte sich verzweifelt nach Hilfe um, aber Andrew und Grant verdrückten sich beschämt, und nur der fremde Donald blieb, und er lud sieben schöne Koffer aus dem Auto. Sieben Koffer. Eine schreckliche Befürchtung überkam Lee. Lieber, viel lieber eine völlig verrückte Putzfrau als das.

Nach dieser Umarmung wurde sie fest bei den Händen gehalten, und eine laute, sehr kultivierte Stimme sagte: »Nun bin ich endlich da. Eine interessante, doch etwas primitive Reise. Es erinnerte mich an einige meiner Reisen mit deinem lieben Großvater in den unzivilisierteren Gegenden dieser Erde. Du siehst deiner Mutter gar nicht ähnlich, Lee, aber ich kann eine gewisse Ähnlichkeit mit deinem lieben Vater feststellen, obwohl du sehr klein geraten bist. Dein Vater war eine stattliche Erscheinung.«

Tante Hester war angekommen, und sie war alles andere als eine Amazone.

5

Lee war verwirrt und zum ersten Mal sprachlos, aber Miss Connor schien das nicht zu beachten und wandte sich herablassend Donald Harvey zu.

»Dieser vorbildliche Mensch war so freundlich, mir eine Mitfahrgelegenheit anzubieten. Der Mann in dem äußerst sonderbaren Laden, wo ich euren Wohnsitz erfragte, berichtete ihm von meiner mißlichen Lage, und er erbot sich, mich herzubringen.« Dann, noch immer mit lauter Stimme, aber zu Lee gewandt: »Sag mal, gibt man in Neuseeland Trinkgeld?«

Lee geriet in äußerste Verlegenheit. Natürlich mußte Donald diese Frage hören. Sie sah zu ihm hinüber und war unendlich erleichtert, daß »dieser vorbildliche Mensch« offensichtlich vergnügt lächelte. Sofort war Lee überzeugt, daß sie diesen Nachbarn gerne mögen würden. Jeder, der mit Tante Hester so spielend fertig wurde, kam ihnen gelegen. Ihr Blick traf den seinen, sie lächelte vielsagend und sagte dann bestimmt: »Natürlich nicht, Tante Hester. Mr. Harvey ist unser Nachbar, und es war sehr freundlich von ihm, dich mitzunehmen.« Mit ausgestreckter Hand ging sie zu ihm hinüber und flüsterte eine Entschuldigung. »Lassen Sie die Koffer bitte stehen. Andrew wird sie hineintragen. Ich weiß gar nicht, wohin er verschwunden ist. Vor einer Minute war er noch hier, der dumme Mensch. Kommen Sie doch zu einer Tasse Kaffee herein.« Dann riß sie sich schnell zusammen, nahm ihre Tante beim Arm und sagte mit einiger Verspätung: »Wie schön, dich kennenzulernen, liebe Tante Hester.«

Donald Harvey war ein ziemlich junger Mann, dunkel wie seine Mutter, aber sonst ganz anders, hochgewachsen, schlank und gutaussehend. Er lächelte Lee an und sagte: »Nein, vielen Dank. Sie möchten jetzt gewiß mit Miss Connor allein sein. Verzeihen Sie, daß ich Sie so überfallen habe. Ich habe versucht anzurufen, bekam aber keine Antwort. Ich konnte Mrs. Drill nicht mitbringen – einer ihrer schlechten Tage, von denen Mutter Ihnen sicher erzählt hat. Bis heute abend hat sie es überstanden, und morgen kann sie wieder arbeiten.«

»O du lieber Himmel – und Sie sollten das Haus sehen.«

»Das tut mir leid. Glücklicherweise muß ich morgen noch einmal nach Ruru fahren, um das Traktorteil, das zusammengeschweißt werden mußte, abzuholen. Ich werde sie dann abholen und bei Ihnen absetzen. Doch, lassen Sie mich die Koffer hineinbringen, bevor ich gehe.«

Aber in diesem Moment tauchten Andrew und Grant mit schuldbewußter Miene auf, begrüßten Miss Connor mit tausend Entschuldigungen und bedankten sich bei Donald. Er fuhr ab, und Lee führte ihre Tante ins Haus, wobei sie verzweifelt überlegte, welche Erklärung sie für die schmutzigen Böden und Fenster und die allgemeine Atmosphäre eines Durchgangslagers geben sollte. Dann zuckte sie unbekümmert die Achseln, beschloß, daß Vorspiegelung falscher Tatsachen unmöglich und

Erklärungen sinnlos seien, und sagte: »So ein Durcheinander. Wir haben deinen Heißwasserboiler eben erst anbringen lassen – du weißt ja, wie die Klempner sind –, und in Neuseeland kommt die Farm immer an erster Stelle. Wir erwarteten eine Frau zum Reinemachen, aber anscheinend genehmigt sie sich einen Tag Erholung und kommt erst morgen. Du wirst also vor allem die Augen verschließen, liebe Tante Hester, außer vor der Aussicht und uns.«

Das war der richtige Start. Sofort legte Miss Connor die Gouverneurstochter ab und wurde zu der Frau, die in all den winzigen Kolonien, in denen sie gelebt hatten, als »guter Kamerad« bezeichnet worden war. Sie sagte fröhlich: »Mein liebes Kind, was machen denn schon die Böden? Ich habe immer eine tiefe Abneigung gegen alle Frauentypen verspürt, die erklären, daß man von ihrem Boden essen kann. Warum sollte das irgend jemand wollen? Ich werde mit meiner Nichte und ihrem Mann – so eine männliche Erscheinung und durch und durch ein Farmer – sehr zufrieden sein.«

Bei diesen Worten schluckte Lee und versuchte, Andrews Blick zu treffen, aber er beachtete sie nicht, sondern sagte nur: »Sie haben uns überrascht, Miss Connor. Entschuldigen Sie, daß dieser Raum ein ziemliches Schlachtfeld ist, aber wir werden das im Nu in Ordnung gebracht haben.«

»Aber doch nicht Miss Connor, mein lieber Junge – Tante Hester. Du gehörst doch zur Familie.«

Andrew nahm dieses Kompliment mit mäßiger Begeisterung auf und machte sich daran, die vielen Koffer aufzuschnallen. Miss Connor fuhr fort: »Noch einmal zu dem jungen Mann, der mich gebracht hat. Ich hoffe, du hattest recht, daß man ihm kein Trinkgeld geben durfte?«

»Aber natürlich. Er ist ein Nachbar mit einer ziemlich großen Farm.«

»Ach du meine Güte, wie eigenartig. Ich finde es sehr schwierig, in den Kolonien die Klassen auf den ersten Blick auseinanderzuhalten, obwohl, wenn ich es mir richtig überlege, dann sprach er ein gutes Englisch, und sein H ist ausgezeichnet. Mit der Zeit werde ich mich schon an die zwanglose Kleidung der jungen Kolonialbewohner gewöhnen. Als ich einen jungen Mann im bunten Hemd ohne Rock und Krawatte sah, habe ich natürlich nicht gedacht, daß er ein Gutsbesitzer ist.«

Lee lachte. »Wie feudal das klingt! Meine Liebe, wir sind doch nur Schaffarmer und kein bißchen vornehm, obwohl es den Harveys gutzugehen scheint. Dieses Durcheinander hier tut mir schrecklich leid. Donald sagt, die Frau käme morgen, um Ordnung zu schaffen.«

»Mein liebes Kind, du brauchst dich nicht zu entschuldigen. Ich bin gewohnt, mich durchzuschlagen. Zu der Zeit, als dein lieber Großvater im diplomatischen Dienst war, bin ich oft an den ausgefallensten Orten abgesetzt worden. Lager, wo die Maultiere praktisch den Wohnraum mit einem teilten. Ich habe auch oft mein Bett selbst machen müssen.« Ihrem triumphierenden Ton war zu entnehmen, daß sie allem gewachsen sei. Später ging Lee mit ihrem Mann einmal hinaus, vorsichtshalber, um ihm anzuvertrauen, daß Tante Hester unglaublich sei. »Sie hat keine Ahnung. In Auckland hat sie in einem ziemlich guten Hotel gewohnt, und sie erzählte mir, daß sie danach nichts mehr erschüttern könne. Warte nur mal ab, bis sie das Bad sieht.«

Aber Hester Connor war ein erstaunlicher Mensch. Nichts schien sie zu entmutigen, und sie bemerkte lediglich, daß das Bad viel bequemer sei als das Zeltbad, das sie auf einer Safari hatte benutzen müssen, und daß sie schließlich hergekommen sei, um ihre Nichte zu besuchen, und nicht, um das Klempnerhandwerk in Neuseeland zu erforschen. Sie war freundlich zu Grant und lächelte tolerant, als Lee erklärte, er habe gerade ein Diplom in Kunst erworben, wobei sie bemerkte, es sei äußerst interessant festzustellen, daß die Kunst in diesem jungen Land schon blühe. »Aber ich verstehe nichts davon«, gab sie zu, »da ich mehr mit den Realitäten des Lebens und dem Bemühen, dem Imperium zu dienen, beschäftigt war.« (Lee stellte belustigt fest, daß sie immer von Imperium sprach, an Commonwealth hatte sie sich offensichtlich noch nicht gewöhnt.)

Zu Andrew war sie ausgesprochen herzlich, denn sie schloß ihn in die, wie sie offensichtlich glaubte, äußerst vornehme Familie ein, aber als Lawrence beim Mittagessen eine gelangweilte Miene aufsetzte, rückte sie ihren Kneifer zurecht (den sie noch nach alter Art an einer Goldkette und an ihrem Kleid festgesteckt trug) und wies ihn sofort in seine Schranken.

»Komische alte Vogelscheuche«, sagte er später zu den anderen. »Es sieht aus, als würde sie sich ein Fernglas vorhalten und nicht diesen komischen Kneifer. Wo hat sie den denn ausgegraben?«

Trotz dieses kühnen Kommentars ließ sich der junge Mann von Miss Connors gezielten Fragen über die Dauer seines Aufenthalts so sehr beeindrucken, daß er noch am selben Nachmittag nach Ruru ging, um sich erneut um eine Unterkunft zu bemühen. Er war den ganzen Nachmittag weg, und Andrews gute Laune stieg beträchtlich, obwohl er Lee ganz offen gesagt hatte, er würde Grant nicht gerne abreisen sehen. »Ein guter Junge, und ich verstehe nicht, daß er mit Lawrence rumzieht.« »Heldenverehrung«, erklärte ihm Lee. »Lawrence verkörpert das, was Grant gerne sein möchte, klug, gutaussehend, reich.« Bei dieser Beschreibung brummte Andrew nur verächtlich. Alle Hoffnungen wurden jedoch zerstört, als Lawrence zurückkehrte, um zu berichten, daß es ihm nicht gelungen war, eine Unterkunft zu finden. Alles war ausgebucht, und die kleinste Hütte vermietet.

So habe ich mein Bestes getan, meine Lieben, und mir ein großes Zelt gemietet, weil niemand, absolut niemand, meine reizende Lee, ein paar arme Künstler aufnehmen wollte.«

»Aber was hast du denn mit diesem riesigen Zelt vor?«

»Es aufzuschlagen, mein kleines Dummerchen – auf einer von Andrews herrlichen Koppeln. Dann sind wir völlig unabhängig, natürlich abgesehen von einer Mahlzeit täglich, die uns die liebe kleine Lee sicherlich nicht verwehren wird. Ihr seht, ich habe nach einer ziemlich unfruchtbaren Zeit etwas recht Vielversprechendes gestartet.«

Lee verkniff sich die Bemerkung, daß der vielversprechende Start offensichtlich ein Flirt mit Kitty Macfarlane war, und meinte stattdessen, daß sie sich wohl besser überzeugen sollten, ob sie für die restlichen beiden Mahlzeiten das Notwendige dahätten. Zum Mittagessen könnten sie natürlich ins Haus kommen. Als sie dann an Grants gute Hilfe dachte und merkte, wie unbehaglich er sich in dieser Lage fühlte, sagte sie schnell: »Und natürlich kommt und geht ihr, wie es euch gefällt.«

»Vor allem gehen«, sagte ihr Mann später, als sie allein waren. »Soll das immer so weitergehen? Ich meine natürlich nicht Grant, aber wirklich, der andere Mensch . . . «

»Ich weiß, und es tut mir schrecklich leid, daß ich dir das angetan habe. Du hättest an unserer Hochzeit besser auf den Sekt aufpassen sollen. Aber es scheint wirklich, als meinte Lawrence es diesmal ernst, obwohl ich das vor drei Monaten bei Cynthia auch geglaubt habe. Na ja, Mrs. Macgregor hat ihn bestimmt richtig eingeschätzt, wir brauchen uns also keine Sorgen zu machen.«

»Tante Hester ganz sicher auch. Sie ist eine seltsame alte Dame. Schlau sind diese Leute, trotz der ganzen vornehmen Manieren. Aber wo hat sie sich die ganze Zeit versteckt? Wenn dein Großvater vor zehn Jahren gestorben ist, hat sie genug Zeit gehabt, die Gouverneurstochter zu überwinden und ihre viktorianischen Ideen abzulegen.«

»Das sollte man meinen, aber, siehst du, sie ist mehrmals in den Orient zurückgekehrt, und wenn sie in England ist, lebt sie in diesem kleinen Dorf, das sie als seine Herrin betrachtet. Das ist wahrscheinlich noch der einzige Ort, der ihre Ideen schluckt, aber er tut es. Sie hat mir davon erzählt. Wirst du sie ertragen können?«

»Natürlich. Ehrlich gesagt, ich mag das alte Mädchen. Sie ist ein richtiger Kamerad und läßt sich nichts vormachen. Unser Lawrence hat das sofort erkannt und rechnet sich aus, daß seine guten Tage bei uns vorüber sind.«

Im Augenblick gab Tante Hester, die auf ihrem ungemachten Bett saß und weder dem schmutzigen Boden noch den fehlenden Vorhängen Beachtung schenkte, eine Erklärung für ihre unerwartete Ankunft. »Kein Lebenszeichen von deiner Mutter in Auckland, obwohl ich ihr eine Woche vorher geschrieben hatte, um ihr Tag und Stunde unserer Ankunft mitzuteilen. Glücklicherweise hatte ich ihre Adresse, und als ich mir schließlich eine

Unterkunft beschafft hatte, rief ich sie zu Hause an, und da wurde mir von jemandem, der sich Haushälterin nannte, erklärt, daß die Familie schon seit zehn Tagen verreist sei.«

Ihre empörte Stimme ließ keinen Zweifel daran, daß Miss Connor dies für äußerst rücksichtslos und Angelas leichtsinnigem Charakter völlig entsprechend hielt. Lee sagte eilig: »Dann hat sie deinen Brief bestimmt nicht bekommen. Ich habe ihr geschrieben, um ganz sicher zu sein, daß sie mir den Tag deiner Ankunft telegraphiert, damit wir für dich alles schön und bereit hätten – aber ich fürchte, das haben wir nicht.«

Davon wollte Tante Hester nichts wissen. »Ich bin in die Kolonien gekommen, und ich bin darauf vorbereitet, mich den Verhältnissen anzupassen. Außerdem haben mir die Leute erklärt, daß das hier das sogenannte ›Hinterland‹ sei. Eine komische Bezeichnung, und sie kam mir so schrecklich amerikanisch vor.«

Am nächsten Tag setzte Donald Harvey Mrs. Drill vor ihrer Türe ab. Sie war eine sehr achtbare Person, bei der man sich gar nicht vorstellen konnte, daß sie ihre »schlechten Tage« hatte, an denen sie sich, so Donald, von der Außenwelt abschloß und sich hartnäckig durch eine Flasche Gin kämpfte. »Aber das ist der einzige Fehler an dem armen alten Mädchen, und Sie werden sehen, daß sie arbeiten kann«, sagte er, und als Lee eine Stunde lang zugesehen hatte, wie Mrs. Drill mit ungeheurer Energie und wenigen Worten die schmutzigen Böden in Angriff nahm, stimmte sie ihm gerne zu.

Wie sie jetzt merkte, war Donald beträchtlich älter als seine Schwester, ein gedienter Soldat, der – wie sie später erfahren sollte – vorzeitig eingerückt war und mehrere Jahre Krieg miterlebt hatte. Er war ein stiller, humorvoller Mensch, und man hielt es kaum für möglich, daß er der Sohn seiner Mutter war. Wieder konnte Lee nur vermuten, daß der verstorbene Mr. Harvey ausgesprochen gut ausgesehen und sehr nett gewesen sein mußte. Seine einzige Schattenseite war wohl seine Frau gewesen.

Bevor Donald sich verabschiedete, lud er die ganze Gesellschaft für Sonntag zum Tennis ein.

»Wir haben einen Tennisplatz, aber es wird zu selten gespielt, außer wenn die Sommerfrischler nach Ruru kommen. Kathleen und ich, wir freuen uns über Partner.«

Lee nahm die Einladung gerne an. Klar, Andrew könne sich sehr gut freimachen. Außerdem war es ohnehin Sonntag.

»Ihr Mann hat mir erzählt, daß Sie häufig mit ihm auf die Farm hinausgehen. Da sind Sie sicher sehr beschäftigt, aber für ihn ist es schön.«

Seine Stimme klang etwas wehmütig, und als er gegangen war, sagte Lee zu ihrem Mann: »Donald ist unheimlich nett. Wir müssen eine Frau für ihn finden. Ich glaube, Kitty Macfarlane wäre genau richtig für ihn. Sie kommt von einer schottischen Farm, und es wäre nett für sie, wenn sie sich in der Nähe ihrer Tante niederlassen könnte.«

»Du wirst sie doch nicht verkuppeln wollen. Das geht immer schief und du verdirbst alles. Und außerdem, was soll mit Lawrence werden?«

»Ich sage dir doch schon die ganze Zeit, daß er keine ernsten Absichten hat. Kitty mag so schön wie ein Gemälde sein, aber Lawrence würde nie ein einfaches Schottenmädchen heiraten. Auf unseren Lawrence wartet nichts Geringeres als die Tochter eines Regierungschefs. Zu schade, daß Kitty sich nicht um Grant kümmert. Ich bin sicher, der arme Kerl ist schrecklich in sie verliebt, aber er ist so bescheiden. Außerdem steht in seinem Horoskop . . . «

»Lee, jetzt sei mal vernünftig! Du mußt dieses Buch einfach verbrennen und damit aufhören, andere bevormunden zu wollen. Grant ist ein lieber Kerl, und es wäre mir völlig egal, wie lange er bleibt, aber ihm ist es unangenehm. Jetzt ist er dabei, dieses Zelt aufzuschlagen.«

Mrs. Harvey hatte die Wahrheit gesagt, als sie behauptete, Mrs. Drill würde gut arbeiten. Den ganzen Tag lang schrubbte und polierte sie, und am Abend waren Böden und Schränke makellos. »Und morgen mache ich mich an die Fenster«, sagte sie vergnügt und ging früh schlafen, um sich auf einen neuen Kampftag vorzubereiten.

Lee hatte sich etwas Sorgen gemacht, wie es ihrer Tante gefallen würde, sich mit der Reinemachefrau an einen Tisch zu setzen; aber sie hätte sich den Kopf nicht zu zerbrechen brauchen. Unter den vielen Dingen, die das Leben Miss Connor gelehrt hatte, war auch die wertvolle Kunst, die Herzen derer zu gewinnen, die für sie arbeiteten, und die sie seltsamerweise als »die unteren Klassen« bezeichnete. Als Mrs. Drill zwei Tage später ging und ein ordentliches und makelloses Haus zurückließ, war sie schon ganz in Miss Connors Bann.

Sie hatte beschlossen, zu Mrs. Harvey weiterzugehen, »für sie zu arbeiten und so zwei Fliegen mit einer Klappe zu schlagen«. Sie lieferte ihr eine begeisterte Beschreibung der Besucherin: »Eine echte Dame, das sieht man auf den ersten Blick. In diesem Teil der Welt gibt es sowas nicht nochmal.«

Dieses zweifelhafte Kompliment nahm Mrs. Harvey mit einiger Zurückhaltung auf, beschloß aber, den Neuankömmling so bald wie möglich zu besuchen.

»Denn ich kann mir nicht vorstellen, daß sie diesen unordentlichen Haushalt sehr sympathisch findet«, sagte sie zu ihrer Tochter. »Diese junge Mrs. Marsden ist offensichtlich keine Hausfrau. Wie sollte sie auch, wenn sie den ganzen Tag in Kattunzeug auf der Farm herumreitet und Sommersprossen auf der Nase bekommt?«

»Ich mag sie gerne«, sagte Kathleen ruhig. »Und sie trägt sehr gute Reithosen. Und Sommersprossen wird sie bei ihrer dunklen Haut nicht bekommen. Nein, ich gehe nicht mit. Gar nicht nötig, denn sie kommen am Sonntag zum Tennis.«

»Und bringen die zwei jungen Männer mit, die sich dort eingenistet zu haben scheinen. Ein seltsamer Haushalt und wohl kaum geeignet, eine Dame wie Miss Connor zufriedenzustellen. Wie ich höre hat sie sich immer in Regierungskreisen bewegt. Eigenartig, denn man würde nie glauben, daß dieses Mädchen vornehme Verwandte hat. Ich muß sie einfach besuchen. Ich möchte sie bitten, am Sonntag mit den anderen zu kommen.

Mrs. Harvey rief an, um ihre Absicht kundzutun, erhielt aber keine Antwort. Das konnte sehr leicht geschehen, denn Lee war häufig außer Hause, und Miss Connor weigerte sich entschieden, vom Läuten eines Telefons Notiz zu nehmen, besonders bei einem Sammelanschluß. So kam es, daß es im Haus totenstill war, als Mrs. Harvey dort eintraf. Entschlossen drang die Besucherin bis hinter das Haus vor und wurde von einem erstaunlichen Anblick überrascht. Die Dame, die sich immer in Regierungskreisen bewegt hatte, mühte sich damit ab, ein paar widerspenstige Lämmer zu füttern. Sie trug die weite Sackschürze, die Lee normalerweise bevorzugte, ihr Kneifer saß schief, und ihre aristokratische Wange war völlig verschmiert. Nichts vermochte jedoch ihr würdevolles Auftreten zu beeinträchtigen.

»Mrs. Harvey? Ach ja! Ihr liebenswürdiger Sohn hat mich gerettet und mich hierher gebracht. Wie nett von Ihnen, mich zu besuchen. Wie Sie sehen, bin ich in leichten Schwierigkeiten. Obwohl ich alle Tiere gerne mag, habe ich noch nie mit Lämmern zu tun gehabt, und dieses Kleine kann ich nur schwer zum Trinken bewegen.«

Mrs. Harvey war außer sich. »Aber man verlangt doch wohl nicht von Ihnen, daß Sie Lämmer füttern?«

»Man verlangt es ganz bestimmt nicht.« Miss Connors Stimme klang beschwichtigend, und die Besucherin erkannte, daß sie einen Fehler gemacht hatte. »Aber meine Nichte kommt heute spät zurück. Das hat irgend etwas mit einem Bullen zu tun, der in die falsche Koppel geraten ist. Ich glaube, das sind schwierige Wesen. Ich wollte nicht, daß Lee von blökenden Lämmern begrüßt wird, wenn sie müde zurückkommt, und deshalb dachte ich, ich versuche es. Aber Sie sind wahrscheinlich viel erfahrener als ich und lieben Tiere.«

Mrs. Harvey murmelte irgend etwas Unverbindliches, denn in Wirklichkeit mochte sie die Tierwelt nicht und betrachtete sie nur als bequeme Geldquelle. »Am rechten Ort ja«, gab sie zu, und Miss Connor lächelte.

»Da ist meine Nichte anderer Ansicht. Ich persönlich habe noch nie so nahen Kontakt zu Tieren gehabt, und Lämmer sind bedauerlich primitiv in ihren persönlichen Gepflogenheiten. Aber ich mag sie gerne, trotz ihres Geruchs. Natürlich gewöhnt man sich im Orient an viele Gerüche, und Ziegengeruch ist noch durchdringender. Tja, ich glaube, wenn ich dieses Lämmchen fest zwischen meine Knie klemme, und Sie die Flasche halten ...«

Mrs. Harvey wollte einwenden, daß sie nichts vom Lämmerfüttern verstehe, daß man auf ihrer Farm die Zeit nicht so vergeude, daß sie ein gutes Kleid anhabe und Lämmer schmutzige Tiere seien. Aber sie sagte nichts; statt dessen nahm sie die Flasche an, so daß Lee, als sie später in den Hof ritt, ihre Tante erblickte, die ein Lämmchen fest im Griff hatte und befriedigt erklärte: »Wenn Sie ihn – oder ist es eine Sie? – überreden könnten, etwas langsamer zu trinken. Ah ja, ich sehe schon, Sie sind richtig naturverbunden.«

Der Anblick von Mrs. Harveys zusammengeknotetem Rock und ihrem Gesichtsausdruck, in dem sich Hilfsbereitschaft für Miss Connor und Abscheu vor etwas so Gewöhnlichem wie einem Lamm vereinten, erschreckte und belustigte Lee zugleich. »Oh, wie nett von dir«, rief sie und versuchte, nicht zu lachen, »aber das sollst du doch nicht ... Und Sie auch nicht, Mrs. Harvey. Tante Hester, wie konntest du nur?«

Mrs. Harvey zog ihren Rock herunter, und Tante Hester versuchte, einen vielsagenden belustigten Blick mit Lee zu tauschen. Auf jeden Fall hatte die unangenehme Aufgabe das Eis völlig gebrochen, und als sie sich verabschiedete, tat sie es mit dem guten Gefühl, daß ihr Kleid zwar zerknautscht und ihre Strümpfe schmutzig waren, sie aber das Vertrauen der ausgesprochen exzentrischen Dame, die jedoch als Tochter eines früheren Gouverneurs gebildet sein mußte, gewonnen hatte.

»Und wir erwarten Sie am Sonntag«, rief sie fröhlich, als sie in ihren Wagen stieg.

Hester Connor blickte ihr nachdenklich nach. »Ich habe schon oft beobachtet, daß die Tierwelt im Menschen das Beste hervorruft«, bemerkte sie scharfsinnig. »Diese kleine Frau wurde erst richtig menschlich, als sie einem hungrigen Lämmchen die Flasche gab.«

Lee lachte. »Es ist auch etwas schwierig, Eindruck zu machen, wenn man besabbert wird. Aber Tante Hester, du hättest dich mit den kleinen Biestern nicht abmühen sollen.«

»Unsinn. Ich habe beschlossen, die Lämmer zu übernehmen.

In der Hausarbeit bin ich nicht so sehr geübt, aber ich liebe Tiere, und Lämmer sind für mich etwas Neues.«

Sie hielt Wort, und die Lämmer gediehen, und ihre Manieren verbesserten sich unter der würdigen Führung.

Lee, die sich auf das Tennisspiel freute, war überrascht, daß Andrew überhaupt keine Begeisterung zeigte. »Das Vieh . . .«, begann er.

»Unsinn. Das Vieh kann gut bis morgen warten. Du hast neulich selbst gesagt, daß es nicht eilt. Wie dem auch sei, du solltest einmal einen freien Tag haben.«

»Einen freien Tag? Nennst du das einen freien Tag, wenn ich mich verrückt verkleide und stundenlang auf einem heißen Tennisplatz herumhüpfe oder mit Mrs. Harvey Unsinn rede, wenn wir gerade nicht spielen? Ich stelle mir vor, daß ich an einem freien Tag am Strand in der Sonne liege und nicht einmal denke.«

Lee war über diesen mangelnden Unternehmungsgeist wütend, aber ihre Tante sagte beschwichtigend: »Meine Liebe, nimm dir's nicht zu Herzen. Die Männer sind alle gleich. Dein lieber Großvater hat bei gesellschaftlichen Verpflichtungen immer schrecklich protestiert, und dann hat es ihm so gefallen, daß er sich nur schwer überreden ließ, zu einer normalen Zeit nach Hause zu gehen. Du wirst sehen, daß Andrew genauso ist und vorbringen wird, es sei lächerlich, so früh zu gehen, wo das Licht doch noch so gut ist.«

Lee sah ihre Tante interessiert an. Sie begann zu begreifen, daß Tante Hester, obwohl sie nicht verheiratet war, fast alles über Männer oder vielmehr über Menschen überhaupt wußte.

Als der Sonntag kam, hatte sich das Auto wohl leider von Andrews Widerwillen anstecken lassen; es weigerte sich zum ersten Mal zu starten und zeigte eine allgemeine Bockigkeit, die später zur Gewohnheit werden sollte. Andrews Laune wurde dadurch nicht gerade besser. Wie jeder Besitzer eines etwas unansehnlichen Autos hatte er immer erklärt, daß es vielleicht nicht nach viel aussehe, ihn aber noch nie habe sitzen lassen und eine Hauswand hinauffahren könne. Heute zeigte es sich nicht einmal geneigt, auch nur einen sanften Hang hinaufzufahren. Andrew drehte verärgert den Zündschlüssel hin und her, stieg aus, machte die Kühlerhaube auf, rüttelte mit einer Miene profunden Wissens, aber wenig tatsächlicher Sachkenntnis an verschiedenen Drähten, prüfte das Benzin und suchte nach dem Kurbelgriff, der sich schließlich in der Küche fand, wo Lee ihn als Schürhaken gebraucht hatte. Andrew kurbelte wild los und fluchte leise vor sich hin, denn er mußte sich wegen Hester Connors Gegenwart etwas zurückhalten. Er machte gerade eine Pause und wischte sich die nasse, gefurchte Stirn, als Lawrence wie aus dem Ei gepellt in Tennishosen und Universitätsblazer vom Zelt herübergeschlendert kam.

»Irgendwelche Schwierigkeiten?« fragte er unnötigerweise, und Andrew verbiß sich nur ungern die passende Antwort. »Kommt besser in meinen Wagen und überlaßt das alte Vehikel seinem Schicksal. Ist genügend Platz für uns alle.«

Lee sah, wie die blanke Wut über Andrews Gesicht blitzte, und sagte schnell: »Oh, ich bin sicher, es wird gleich anspringen. Hilf nur mal schnell schieben, Lawrence.«

Das traf verständlicherweise auf heftigen Protest. Der Schuppen, der als Garage diente, lag in einer kleinen Mulde, und die Vorstellung, den schweren alten Wagen den Abhang hinaufzuschieben, widerstrebte Lawrence natürlich. »Warum zum Teufel ...«, begann er, traf auf Hesters stahlharten Blick und schluckte. »Was ist der Sinn der Sache?« begann er erneut. »Warum zwei Autos, wenn eines genügt? Morgen werde ich es ins Schlepp nehmen, wenn es nicht starten will, und dann kann einer von uns es nach Ruru bringen. Es ist am vernünftigsten, heute mit meinem zu fahren.«

Andrew warf dem herrlichen Auto einen bösen Blick zu und willigte dann widerstrebend ein. Seine Laune verbesserte sich nicht gerade, als er hörte, wie Lee Grant anvertraute, sie sei sicher, das Auto kenne Andrew in- und auswendig. »Denn schließlich sind sie ja zusammen alt geworden – deshalb merkte es, daß Andrew nicht gehen wollte, und benahm sich dementsprechend.« Gleichzeitig vertraute Lawrence Miss Connor an, daß er persönlich nicht viel davon halte, sein Herz an ein Auto zu hängen, und daß er seines alle zwei Jahre wechsle. Darauf entgegnete sie, daß sie ihrerseits alte Wagen für vornehmer halte, wie alte Möbel und altes Silber. Sie trügen alle einen bestimmten Stempel. Als Andrew sah, wie eine leichte Röte Lawrences Hals hinaufstieg, begann er sich besser zu fühlen.

Vom Standpunkt der jungen Leute aus war der Nachmittag mit Sicherheit gelungen. Wie er Tante Hester gefiel, darüber äußerte sie sich nicht, sondern bemerkte lediglich, daß ihre Gastgeberin ihr jedes einzelne Kleid von der königlichen Gartenparty beschrieben habe, wobei sie gleichzeitig erklärte, daß sie natürlich als einzige aus dieser Gegend eingeladen war.

»Und was hast du darauf gesagt, Tante Hester?« fragte Lee mit einem Augenzwinkern.

»Ich bemerkte, daß es meines Wissens nur darum ging, den Namen im Regierungspalast einzutragen, aber daß man hier vielleicht anders verfahre, und die Veranstaltungen exklusiver seien«, erwiderte Hester stolz.

Die Geschwister Harvey waren beide ausgezeichnete Tennisspieler, und Lawrence hatte in der Universitätsmannschaft gespielt. Das Erscheinen von Kitty Macfarlane schien jedoch mit einem Erschöpfungsanfall seinerseits zusammenzutreffen, und er zog sich in den Schatten einer alten Weide zurück, die ganz in der Nähe des Tennisplatzes wuchs. Hier saßen die Nichtspieler in ziemlich gelangweiltem Schweigen, bis Kitty kam, und die Männer – wie Lee bemerkte – plötzlich wieder ausgesprochen lebendig wurden.

Mrs. Harvey begrüßte Kitty gnädig. Miss Connor, die neben ihr saß, vertraute sie mit halber Stimme an: »Die Macgregors sind sehr gute Nachbarn, obwohl sie absolut nicht . . . Sie verstehen mich? Aber Kathleen bestand darauf, das Mädchen einzuladen, und es machte einen netten Eindruck . . . «

»Ganz bestimmt nett für die Herren«, erwiderte Hester scharf, die feststellte, daß Lawrence sich plötzlich in den Schatten des Baumes zurückgezogen hatte, Grant einen leichten Ball verschlug und Donald Harvey seinen ersten Doppelfehler des Tages eine Minute nach Kittys Ankunft machte.

»Nein, ich spiele nicht Tennis«, sagte Kitty mit einer Aufrichtigkeit und Bescheidenheit, die Lee persönlich noch besser gefielen als ihr Gesicht. »Wir hatten keinen Tennisplatz zu Hause. Was sollten Farmer wie wir damit anfangen?«

Nach dieser Bemerkung lag ihr die ganze Gesellschaft noch mehr zu Füßen, Mrs. Harvey vielleicht ausgenommen, und Hester Connor stellte mit schrecklich lauter Stimme fest, daß es nach ihrer Erfahrung keine bessere Erziehung als die des schottischen Farmers gebe. Keinerlei Angabe. Keine Vorspiegelung falscher Tatsachen.

6

Miss Connor hatte völlig recht gehabt. Es dämmerte schon, als Lee ihren Mann von der Tennisgesellschaft wegschleppte, viel zu spät, um noch Rettungsarbeiten am Auto vorzunehmen. Lawrence war kein Frühaufsteher und regte sich immer erst nach dem Frühstück, das Grant sorgfältig, aber nicht sehr gekonnt auf ihrem Spirituskocher zubereitete. Es war zehn Uhr, als er auftauchte, und Andrew, der den Verrat seines alten Freundes einfach nicht hinnehmen konnte, hatte schon gekurbelt, unter die Kühlerhaube geguckt und leise, aber ununterbrochen eine ganze Weile vor sich hingeflucht. Seine Laune hatte etwas gelitten, und Lee ihrerseits war beleidigt über die Art, wie er ihre zuversichtliche Behauptung aufnahm, daß sie sicher sei, der gute alte Wagen würde es sich heute morgen bestimmt überlegen.

»Den kann man nur noch abschleppen«, verkündete Lawrence, als die vereinten Bemühungen der drei Männer es nicht fertiggebracht hatten, die Maschine auch nur einen Zentimeter vorwärtszubewegen.

»Aber wird das bergauf nicht schwierig sein?« fragte Lee, und zur Antwort kam ein gönnerhaftes: »Bergauf? Überhaupt keine Schwierigkeit bei *der* Maschine. Massenhaft überschüssige Kraft. Jetzt brauchen wir nur noch ein Abschleppseil und jemanden, der das andere Auto lenkt, und schon ist es geschafft.«

Aber ganz so einfach war es nicht. Ohne daß es jemand gemerkt hatte, hatte sich der Himmel unheilvoll zugezogen und ließ nun einem heftigen halbstündigen Wolkenbruch freien Lauf. Nicht einmal überschüssige Kraft brachte auf diesem rutschigen Abhang etwas zustande, und die beiden Autos glitten lustig hin und her, immer in entgegengesetzter Richtung. Andrew kam hinter dem Steuer wieder hervor und sagte beleidigt und resignierend: »Ich werde wohl besser schieben helfen. Geh du rein, Lee, und tu dein Bestes. Du sollst das Seil möglichst nicht überspannen und auch nicht überbelasten.«

Lee, die noch nie zuvor gesehen hatte, wie ein Wagen abgeschleppt wurde, sagte, das könne doch jeder, und nichts sei einfacher als das, und in den ersten fünf Minuten hatte sie das Seil zweimal überspannt und dann schnappen lassen. »Und es nützt überhaupt nichts, wenn du so stöhnst, Lawrence«, sagte sie scherzhaft. »Wenn dein komisches Auto so gut wäre, wie du sagst, dann würde ihm das Hügelchen nichts ausmachen. Wir sind unzählige Male hier raufgefahren. Andrew, sollten wir nicht die Zugpferde holen, so wie die Dinge liegen?«

Lawrence entgegnete, nur ein Idiot könne erwarten, daß ein Auto auf einer Grasfläche ziehe, und Grant warf schnell ein, daß die Reifen natürlich fassen müßten, und daß Pferde vielleicht eine ganz gute Idee seien, und ob er helfen könne, sie einzufangen.

Sie hatten zwei Zugpferde von Alf Parsons gekauft, eines mit Namen Marilyn, ein geduldiges, altes, graues Pferd mit müdem Blick, und das andere hieß Happy, aus irgendeinem unerfindlichen Grund, den Andrew, der das Tier noch nie richtig hatte arbeiten sehen, sich nicht erklären konnte. Bald merkten sie jedoch, daß Alf einen ausgesprochen eigenartigen Sinn für Humor besessen hatte, denn Happy, ein Pferd mit düsterem Gesichtsausdruck und hängender Unterlippe, hatte einen Haß auf die ganze Welt, vor allem aber auf Autos. Weil Happy das stärkere Pferd war, hatten sie versucht, es das Auto abschleppen zu lassen, aber kaum waren die Ketten befestigt, da schnaubte es beängstigend, trat nach allem, was sich in seiner Reichweite befand, und bäumte sich dann so gefährlich auf, daß Lee wie rasend schrie: »Paß doch um Himmelswillen auf. Wenn es das

Gleichgewicht verliert, landet es auf dem Kühler, und als Kühlerfigur ist es viel zu groß.«

Diese unsinnige Bemerkung brachte Andrew fast um den Verstand. Es reiche, murmelte er Grant zu, daß er ein nutzloses, schlecht gelauntes Mistvieh von Pferd gekauft habe, eine Frau aber, die unter allen Umständen witzig sein wolle, sei fast ein bißchen zu viel.

Behutsam lösten sie Happy aus den Ketten und ersetzten sie durch Marilyn, der es gemeinsam mit den drei Männern, die hinten schoben, gelang, das Auto den Abhang hinauf bis auf den Vorplatz zu ziehen. »Das genügt bestimmt«, kommentierte Lee, aber noch immer kam kein Lebenszeichen aus dem Motor, und Andrew sagte wütend: »Wir ziehen das verdammte Ding den langen Abhang hinauf und lassen es herunterrollen. Wenn überhaupt, dann sollte das den Motor zum Laufen bringen. Tut mir leid, aber wir werden der Stute helfen müssen.«

Es war ein langer Abhang, und das viergespannige Team keuchte schwer, bis es oben war. Andrew befreite die schwitzende Marilyn und setzte seine aufgeregte Frau auf den Fahrersitz. »Wir werden dir einen kräftigen Schubs geben. Dann legst du den dritten Gang ein, gibst soviel Gas wie möglich und braust los. Bevor das Auto unten ist, sollte es anspringen.«

Lee setzte sich fest in den Sitz, stellte ihren Fuß auf das Gaspedal und machte sich auf eine atemberaubende Abfahrt gefaßt. Die Männer schoben kräftig an und beobachteten die zunehmende Geschwindigkeit äußerst befriedigt. Zu ihrer Bestürzung gab der Motor jedoch keinen Ton von sich. Der Wagen begann langsamer zu werden. Sie nahmen die Verfolgungsjagd auf und erreichten ihn gerade, als er erneut zum Stillstand kommen wollte. Lee war bitter enttäuscht. »Dabei habe ich die Starterklappe so weit rausgezogen und soviel Gas gegeben. Er hätte einfach runterrasen müssen, aber – « und plötzlich ganz verzagt: »Ach du meine Güte.«

Andrew schaute zum Fenster hinein und sagte dann mit verhaltener Stimme zu allen: »Es wäre besser gewesen, wenn du den Zündschlüssel umgedreht hättest.«

In der gespannten Stille hatte Lee Zeit nachzudenken:

»Gräßlich, diese Autos. Ich bin sicher, sie haben massenhaft Scheidungen verursacht.« Lawrence lachte, aber Grant, der so umsichtig gewesen war, Marilyn mitzubringen, bückte sich nur und machte die Ketten wieder fest. »Das kann jedem mal passieren«, sagte er und war dann äußerst erstaunt, als Lee aus dem Auto sprang, ihn kurz umarmte und erklärte, daß einige Männer einfach zum perfekten Ehemann geboren seien. Andrew guckte etwas mürrisch, begnügte sich aber mit der Feststellung, daß er diesmal die Vorsichtsmaßnahme getroffen habe, den Zündschlüssel vor dem Start umzudrehen.

»Ja, jetzt läuft er«, sagte Lee außer Atem, als sie zehn Minuten später ins Haus stürmte. »Grant hält ihn in Gang, während ich mich umziehe. Kommst du auch, Tante Hester? Stell dir vor«, sagte sie, als sie mit unterdrückter Wut ihre alten Schuhe in eine Ecke des Zimmers warf, »wir haben beinahe schrecklich Krach bekommen. Andrew war so böse«, und plötzlich bekam sie einen Lachanfall, als sie ihrer Tante von der ersten mißlungenen Fahrt den Berg hinunter erzählte, und dann schloß sie beleidigt: »Ich hätte nie gedacht, daß Andrew mich so anstarren würde.«

»Das würde ich mir nicht zu Herzen nehmen, meine Liebe«, antwortete Tante Hester gelassen. »Ich war schon lange der festen Überzeugung, daß beim menschlichen Wesen Maschinen nur Schlechtes wecken, so wie andererseits Tiere das Beste zutage treten lassen. Aber nein, ich werde euch wohl nicht begleiten. Ich glaube, ich werde heute morgen lieber einen langen Spaziergang machen und die Straße bis weiter in den Wald hinein auskundschaften.«

»Du wirst dich doch nicht verirren? Da ist meilenweit nur Gebüsch, genau wie im Dschungel. Andrew sagt, daß es dort Wildschweine gibt, und die können ziemlich gefährlich werden.«

»Ich werde mich nicht verirren«, erwiderte ihre Tante würdevoll. »Was die Schweine anbetrifft, so jagen sie jemandem, der in manch tropischer Nacht bei Löwengebrüll gezeltet hat, nur wenig Angst ein. Ich glaube, ihr werdet schon zurechtkommen, meine Liebe, aber ich meine, ich kann dabei nicht von großem Nutzen sein. Wahrscheinlich wäre es am besten, den Wagen überhaupt nicht mehr zu stoppen, auch wenn ihr zufällig jemanden überfahren solltet.« Nach diesem unsittlichen Rat nahm Miss Connor den dicken Stock, den Andrew benutzte, um die Kühe zusammenzutreiben, und brach zu ihrem Spaziergang auf.

Zum ersten Mal in ihrem Leben war Lee wirklich nervös. Der Gedanke daran, daß der Wagen auf einer einsamen Straße möglicherweise stehenbliebe und nicht mehr anspringen könnte, war erschreckend. Sie hörte daher mit großer Erleichterung, daß Grant Lawrence bei den Macgregors absetzen und ihr dann nach Ruru folgen würde. Wenn der Wagen dann dableiben mußte, konnte er sie nach Hause bringen.

Ganz entgegen ihrer Gewohnheit fuhr Lee langsam, nahm die Kurven auf der richtigen Seite und hupte an den schlimmsten Ecken. Außer einem haarsträubenden Zusammtreffen mit einer Sau und einem Dutzend Ferkel außerhalb des *pa*, gab es keine Zwischenfälle, und wenige Minuten vor Grant traf sie bei der Garage ein.

Der Maori-Besitzer, dessen Name, wie sie nun erfuhr, Eru war, saß gemütlich beim Mittagessen, versprach aber, sobald er fertig sei, sich den Schaden anzusehen. Grant sagte eifrig: »Komm, geh mit mir essen. Gastgeber sein ist für mich einmal etwas anderes. Einverstanden? Dann probieren wir es mit dem Privathotel.«

Die hübsche Bedienung, ein Mischling, sagte, sie könnten ein Mittagessen haben, aber »Doppelzimmer sind nicht mehr frei, Alle besetzt«. Lee geriet in Versuchung herauszuplatzen, und Grant wurde verlegen, aber demütig stimmten beide der Mahlzeit zu. Die meisten Pensionsgäste hatten gegessen und waren gegangen. Der große Raum war fast leer. Lee lehnte sich genüßlich in ihrem Sessel zurück und erklärte ihrem Gastgeber, wie herrlich es sein würde, eine Mahlzeit zu essen, die sie nicht selbst hatte kochen müssen, »denn schließlich überlege ich mir nun schon seit Ewigkeiten ständig, was ich zum Abendessen brauche und wie ich Reste am besten zum Mittagessen verwende, und das wird man einmal leid.«

»Eine schreckliche Belastung, und uns hast du auch noch vierzehn Tage lang am Hals gehabt. Ich weiß auch nicht, wie Andrew es aushält, aber Lawrence kann man jetzt nur noch mit einer Ladung Dynamit loswerden.«

»Du bist uns überhaupt nicht zur Last gefallen, und du hilfst Andrew doch so viel. Er kann es nicht oft genug betonen. Ich glaube, er hätte dich gerne für immer hier.«

»Das ist nett von euch, aber wenn zwei Menschen erst wenige Monate verheiratet sind ... «

»Macht nichts, es kommen noch so viele Monate und Jahre, und wer weiß, was uns noch bevorsteht. Oh, Grant, sieh mal, wer da ist!« denn in diesem Augenblick war ein großer Mann mit einem ausdrucksvollen Kopf und der gebeugten Haltung eines Gelehrten eingetreten und hatte sich in ihrer Nähe an einen Tisch gesetzt. Zu der Bedienung, die eilends zu ihm kam, sagte er: »Ich fürchte, ich habe mich verspätet. Es war weiter, als ich erwartet hatte«, und dann lächelte er auf eine Weise, daß sein ganzes Gesicht leuchtete.

»Ist schon gut«, sagte sie mit einem Blick, wie er Lieblingsgästen vorbehalten ist. »Es sind noch andere da«, und sie zeigte auf das Paar, das sich in überraschtem Erkennen halb erhoben hatte. Der Gast drehte sich um, Lee schob ihren Stuhl zurück, ging zu ihm hinüber und streckte schüchtern ihre Hand aus.

»Professor, wie nett, Sie hier zu treffen. Sie werden sich nicht mehr an mich erinnern – wie sollten Sie auch? Ich habe keine Geologie gehört, und wir haben uns nur bei Feiern gesehen. Ich bin Lee Connor – zumindest war ich das. Ich bin jetzt Lee Marsden, und das ist Grant Lawton. An ihn erinnern Sie sich aber bestimmt, denn er hat Geologie gehört. Er hatte was dafür übrig, obwohl er Kunststudent war.«

Professor Meredith lächelte. »Ich erinnere mich an Sie beide, aber natürlich besser an Mr. Lawton. Aber was hat Sie an diesen ebenso abgelegenen wie herrlichen Ort gebracht?«

»Kommen Sie doch an unseren Tisch, und ich kann Ihnen alles erzählen, ohne schreien zu müssen«, antwortete Lee, ließ sich dann ausführlich über alles vernehmen und schloß: »Kommen Sie und sehen Sie sich mein komisches altes Haus nebst meinem Mann an. Nicht, daß er auch komisch oder alt wäre,

Sie wissen ja, wie ich es meine«, und schon war sie bei einem neuen Thema, indem sie sich bei dem Professor erkundigte, ob er selbst fahre und was ihn hierher gebracht habe.

»Ja, ich habe einen alten, aber verläßlichen Wagen, und in ein oder zwei Tagen fahre ich weiter. Ich habe mich für eine Woche hierher zurückgezogen, um mir interessante Steine anzusehen«, und nun erzählte er seinem früheren Studenten einiges über seine Forschungen.

»Ganz in der Nähe, wo wir zelten, gibt es tatsächlich solche Steine. Natürlich verstehe ich nichts davon, aber sie sehen mir so aus, als wären es ... « und nun begann Grant schüchtern mit der fachmännischen Beschreibung einer Gesteinsschicht auf dem Hügel über der Farm, während Lee die Gelegenheit nutzte, um noch mehr Eis zu bestellen.

»Sehr interessant. Das würde ich mir gerne ansehen«, sagte der Professor und nickte mit seiner Löwenmähne, die für manch liebevolle Karikatur in der Universitätszeitschrift Material geliefert hatte. Jetzt riß Lee sich von ihrer gefräßigen Beschäftigung los, um ihn etwas schüchtern für den nächsten Tag zum Mittagessen einzuladen.

»Ich würde mich sehr über Ihren Besuch freuen«, sagte sie, wobei sie so süß lächelte, daß Professor Meredith sich wunderte, nie gemerkt zu haben, was für ein attraktives Mädchen sie war.

»Es ist eigentlich ein bißchen anmaßend von mir, denn wir sind noch nicht fertig eingerichtet, und ich bin keine sehr gute Hausfrau, und außerdem«, sagte sie, wie so oft plötzlich ganz vertrauensselig, »habe ich immer große Ehrfurcht vor Ihnen gehabt – aber vielleicht ist das jetzt, wo ich verheiratet bin, anders.«

Darüber lachten beide Männer, und der Professor meinte, dazu könne er nichts sagen, weil er nie verheiratet gewesen sei.

Lee staunte, wie die meisten Studentinnen, die sich jahrelang gewundert hatten, daß ein so herrlicher Mensch auf das Pensionsalter zuging, ohne von einer unternehmungslustigen Assistentin eingefangen worden zu sein.

»Ich hoffe, das Gestein dort ist wirklich interessant für Sie«, brachte Grant etwas nervös vor. »Es wäre mir schrecklich, wenn Sie die Reise umsonst machten und Ihre Zeit verschwendeten«, eine Bemerkung, die, wie sein Gegenüber meinte, wohl kaum dazu angetan sei, ihn bei seiner Gastgeberin beliebt zu machen. Darüber lachten alle und dann verabschiedete man sich, jedoch erst, nachdem Meredith in seinem Notizbuch genau den Weg bis zur Farm aufgeschrieben hatte. Er würde sehr gerne kommen, sagte er, allerdings nicht für mehrere Tage, und er würde vorher morgens bei ihnen anrufen.

Mit Erleichterung hörten sie, daß der Wagen keinen ernsthaften Schaden hatte. »Der Anlasser ist nicht ganz in Ordnung, und die Batterie ist ziemlich alt«, erklärte Eru. Lee dachte bekümmert, daß der ganze Wagen ziemlich alt war, und überlegte einen Augenblick, was passieren würde, wenn er ersetzt werden müßte. Da sie so lange unbekümmert mit Bernards Reichtum gelebt hatte, waren ihr alte Autos ebenso selten über den Weg gelaufen wie leere Bankkontos.

Aber sie schob den Gedanken weit von sich und fuhr fröhlich und mit ihrer gewohnten Fahrlässigkeit, doch ohne Zwischenfall zurück. Andrew erwartete sie mit wohlweislich überspielter Angst und, wenn er an seine Gereiztheit vom Morgen dachte, leichten Gewissensbissen. Als sie vorfuhr, kam Tante Hester ihr mit einem sonderbaren Bündel auf dem Arm entgegen.

»Lieber Himmel, was ist das denn?« rief Lee und hielt mit einem Ruck. »Eine gelbe Katze? Nein, ich glaube, es ist ein Hund. Tante Hester, wo hast du ihn nur her?«

Jetzt sah Miss Connor zum ersten Mal etwas stolz aus. Sie antwortete nicht sofort, sondern setzte das kleine Tierchen ab. Es kauerte zu ihren Füßen, und Lee wurde von tiefem Mitleid erfaßt. Noch nie hatte sie etwas so Kleines, etwas so Häßliches und etwas so Klägliches gesehen. »Armes Kerlchen«, sagte sie, als sie sich bückte, um es sanft zu streicheln. »Wie schrecklich hungrig du armes Ding bist – und zu welcher Rasse du wohl gehörst?«

Andrew lachte. »Bring ihn nicht in Verlegenheit. Ich würde sagen, mindestens zu einem Dutzend. Tante Hester fand ihn heute morgen halb verhungert im Busch und brachte ihn zurück.«

Eine leichte Röte stieg Miss Connor ins Gesicht. »Ich hoffe, ich habe nicht zu eigenwillig gehandelt; ich nehme alle Schuld auf mich. Ich wanderte durch den Busch, als ich ein ganz schwaches Wimmern hörte. Ich wußte, daß es irgendein Tier in Not war, und da ging ich von der Straße ab, um zu suchen.«

»Oh, Tante Hester, du hättest dich verirren können. Der Busch ist dort schrecklich dicht.«

»Meine liebe Lee, ich habe dir schon gesagt, daß ich mich nicht zu verirren pflege, obwohl mir mein Nomadenleben in Wüsten und Wäldern genug Gelegenheit dazu gegeben hat. – Na ja, ich ging dem Geräusch nach und fand einen kleinen Hund, der sich hoffnungslos in seltsamen, bösartigen Ranken verfangen hatte.«

»Wir nennen sie Richter«, erklärte Andrew.

»Eine Bezeichnung, der es nicht an makabrem Humor fehlt«, stimmte Hester zu, »obwohl er den Angehörigen eines ehrenwerten Berufsstandes wohl kaum gerecht wird. Das arme Wesen war schon so lange gefangen, daß es in seiner Verzweiflung die weiche Erde ganz zerwühlt, sich aber nur noch mehr in die Ranken verstrickte. Es schien fast am Ende zu sein, aber zum Glück hat mich mein lieber Vater immer angehalten, auf Spaziergängen ein kleines Taschenmesser mitzunehmen, und damit konnte ich dann den armen kleinen Hund befreien. Ich muß gestehen, daß ich es nicht übers Herz brachte, ihn im Stich zu lassen, als er mir in offensichtlicher Dankbarkeit die Hand leckte. So trug ich ihn nach Hause und erzählte deinem lieben Mann die ganze Geschichte. Wie du weißt«, schloß sie zu ihrer Verteidigung, »bin ich einfach ein Tiernarr.«

»Natürlich konntest du ihn nicht sterben lassen«, rief Lee und nahm Tante Hester zu deren sichtlicher Freude schnell in die Arme. »Armes Ding, ich habe nie gedacht, daß es so etwas Dünnes gibt. Ein kleiner Hund mehr macht doch gar nichts weiter aus, wo du sowieso Schafe schlachten mußt, um deine eigenen zu füttern, nicht wahr, Andrew?«

»Völlig richtig«, erklärte Andrew heldenhaft und gab den sehnsüchtigen Wunsch auf, dem Elend des Hündchens mit einer Kugel ein Ende zu machen. »Du hättest nicht anders handeln können. Wir können ihn leicht füttern. Aber seid nur vorsichtig am Anfang, er hat eine ganze Weile gefastet.«

Hester strahlte ihn an. »Du bist so menschlich, Andrew. Ich freue mich, das festzustellen – und, darf ich das zugeben? – ein bißchen erstaunt. Ich habe gehört, daß Farmer manchmal ziemlich abgebrüht seien, wenn es um leidende Tiere geht. Ich bin dir sehr dankbar, denn ich muß zugeben, der Gedanke an dieses kleine Wesen hätte mich verfolgt, selbst wenn jemand so umsichtig gewesen wäre, seinem Elend ein Ende zu machen. Aber ein Heim und Liebe sind soviel besser als eine barmherzige Kugel. Gefüttert habe ich ihn schon mit etwas Milch. Ich dachte, um langsam anzufangen. Es ist mir nicht völlig fremd, Verhungerten zu helfen. Zu Lebzeiten deines lieben Großvaters hatten wir unter den Eingeborenen viel gegen Unterernährung zu kämpfen. Später vielleicht etwas mehr Milch, ein Stückchen Fleisch – aber nach und nach.«

Als sie gegangen war, den armen kleinen Hund vorsichtig im Arm haltend, sagte Lee zu Andrew: »Du bist wirklich ein Schatz. Ich weiß, wie sehr Farmer streunende Hunde hassen, weil es immer Ärger gibt, aber ein kleines Ding von dieser Größe kann nicht viel Schaden anrichten. Bist du sehr ungehalten deswegen?«

»Nicht wegen Tante Hester. Ich mag sie gerne. Findest du es nicht auch außergewöhnlich, wie sie sich hier zurechtgefunden hat? Schließlich ist das hier doch ganz anders als ihr gewohntes Leben.«

»Als ihr Leben, seitdem Großvater starb, aber ich glaube, sie genießt das Außergewöhnliche, weil sie an das Leben erinnert wird, das sie vorher führte. Und du weißt, daß sie eine ziemliche Schwäche für Tiere hat.«

»Ich weiß – davon kenne ich zwei. Das ist das einzige, was ich gegen sie habe.«

»Aber wie ist es überhaupt möglich, daß der Hund so verlassen im Busch lag?«

»Ich vermute, daß er mit ein paar Wildschweinjägern und ihren Leuten hinauskam – sie haben manchmal die komischsten Bastarde, und es macht ihnen nichts aus, wenn sie verloren gehen. Tja, es bleibt uns nichts anderes übrig, als dem armen kleinen Ding ein Heim zu geben – zumindest vorläufig . . .«

Lee wurde klar, daß diese ziemlich unheilvollen Worte bedeuteten »solange deine Tante hier ist«. Aber sie lächelte nur und sagte sanft: »Liebling, ich weiß, daß uns dieser kleine Hund Glück bringen wird. In Tante Hesters Horoskop stand heute morgen: ›Heute ist Ihr Glückstag. Sie werden etwas sehr Wertvolles finden‹.«

Andrew schluckte merklich und dachte daran, was er der Frau in dem flammenden Kleid, die ihnen das verdammte Buch geschenkt hatte, gern antun würde.

Später erinnerte sich Lee erst wieder an das aufregende Treffen in Ruru. »Du wirst nie erraten, wen ich ausgerechnet in Ruru getroffen habe«, begann sie und merkte, wie Andrew das Schlimmste befürchtend den Atem anhielt.

»Ist ja schon gut, Liebling, er wird nicht hier wohnen – nur hier Mittag essen. Der gute alte Professor Meredith. Er ist Geologe und so gutmütig. Alle verehren ihn. Er hat in dem Hotel zu Mittag gegessen – habe ich dir erzählt, daß Grant mich dorthin eingeladen hat?«

»Allerdings – und du hast mir ganz genau berichtet, was du gegessen hast; wie du es fertiggebracht hast, das alles in dich hineinzustopfen, ist mir allerdings ein Rätsel.«

»Sei nicht neidisch. Ich wollte, du wärst dabeigewesen – es war ein himmlisches Essen. Also, Grant war einer seiner Studenten, und er erzählte ihm von dem Gestein hier, deshalb kommt er, um es sich anzusehen. Ist das nicht fürchterlich aufregend, es könnte sich ja auf der Farm wirklich etwas finden – Öl oder Uranium oder sowas Ähnliches – und er wird für uns danach suchen.«

Andrew lächelte über diesen Optimismus und fühlte sich erleichtert, daß wenigstens der Professor nicht die Absicht hatte, bei ihnen Aufenthalt zu nehmen. Er versicherte lebhaft, daß er sich natürlich immer freue, ihre Freunde von der Universität kennenzulernen, vor allem, wenn sie wie Grant seien, und ob der Professor auch zu denen gehöre, die sie auf ihrer Hochzeit eingeladen habe?

»Natürlich nicht. Er war nicht da, und außerdem hätte ich es nie gewagt. Er ist eine Respektsperson und sehr würdevoll, außerdem habe ich keine Vorlesung bei ihm gehört.« In diesem Augenblick kam ihre Tante herein und wurde über den erwarteten Besucher unterrichtet. »Du wirst ihn gerne mögen, Tante Hester. Er ist ganz genau dein Typ.«

»Das halte ich für äußerst unwahrscheinlich, aber ich bin natürlich trotzdem hocherfreut, deinen berühmten Freund kennenzulernen. Dein lieber Großvater interessierte sich sehr für Geologie, und ein Professor aus Oxford hat einige Zeit mit uns im Orient verbracht. Das erinnert mich übrigens gerade daran, daß ich nach einem Namen für den kleinen Hund gesucht habe; wenn du damit einverstanden bist, werde ich ihn Parsival nennen.«

Lee seufzte: »Parsival – aber warum, Tante Hester?«

»Ein sehr unglücklicher junger Mann dieses Namens wurde einmal zu uns geschickt. Er war sehr klein und heiratete eine sehr herrische Frau. Natürlich hatte er einen Stammbaum – er besaß sogar einen Titel –, aber die Ähnlichkeit ist unverkennbar.«

Als sie allein waren, meinte Andrew mürrisch: »Glaub nur nicht, ich sei ein ungastlicher Mensch, aber unser Haushalt scheint etwas aus den Fugen zu geraten. Zwei Dauergäste, abgesehen von Tante Hester – die ich natürlich sehr gerne hier habe –, und jetzt noch eine Promenadenmischung und einen Professor.«

Lee brach in ein unbarmherziges Gelächter aus. »Du armer Mann, wie schwer du es hast, und dann bringst du den kleinen gelben Hund auch noch mit dem Professor zusammen. Zwei unterschiedlichere Wesen kann man sich kaum vorstellen – obwohl Parsival einfach ein Schatz ist und ganz glücklich in einer Schachtel in Tante Hesters Zimmer schläft. Und der Professor kommt ja nur zum Mittagessen – nicht zum Wohnen.«

»Vielleicht«, sagte Andrew. »Unter diesen Umständen würden es nur ein paar Stunden sein, aber ich glaube noch nicht daran.«

Später erklärte Lee, Andrew und Jean Macgregor sollten

sich zusammentun: »›Macgregor und Marsden, Wahrsager und Kleine Propheten‹. Damit würdet ihr viel Geld verdienen, viel mehr als mit der Landwirtschaft.«

7

Als Professor Meredith zwei Tage später die Straße hinauffuhr, um seine Verabredung zum Mittagessen einzuhalten, war er überrascht, eine ältere Dame mit einem ungewöhnlich kleinen Hund auf dem Arm und in Begleitung mehrerer laut blökender Lämmchen zu treffen. Ihr würdiger Gang war etwas behindert durch die Lämmchen, die ihr ständig zwischen die Füße gerieten; gleichzeitig machte das Hündchen immer wieder den Versuch, freizukommen und sich in das Getümmel zu stürzen.

Der Professor betrachtete diese widerspruchsvolle Erscheinung, die ungeeigneterweise in helles, aber offensichtlich von einem Schneider gefertigtes, grobes Wollzeug gekleidet war und einen steifen Filzhut trug, und dann hielt er, um sie mitzunehmen.

»Danke, nein. Wir sind eine ziemlich gemischte Gesellschaft. Ich kann diese Lämmchen einfach nicht davon abhalten, mich auf meinem Morgenspaziergang zu begleiten, und Parsival, mein kleiner Hund, ist schrecklich eifersüchtig. Ich kann mich nicht von ihnen trennen, und Ihr Wagen wird uns kaum alle aufnehmen können. Sie sind natürlich Professor Meredith, und ich bin Mrs. Marsdens Tante, Hester Connor. Warten Sie nicht auf mich. Sie werden schon erwartet«, und mit einer majestätischen Handbewegung bedeutete sie ihm weiterzufahren. Parsival nutzte ihren gelockerten Griff aus und stürzte sich unter die Lämmer. In dem Chaos, das folgte, tat der Besucher, wie ihm geraten worden, und setzte seinen Weg fort.

Grants Gestein fand bei Meredith Zustimmung. Es sei sehr interessant, und er hätte es sehr bedauert, wenn er es nicht zu sehen bekommen hätte. Während des Mittagessens erwies sich der Professor als bescheidener und unterhaltsamer Gast, und nachher ging er mit Grant noch einmal weg, um sich an dessen Fund zu ergötzen. Zur Teezeit machten sich Hester und Lee nach den beiden auf die Suche und entdeckten sie, wie sie gerade aus dem großen Zelt krochen, in dem Lawrence und Grant schliefen. Beide Männer trugen eine Sammlung kleiner Steine bei sich, und Meredith war in das Gespräch mit seinem früheren Studenten so vertieft, daß er ein teilweise vom hohen Gras verdecktes Zeltseil nicht bemerkte. Er verfing sich mit dem Fuß, stolperte, versuchte noch, sich zu fangen, fiel jedoch statt dessen schwer hin.

Dann hörten sie einen unterdrückten Aufschrei, und Grant laut und aufgeregt sprechen: »Lieber Himmel, Professor, Sie haben sich geschnitten. Es ist Ihr Arm. Eine dieser verdammten Flaschen, die Lawrence immer wieder hinauswirft. Sehen Sie nur, das Blut.«

Die beiden Frauen eilten herbei und fanden den Professor, der sich aufgesetzt hatte und seinen Arm hielt, aus dem das Blut spritzte. Grant betrachtete das Geschehen starr vor Entsetzen, und das Opfer war schon etwas blaß.

»Sehr unvorsichtig von mir. Nur ein Schnitt, aber an einer unglücklichen Stelle. Dieser ganze unnütze Blutverlust.«

Hester machte nicht viel Worte, sondern sagte energisch zu ihrer Begleiterin: »Lee, mach' die Stelle frei. Schnell. Ja, das habe ich mir gedacht. Eine Schlagader. Laß mich mal ran«, und mit fester ruhiger Hand packte sie die Schulter, drückte sie stark zusammen, offensichtlich nahe am Schlüsselbein, und dämmte so den Blutstrom sofort ein.

Meredith sagte: »Das ist sehr anstrengend für Sie. Was halten Sie von einer Aderpresse?«

»Unmöglich. Der Schnitt ist zu nahe an der Schulter. Eine ungeschickte Stelle. Aderpressen können jedenfalls gefährlich werden. Lee, gibt es einen Arzt in Ruru?«

»Ja. Dr. West. Ich laufe zum Telefon und rufe ihn an.«

»Tu das, und erkläre ihm, daß es eine Schlagader ist. Die unter dem Schlüsselbein liegende Schlagader. Mr. Lawton, haben Sie etwas Weinbrand da?«

Grant war ziemlich hilflos im Hintergrund geblieben. Er sagte: »Tut mir sehr leid, nein. Nur Bier.«

»Dann holen Sie schnell meine Flasche aus meinem Zimmer. Aber schnell. Bringen Sie auch ein Glas mit. Sie finden die Flasche in der zweiten Schublade unter einem Stapel Unterwäsche. Unsinn, junger Mann. Sie brauchen Lee nicht zu bemühen. Sie ist mit dem Telefon beschäftigt, das ist nicht der Augenblick für falsche Zurückhaltung. Bringen Sie den Brandy so schnell wie möglich hierher.«

Lee kam zurückgerannt, um zu melden, daß sie Glück gehabt habe. Der Arzt war zu Hause und fuhr sofort los. »Kannst du noch, Tante Hester?«

»Aber sicher. Ah, hier kommt der Weinbrand.«

Grant, der offensichtlich froh war, von einigem Nutzen zu sein, goß den Weinbrand ein und hielt ihn dem Professor an den Mund. Daraufhin setzte Meredith sich auf und sagte entschuldigend: »Ich scheine mich wirklich dumm anzustellen, aber ein Glas kann ich wenigstens noch halten. Lachhaft, daß man sich bei einem kleinen Schnitt so schwach fühlt.«

»Das ist völlig natürlich«, erklärte Hester ihm ruhig. »Die Größe des Schnitts spielt keine Rolle, sondern die Tatsache, daß Sie schon eine ganze Menge Blut verloren haben. Lassen Sie Mr. Lawton das Glas halten.«

Merediths Gesichtsfarbe verbesserte sich, sobald er den Weinbrand getrunken hatte; besorgt erkundigte er sich nun bei Miss Connor: »Sie hocken so unbequem auf dem Boden.«

»Sorgen Sie sich nicht um mich. Ich war schon einmal in einer solchen Situation. Als wir einmal auf einer Safari waren, schnitt sich ein Eingeborener ziemlich schlimm in den Oberarm und ... Aber das ist wohl nicht der rechte Moment für eine lange Geschichte.«

In diesem Augenblick traf unerwartet Hilfe ein. Lawrence, dessen Nachlässigkeit an dem ganzen Unglück schuld war, kam herübergeschlendert, um von Lee und Grant mit Vorwürfen überhäuft zu werden. Da streifte er endlich einmal seine Arroganz ab, war ehrlich besorgt und schloß seine Entschuldigung mit der Anweisung: »Lassen Sie mich an die Schulter. Ich mußte einmal eine Schlagader abklemmen, als ich mich ins Bein geschnitten hatte. Ich kenne den Dreh, und meine Hände sind größer als die Ihren. Ruhen Sie sich aus, Miss Connor«, mit diesen Worten übernahm er erstaunlicherweise das Kommando und entlastete Hester.

»Ja ja«, bemerkte Lee ziemlich ungnädig, »wer hätte das erwartet? Ich dachte, du würdest in Ohnmacht fallen, wenn du Blut siehst, und jetzt bist du völlig ruhig und gelassen, und Grant und mir tritt der kalte Schweiß auf die Stirn.«

Grant entschuldigte sich: »Ich weiß, ich habe mich ziemlich dumm angestellt. Ich schäme mich vor mir selbst, aber, ehrlich gesagt, habe ich den Anblick von Blut nie ertragen können. Ich fürchte, in einem Krieg würde ich nicht viel nützen.«

Hester sagte aufmunternd: »Wahrscheinlich sind Sie besser als die meisten, denn Sie geben Ihre Schwäche zu. Ob wir Professor Meredith nicht bequemer legen können?«

Sie holten alle Kissen aus dem Zelt und schoben sie ihm unter, wollten ihn aber nicht transportieren, bevor der Arzt kam. Das war zum Glück erstaunlich schnell der Fall, denn Dr. West hatte sich beeilt. Er war ein ernsthafter Mann mittleren Alters, der mit dem, was unternommen worden war, einverstanden war.

»Keine große Wunde, aber an einer unglücklichen Stelle. Gut, daß Sie wußten, wo Sie die Schlagader finden«, erklärte er, verabreichte dann schnell eine örtliche Betäubung, nähte den Schnitt, spritzte Penicillin und gab dann die Anweisung, den Patienten jetzt ins Haus zu bringen.

»Ich fürchte, ich muß einen von euch jungen Leuten bemühen, mich in ein Krankenhaus zu fahren«, sagte der Professor, aber der Arzt schüttelte den Kopf.

»Ein Krankenhaus kommt für Sie augenblicklich nicht in Frage. In Ruru gibt es nur eine Entbindungsanstalt, und Sie können mit dieser Wunde nicht vierzig Kilometer über eine schlechte Straße fahren. Sie werden eine Weile bleiben müssen.«

Meredith sah niedergeschlagen aus. »Aber das ist unmöglich. Mrs. Marsden hat ein volles Haus und viel zu tun. Wäre es möglich, einen Krankenwagen zu beschaffen?«

Jetzt sprachen alle auf einmal, aber Lee hatte am meisten Ausdauer. Sie dächten nicht im Traum daran, ihn gehen zu lassen. Er würde ihnen überhaupt nicht zur Last fallen. Es sei ja keine Spezialpflege erforderlich und selbst wenn, so wäre Tante Hester da und, erstaunlicherweise, gebe es auch noch Lawrence.

Als der Verletzte dann aufzustehen versuchte, wurde vollends offensichtlich, daß er an Ort und Stelle bleiben mußte. Während sie ihm auf die Beine halfen, gab er einen kleinen Schmerzenslaut von sich und sagte: »Ich war noch ungeschickter, als ich dachte. Anscheinend ist mein Knöchel ebenfalls angeschlagen.«

Es stellte sich heraus, daß der Knöchel verstaucht war, so daß, wie Lee triumphierend erklärte, von einer Abreise nun keine Rede mehr sein konnte. Sie trugen ihn zum Haus, und als der Arzt sich schließlich verabschiedete, meinte er zuversichtlich, daß der Patient sich in guten Händen befinde und er ihn in ein oder zwei Tagen besuchen würde.

»In ein Krankenhaus? Mein guter Mann, Sie haben es hier viel besser. Es sind genug da, die beispringen können, und außerdem junge Leute zur Gesellschaft. Krankenhäuser sind langweilig.«

Meredith sah noch immer niedergeschlagen aus. »Es ist unverzeihlich. Zum Mittagessen zu kommen und sich dann der Gastgeberin tagelang aufhalsen. Das ist für alle eine schreckliche Belastung. Zu dumm von mir, daß ich nicht auf meinen Weg geachtet habe.«

»Bitte, Professor, verursachen Sie mir nicht noch mehr Gewissensbisse, als Lee es sowieso schon feinfühlenderweise tut. Es war nicht Ihre Schuld. Es war meine verdammte Unachtsamkeit, leere Flaschen ins hohe Gras zu werfen. Um das wieder gutzumachen, darf ich Sie jetzt wenigstens pflegen«, ließ Lawrence sich nun vernehmen.

»So, keine Einwände mehr«, sagte Lee schnell. »Wir haben Sie sehr gern hier, Professor, und Sie sind nicht die geringste Belastung«, und damit mußte der Invalide sich zufriedengeben.

Jeder tat, was er konnte. Lawrence fuhr nach Ruru, holte Merediths Hab und Gut aus dem Gasthaus und erklärte, was geschehen war. Grant und Lee richteten eilends das zweite leere Zimmer ein, machten ein Bett fertig und brachten den Invaliden dort unter. Andrew war nicht schlecht erstaunt, als er bei seiner Heimkehr von den Koppeln diesen vornehmen Herrn in dem nackten unbenutzten Zimmer im besten Schlafanzug seines Gastgebers und mit dem Gesichtsausdruck tiefster Verlegenheit im Bett sitzend antraf.

»Ich kann mir vorstellen, was Sie denken«, begann Meredith, aber Lee schaltete sich schnell ein.

»So dürfen Sie nicht sprechen. Andrew wäre einfach wütend gewesen, wenn wir Sie hätten gehen lassen. Außerdem war es einfach nicht möglich. Stell dir den Professor zwischen den Babies in der Entbindungsanstalt vor – wenn sie ihn überhaupt genommen hätten.«

Und sie begann mit einem dramatischen Bericht über den unglücklichen Unfall und die unsinnigen und verfehlten Versuche des Opfers, sie zu verlassen und irgendwie ein Krankenhaus zu erreichen.

»Aber natürlich ... Wir freuen uns doch ... Ich hätte nicht im Traum an etwas anderes gedacht. So ein Pech ... Dieser idiotische Lawrence.« Andrew versuchte stotternd, den Verletzten zu beruhigen. Aber Lee merkte, daß er ziemlich bestürzt aussah, und als sie ihn später nach draußen zum Holzschuppen gelockt hatte, sagte sie: »Liebling. Es ist wirklich ziemlich schlimm. So viele Leute, schrecklich für dich. Aber es kann natürlich niemand dafür, und er ist ein herzensguter Mensch.«

»Ist schon gut«, sagte Andrew aufrichtig, indem er sich schwer auf einen Stapel zersägter Stämme setzte, »aber zitiere mir nichts mehr aus diesem Buch. Ich glaube, ich werde jetzt besser selber Schafe schlachten, als dreimal in der Woche Fleisch vom Metzger kommen zu lassen. Damit kommen wir nicht weiter, und der alte Jock nimmt uns dann immer ein Viertel ab. Der Haushalt scheint etwas anzuwachsen.«

Seine Untertreibung fand Lee lustig, aber reumütig meinte sie: »Du mußt mich ja zum Teufel wünschen«, und dann, nach einer ausreichenden Pause, um ihm Gelegenheit zum Widerspruch zu geben: »Oh, du bist ein Schatz, es so zu nehmen; aber es geht so einseitig dabei zu. Ich wünsche mir so sehr, daß zur Abwechslung ein paar von deinen Freunden auftauchen.«

Andrew verbarg seinen Schrecken und begnügte sich mit der sanften Feststellung: »Ich glaube, im Augenblick können wir keinen mehr brauchen. Ich werde besser ein paar Schlachttiere reinholen. Man muß immer auf das Schlimmste vorbereitet sein.«

Als wie weise sich diese düstere Voraussage erwies, zeigte sich noch am gleichen Abend, als ein Ferngespräch kam, und vom anderen Ende Sallys Stimme in Lees erstauntes Ohr flüsterte: »Hallo, mein Schatz. Wie himmlisch, deine Stimme wieder zu hören. Sag mir mal, wie geht's denn? Langweilst du dich sehr und bist sehr einsam?«

Lee betrachtete ihr gut besetztes Wohnzimmer und durch die Türe den Professor, der in seinem Bett saß und außerordentlich gut aussah. Dann sagte sie mit verhaltener Stimme: »Nein, eigentlich nicht«, und Sally lachte.

»Ich kann mir gut vorstellen, daß Andrew in deiner Nähe ist, und du nicht gerne zugibst, daß das Hinterland manchmal etwas langweilig sein kann. Kopf hoch, meine Gute, wir sind schon unterwegs.«

»Wir? Was hast du gesagt?«

»Nur, daß ich Dennis für ein paar Tage mitbringe. Paßt euch doch, oder?«

»Dennis?« stammelte Lee, denn ihr fiel ein, daß nur noch ein Zimmer frei war. »Dennis? Kenne ich ihn denn überhaupt?«

»Aber natürlich! Deine Stimme klingt so traurig. Das einfache Leben nimmt dich mit. Du hast Dennis so oft Theater spielen sehen. Erinnerst du dich an ihn als Romeo? Er ist wirklich unterhaltsam und wird etwas Abwechslung in dein einsames Leben bringen. Wir werden morgen um die Mittagszeit bei dir sein, aber mach keine Umstände. Du weißt ja, wir nehmen mit allem vorlieb.«

Mit zitternden Fingern legte Lee den Hörer auf. Alle warteten auf ihren Bericht. Es war nicht der rechte Moment, um zu lachen. Vorlieb nehmen! Zum ersten Mal dankte sie dem Himmel, daß die Schafe nun in der Speisekammer hingen. Sonst hätten die beiden wohl nichts gehabt, womit sie vorlieb hätten nehmen können. Als sie den Kadaver gesehen hatte, zum ersten Mal ein Hammel am Haken vor ihr hing, war sie entsetzt gewesen und sagte vorwurfsvoll: »Wie traurig es aussieht, das arme Tier. So hilflos. Ich wäre am liebsten Vegetarier, und wer soll denn das alles essen?«

Jetzt wußte sie es.

Mit großer Mühe verbarg sie ihre Heiterkeit und erzählte den versammelten Gästen, daß sie morgen Zuwachs bekommen würden.

»Sally bringt jemanden mit, der Dennis heißt. Sie sagt, ich hätte ihn schon oft Theater spielen sehen, aber ich kann mich nicht erinnern. Es waren so viele. Andrew, kennst du ihn?«

Aus Andrew, der das Telefongespräch mit wachsendem Verdruß angehört hatte, brach es jetzt hervor: »Du willst doch nicht sagen . . . «, dann sah er Tante Hester, sehr aufrecht, Parsival zu ihren Füßen, Lawrence herrlich unbekümmert, Grant mit schon etwas verlegenem Blick und durch die offene Zimmertür den reizenden Professor, ihn bereits mit sehr beunruhigter Miene. Schnell verbiß er sich den empörten Kommentar und bemerkte nicht gerade sehr geistreich, er könne sich überhaupt nicht vorstellen, wozu seine Kusine ins Hinterland komme, so gar nicht die Landschaft, die ihr liege. Dennis? Ja, er glaubte sich unter Sallys Anbetern an einen Dennis zu erinnern, er habe eine ziemliche Glatze und stottere. Dann hörte er auf, dummes Zeug zu reden und sagte aufmunternd, er würde besser den alten Jock anrufen und ihm mitteilen, daß er auf das Viertel vom Hammel wohl doch nicht verzichten könne.

Nach seiner Meinung befragt, meinte Lawrence, sie müsse sich einfach an Dennis Major erinnern. »Ein feiner Kerl, weder mit Glatze noch Stotterer; als Schauspieler auf der Studentenbühne hatte er großen Erfolg. Aber jetzt geht er mit irgendeinem Stipendium ins Ausland. Nein, ich würde nicht sagen, daß er zu Sallys jungen Männern gehörte, aber sie haben viel zusammen Theater gespielt.«

Die übrigen Gäste reagierten ganz typisch: »Sieh mal, Lawrence«, murmelte Grant verzweifelt, »es ist wirklich Zeit, daß wir uns aus dem Staub machen.« »Ich bin ganz sicher, daß es mir in einem privaten Krankenhaus sehr gut ginge«, kam es vom Professor, während Tante Hester vergnügt feststellte, sie habe immer von der Gastfreundschaft der Neuseeländer und der ungeheueren Aufnahmefähigkeit ihrer Häuser gehört, und nun sei sie sehr daran interessiert, das in der Praxis zu erleben.

»Brot«, stöhnte Lee und rannte in die Küche, um Andrew den Hörer zu entreißen, der gerade Jock Macgregor eifrig erklärte, sie würden dieses Mal ein ganzes Schaf brauchen, aber in Zukunft . . . «

»Oh, Mrs. Macgregor, könnten Sie mir wohl einen Laib Brot leihen? Wir werden morgen zu acht sein, und von dem Bäcker in Ruru kann ich keins mehr bekommen.«

»Ich weiß. Ich habe Jim Brett schon oft gesagt, er soll bei den vielen Besuchern jetzt mehr backen. Ja, meine Liebe, ich kann Ihnen leicht einen Laib überlassen, denn ich backe immer noch etwas selbst.«

»Ja, das wäre überhaupt das Richtige für mich. Hausgemachtes Brot schmeckt so gut. Könnten Sie mir das beibringen?«

»Natürlich. Es ist zwar schön, aber es braucht Zeit, und Sie haben mit all Ihren jungen Freunden schon genügend Arbeit. Habe ich Ihnen nicht gleich gesagt, daß es Ihnen an Besuchern nicht fehlen würde – und die Saison hat kaum begonnen. Trotzdem, wenn Sie Brot backen wollen, ist das sehr vorteilhaft, wo Jim so ist, wie er ist, und außerdem ist es keine Kunst. Ich werde es Ihnen gerne zeigen, und ich habe zufällig noch etwas Hefe übrig, kommen Sie doch morgen früh vorbei.«

»Das wäre herrlich. Das Brot ist eines unserer schlimmsten Probleme. Wir ernähren uns zum Teil von Keksen, und neulich wachte Andrew nachts auf und sagte, ihm liege etwas ganz schwer auf der Brust, und er hätte geträumt, es wäre der Bankdirektor, aber ich glaube, es waren nur die Kekse.«

Dann kehrte sie zu ihren versammelten Gästen zurück und erklärte, daß sie in Zukunft herrliches hausgemachtes Brot haben würden.

An diesem Abend wartete Grant, bis Lawrence zum Zelt gegangen war und Lee und Andrew in der Küche allein waren, und dann brach es aus ihm hervor: »Also, ich bin jetzt weg, egal was Lawrence tun will. Ich kann irgendeinem Lieferwagen oder einen Bus nehmen; euer Haus wird gerammelt voll sein. Es ist einfach unverschämt, daß wir hier rumhängen.«

»Sei nicht albern, Grant. Du hängst nicht rum, und selbst wenn das Haus gerammelt voll ist, seid ihr doch draußen im Zelt. Und das wird sehr nützlich sein, denn darin wird Sallys Dennis übernachten müssen.«

»Aber wir sind doch jeden Abend zum Abendessen hier.«

»Was macht das schon aus? Und du hilfst mir immer beim Spülen und beim Auftragen und bei so vielen anderen kleinen Dingen.«

»Ganz zu schweigen von dem Zaun, bei dem du mir hilfst«, warf Andrew ein. »Nein, du verläßt das Schiff nicht, auch wenn es etwas überfüllt ist. Du bist bei der ganzen Angelegenheit nichts weiter als ein unbezahlter Arbeiter, und es wundert mich gar nicht, daß du kündigen willst.«

Bei diesen Worten wurde Grants Verlegenheit größer denn je, und er meinte, er würde ja nichts lieber tun, als bleiben, aber es gebe Grenzen ... Dann erklärte er sich einverstanden, am nächsten Morgen mit Andrews Wagen nach Ruru zu fahren und zu versuchen, »etwas Brot aufzutreiben«, wie Lee sich ausdrückte. Außerdem sollte er einen Mehlvorrat für das große Abenteuer anlegen, damit die Massen mit hausgemachten Brotlaiben gefüttert werden konnten.

»Das ist das Ende«, murmelte Andrew später in der sicheren Abgeschiedenheit des Badezimmers. »Sally hätte uns wenigstens die Möglichkeit geben können, nein zu sagen. Und daß sie ihren jungen Mann anschleppt, finde ich einfach ziemlich unverschämt.«

»Liebling, als Tante Hester plötzlich ohne Vorwarnung auftauchte, hast du das nicht gefunden. Ganz ehrlich, ich fühle mich sehr viel wohler, daß deine Familie jetzt mal dran ist. Was Dennis betrifft, so habe ich die echte Hoffnung, daß Sally diesmal vielleicht wirklich ernst macht.«

»Davon kann keine Rede sein. Ich habe dir schon gesagt, ich glaube nicht, daß das Mädchen heiraten will, und ich sehe nicht ein, wieso man von dir erwartet, daß du für ihre Gelegenheitsbekanntschaften kochst.«

»Aber du weißt ganz genau, daß du Sally gern magst, und ich auch, und stell dir nur vor, wir hätten uns vielleicht nie kennengelernt, wenn sie dich nicht auf diese schreckliche Party gezerrt hätte.«

Sie starrten sich an, entsetzt über diesen gräßlichen Gedanken, und jetzt sagte Lee: »Aber gib dir etwas Mühe, nicht so mürrisch auszusehen, sonst fühlen sich alle unbehaglich.«

»Ich weiß. Ich muß vor Freude grinsen wie ein Idiot für den Fall, daß der Professor sich im Weg fühlt, Tante Hester sich überflüssig, Grant sich lästig oder der gelbe Hund sich ungeliebt vorkommen. Aber das sind leider viel zuviele empfindliche Gemüter, als daß ein Mensch noch Rücksicht darauf nehmen könnte.«

»Macht ja nichts. Es wird nicht lange dauern – aber erinnerst du dich, was für einen ganz ruhigen Sommer wir verbringen wollten?«

»Und ob ich mich erinnere, und dieses verrückte Buch mit seinen ›Ewigen Flitterwochen‹ – und außerdem erinnere ich mich, daß wir erst wenige Monate verheiratet sind. Die Leute könnten vielleicht so taktvoll sein, etwas zu warten, vor allem Sally und ihr komischer Freund.«

»Aber sie kommt doch, um Freude in unsere Einsamkeit zu bringen«, sagte Lee kichernd. »Und der Professor kann nichts dafür, daß er hier ist. O Andrew, ich wünsche, du hättest gesehen, wie der arme Mann vor Schwäche seinen Kopf gegen Tante Hesters Schulter lehnte, und mit welch wilder Entschlossenheit sie seine Schlagader abklemmte. Es war richtig rührend.«

»Bestimmt war es das. Ich könnte Lawrence umbringen, weil er die Flasche hat liegen lassen.«

»Trotzdem, man kann Glück im Unglück haben.«

»Ich möchte wissen, wie. Der arme alte Mann hat eine scheußliche Wunde und wir einen weiteren Besucher. Wo siehst du da Glück?«

»Na ja, schließlich sind sie noch nicht so schrecklich alt, und viele Menschen heiraten mit sechzig, und er ist so unheimlich nett und so gebildet und Tante Hester auch, und . . . «

»Ach du lieber Gott, manchmal überlege ich, warum ich dich geheiratet habe. Diese Heiratsvermittelei ist wirklich der Gipfel.«

»So ein Unsinn. Das ist völlig normal. Zwei einsame Menschen, die noch dazu so gut zueinander passen. O Andrew, vielleicht *sollte* diese Flasche dort liegen. Ich habe das Gefühl, daß ... «

An dieser Stelle lachte Andrew, sah aber seine Frau noch immer voll törichter Verliebtheit an. »Eines deiner ›Gefühle‹. Gut. Dann ist für die beiden ja alles klar. Hör auf, so seelenvoll zu schauen und geh zu Bett. Du hast morgen viel Arbeit.«

Von Natur aus war Lee keine Frühaufsteherin, aber sie hatte widerwillig festgestellt, daß es notwendig war, sich diese bedauerliche ländliche Sitte anzugewöhnen. Andrew milderte die Qual, indem er ihr um sechs Uhr leise eine Tasse Tee brachte, und danach machte sie, bevor die anderen auf waren, »kurze Hausinspektion«, wie sie es nannte.

An diesem Morgen war sie früher dran als gewöhnlich, und gleich nach dem Frühstück blieb Hester mit dem schmutzigen Geschirr zurück, Lee selbst aber ritt zur ersten Lektion im Brotbacken zu Jean Macgregor.

Sie schwatzten vergnügt bei der Arbeit, und als Kitty Macfarlane in den Gemüsegarten gegangen war, sagte Lee: »Ist es Ihnen nicht schrecklich lästig, wenn Lawrence Dean immer hier herumhängt? Ich habe deshalb richtige Gewissensbisse.«

»Das ist völlig unnötig. Er ist kein schlechter Kerl, auch wenn er viel dummes Zeug redet. Gestern hat er sehr ordentlich die jungen Möhren gejätet.«

Lee freute sich darüber, daß Lawrence einmal gute Arbeit leistete, aber sie bohrte weiter. »Meinen Sie, Kitty mag ihn? Ich meine ... «, sie zögerte.

Jean nickte weise mit dem Kopf. »Machen Sie sich darüber keine Sorgen. Trotz ihres hübschen Gesichtchens hat sie einen Kopf auf ihren Schultern. Sie ist der Typ, der sich an einen soliden ruhigen Mann halten wird, auch wenn Mr. Lawrence noch so gut aussieht und unterhaltsam ist.«

Lee freute sich. Der solide junge Mann konnte niemand anders als Donald Harvey sein, was wieder bewies, wie unrecht Andrew hatte, wenn er über ihre Heiratsvermittlerei spottete. Mit vollendeter Unschuldsmiene fragte sie, ob Mr. Harvey in der letzten Zeit vorbeigekommen sei; sie selbst hätten ihn seit Sonntag nicht mehr gesehen.

Mit derselben Gelassenheit antwortete Jean: »Er kommt hin und wieder. Er und Vater arbeiten ein bißchen zusammen, wissen Sie. Und jetzt, meine Liebe, geht's ans Brotbacken. Zuerst den Teig gehen lassen. Dann, ist er aufgegangen wie jetzt, formen. Ja, wenn Sie wollen, können Sie ihn über Nacht stehen lassen, aber Sie müssen ihn warm halten. Am Morgen wird er bis zum Rand der Form gegangen sein.«

»Das werde ich tun – ihn heute abend ansetzen, dann früh aufstehen, den Teig backen, und dann werden wir herrliches frisches Brot zum Frühstück haben. Ich glaube, ich werde mein Brot sofort abbestellen, Mrs. Macgregor.«

»Das würde ich nicht tun. Beim ersten Mal kann man nie wissen, obwohl es mit Presshefe ganz einfach ist. In meiner Jugend wurde sie in Flaschen auf dem Kamin angesetzt, und dann schossen die Korken durch die saubere Küche. Jetzt ist es ein Kinderspiel.«

»O ja, ganz einfach und leicht. Aber ich muß jetzt gehen. Die neuen Besucher kommen gleich an. Außerdem habe ich Tante Hester die Pflege des Professors anvertraut.«

»Geht es dem armen Mann langsam besser? Das ist schön – wie alt mag er wohl sein?«

Der völlig unschuldige Ton in Jeans Stimme konnte Lee nicht täuschen. Mrs. Macgregor war auf denselben Gedanken gekommen. Hier gab es noch eine Glücksschmiedin ihres Schlages.

8

»Natürlich erinnere ich mich an dich«, sagte Lee, als Dennis und Sally ankamen. »Du warst Romeo, als Sally vor einem Jahr Julia spielte.«

Sogar Andrew hatte an Dennis Major nichts auszusetzen, trotz der Tatsache, daß er Romeo gespielt hatte. Dennis war ein ruhiger netter Mensch mit einem guten Examen in Kunst und einem Reisestipendium. Er würde Neuseeland in Kürze verlassen, und nicht einmal eine so begeisterte Glücksschmiedin wie Lee konnte zwischen ihm und Sally mehr als ein freundliches, doch unpersönliches Verhältnis entdecken. Er gestand, daß er im Augenblick nichts vorgehabt und daher freudig Sallys Angebot angenommen habe, eine Reise in ihrem Auto mitzumachen und die Hälfte der Unkosten zu übernehmen.

»Aber das soll nicht heißen, daß wir euch zur Last fallen wollten«, erklärte er entschuldigend, wurde aber von Lee, trotz ihrer Enttäuschung über Sally, sofort beruhigt.

Was war mit diesem Mädchen los? Sie war ein lebhafter, begabter Mensch, eine phantastische Schauspielerin, eine gute Sportlerin, und trotz ihrer Leichtfertigkeit hatte sie ohne weiteres ihr Hauswirtschaftsexamen bestanden. Warum nur verbarg sie ihre wirklichen Qualitäten hinter dieser albernen Aufmachung, und warum hatte sie zwar immer irgendeinen ansehnlichen Mann im Schlepptau, ließ sie es aber nie zu einer engeren Bindung kommen?

Sally war fünfundzwanzig, klein, hatte eine tadellose Figur, ein fröhliches Gesicht und dunkle Augen, die das einzig wirklich Schöne an ihr waren. Sie war allerdings sehr attraktiv und setzte ihre relative Schlichtheit ein wie andere Mädchen ihre Schönheit. Aber warum nahm sie einen Mann nie ernst und warum verschleierte mitten in aller Fröhlichkeit Traurigkeit plötzlich ihre großen Augen? Wie kam es, daß Sally zugleich so leichtlebig und doch so zurückhaltend war?

Lee fragte Andrew darüber aus, als sie allein waren, doch er zuckte nur die Achseln und meinte, Sally sei in Ordnung und ein guter Kamerad, aber ziemlich anstrengend. Er wisse, daß Tante Louisa genauso herumrätsle wie alle anderen und sich viele Sorgen um sie mache. Ob Lee wisse, wie lange sie bleiben wolle? Sally interessierte sich brennend für alles, war belustigt, daß Lee schon, wie sie sagte, »hoffnungslos verbauert« sei, und war böse mit Dennis, weil er alles so ruhig hinnahm, denn wie fast alle Studenten kannte er die Verhältnisse auf dem Lande und seine Bewohner sehr gut.

»Aber komm doch her und sieh dir das an. Lee wird gleich Brot backen. Stell dir das nur vor. Ich habe noch nie Brot im Rohzustand gesehen. Ist das nicht komisch?«

Dennis dämpfte sie etwas. »Gerate doch nicht gleich in Ekstase. Viele Frauen backen ihr Brot selbst, sogar in der Stadt. Wie machst du es, Lee?«

»Zum Schluß forme ich es und lasse es aufgehen, und bevor ihr morgens aufsteht, backe ich es, und dann habt ihr frisches Brot zum Frühstück.«

»Mein Schatz, du bist viel zu häuslich«, rief Sally. »Aber was hältst du von einem Bad heute nachmittag? Das Brot geht ohne dich und irgend jemand sagte, daß es hier in der Nähe richtige Brecher gibt.«

Schließlich verbrachten sie den herrlichen, sonnigen Nachmittag alle drei mit Schwimmen und Sonnenbaden. Lawrence hingegen hatte sich, wie gewöhnlich, davongestohlen, um Kitty zu treffen, Grant arbeitete mit Andrew am Zaun, und Tante Hester hatte die Absicht bekundet, sich um den Professor zu kümmern. Sich zu ihrer guten Taktik, das Paar allein zu lassen, beglückwünschend, ging Lee leichten Herzens, kehrte aber um sechs Uhr zurück, beschämt, als sie ihre Gäste bei harter Arbeit fand.

Grant paßte vorsichtig auf eine große Pfanne mit Lammbraten und Speck auf; Miss Connor kochte mit triumphierender Miene Gemüse, während Lawrence, der ausnahmsweise einmal rechtzeitig erschienen war, schwungvoll den Tisch deckte.

»Diese jungen Kolonialbewohner sind so tüchtig«, äußerte sich Hester zu ihrer Nichte. »Mr. Lawton mag zwar Künstler sein, aber er konnte genaue Anweisungen geben, wie man Möhren schabt und neue Kartoffeln behandelt.«

»Schrecklich, daß ich die Zeit vergessen habe, Tante Hester. Ich wette, du hast noch nie in deinem Leben Möhren oder Kartoffeln geschabt.«

»Kein Grund, es nicht zu lernen. Ich habe manchmal gefürchtet, daß mich das Leben im Orient und dann später in einem stillen englischen Dorf etwas unpraktisch machen würde. Ich freue mich, meine Bildung erweitern zu können. Mr. Lawton ist zweifellos ein begabter Mensch. Er hat soeben einen Pudding zusammengerührt. Irgend etwas mit Marmelade drin, in dem Topf da kocht er jetzt vor sich hin. Ich bin froh, daß ich zu Hause geblieben bin. Es ist mir endgültig gelungen, Professor Meredith daran zu hindern aufzustehen und sich anzuziehen. Völlig albern und unnötig. Ich habe ihm erklärt, daß er mit der offenen Tür doch bei allem dabei ist, und warum sollte er seine gut heilende Wunde in Gefahr bringen?«

Das Essen war ein voller Erfolg. Es gab natürlich kein Brot dazu, aber Lee weigerte sich, noch kleine Kuchen zu backen, erklärte, daß das zum Abendessen überflüssig sei und daß es zum Frühstück haufenweise köstliche, frische Laibe geben würde. Alle stimmten ihr zu, daß es viel besser wäre, sich den Appetit bis dahin aufzuheben, und deshalb war es eine schwere Enttäuschung, am Frühstückstisch mit ziemlich hartem, blassen Gerstenmehlkuchen konfrontiert zu werden. Lee lehnte es ab, über hausgemachtes Brot zu sprechen, und nur der Professor, der immer früh wach war, hatte gesehen, wie seine Gastgeberin früh am Morgen nach draußen geschlüpft war, in einer Ecke des Gartens ein Loch gegraben und dort traurig den Inhalt der großen Form begraben hatte, über die sie sich am Abend zuvor mit großer Begeisterung gebeugt hatte.

»Aber was ist denn nun wirklich damit passiert?« zog Sally sie auf. »Hat sich eine deiner gräßlichen zahmen Hennen hereingeschlichen und ist heute morgen in dem weichen Teig versunken? Oder hat eine vielleicht ein Ei hineingelegt?«

»Als ob ich ihn einfach so weggeschmissen hätte«, sagte Lee verächtlich.

»Ich glaube, es war dieser gelbe Kater, der sich nicht mit mir anfreunden wollte«, bemerkte Lawrence, der, wie er erklärte, hereinschaute, um sich einen ihrer herrlichen Brotlaibe zu holen. »Ich wette, das Vieh ist irgendwo im Teig begraben.«

»Ich wünschte, ihr würdet euch nicht so viel Mühe geben, um jeden Preis lustig zu sein«, sagte Lee verstimmt. »Wenn ihr es unbedingt wissen wollt, die Hefe war offensichtlich zu alt. Das kommt manchmal vor. Beim nächsten Mal wird sie in Ordnung sein. Ich habe den Bäcker angerufen, damit er mir frische Hefe schickt.«

Sie verschwieg, daß sie noch flehentlich hinzugefügt hatte: »Und bitte, Mr. Brett, versuchen Sie irgendwie, mir auch etwas Brot zu schicken. Ich habe dutzendweise Leute hier und keinen Krümel Brot im Haus.«

Mit einem mitleidig glucksenden Laut hatte er die tragische Nachricht aufgenommen. »Ein paar Laibe werde ich schon schicken, Mrs. Marsden – auch mehr, wenn ich die Ladung noch erwische, die ich vor einer halben Stunde zum *pa* geschickt habe. Ich glaube kaum, daß der Junge schon weg ist.«

Später rief er Lee mit der erfreulichen Nachricht an, daß er das Brot zurückgeholt habe, sie dürfe nur nicht böse sein, wenn es etwas gequetscht sei; als er den Wagen anhielt, sei Rangis Kind darauf gesessen. Lee räumte bereitwilligst ein, daß das überhaupt nichts ausmache, denn es brauche ja keiner zu wissen. Selbst hatte sie keine Ahnung, daß im Dorf schon vor Mittag das Gerücht die Runde machte, daß die junge Mrs. Marsden, die Studierte, eine große Gesellschaft und nichts zu essen habe. Was wieder einmal bewies, daß Bildung noch lange nicht alles war.

Es war schon später Vormittag, und die Sonne brannte heiß, als Sally hereingestürzt kam.

»Schnell, meinen Photoapparat. Lee, da draußen in eurem Garten findet ein Wunder statt. Irgend etwas wächst so, daß man dabei zusehen kann. Ganz ehrlich. In der Ecke da drüben kommen spaßige kleine weiße Keime durch die lockere Erde. Das können doch keine Pilze sein, oder? Komm schnell. Das darfst du nicht verpassen. Du wirst staunen!«

Lee war nicht erstaunt. Einen Augenblick lang starrte sie dieses Naturwunder voll Entsetzen an, dann gewann ihr Sinn für Humor die Oberhand, und sie begann, hysterisch zu lachen. »Das ist das Brot. Die heiße Sonne hat es zum Aufgehen gebracht. Das arme Ding hat sich heute nacht sicher erkältet. Nächstes Mal weiß ich jedenfalls, wie ich es machen muß.«

»Mein Schatz, du willst es doch nicht etwa wie die Maoris

mit dem Ofen begraben? Das gibt ja so eine Schweinerei«, protestierte Sally völlig unsinnig.

Unglücklicherweise machte Lawrence sich zu seinem täglichen Besuch bei den Macgregors etwas später auf und wurde so Zeuge der Szene. Er bestand darauf, die ganze Geschichte auszugraben in der kühnen Hoffnung, die Leiche des gelben Katers zu finden; als er sich darin dann getäuscht sah, veranstaltete er mit Sally eine feierliche zweite Beerdigung der Überreste. Der Professor, der in einem Sessel saß, während Lee sein Bett machte, zog während dieses albernen Vorgangs nachdenklich seine Jalousie herunter, weniger allerdings, wie er sagte, aus Achtung vor den Überresten, als vielmehr, um die Gefühle seiner Gastgeberin zu schonen.

Trotz ihrer Leichtfertigkeit hatte Sally auch eine praktische Seite, und in den folgenden Tagen half sie nicht nur Lee, sondern veranlaßte auch die jungen Männer dazu. Aber Lee fand dies Leben allmählich mühsam, und sie wurde es leid, sich immer sowohl um Unterhaltung als auch um gute Mahlzeiten für ihre Gäste zu kümmern. Als Andrew eines Abends ihr blasses Gesicht gewahrte, bekam er einen Wutanfall, und Lee mußte beide Badezimmerhähne ganz aufdrehen.

»Sie machen dich fertig. Ich werde Sally sagen, daß . . . «

»Pst. Das darfst du nicht tun. Ist ja schon gut. Ich wünschte nur, sie würden manchmal ohne mich ausgehen.«

»Wie lange . . . ?« Die unvermeidliche Frage brauchte nicht zu Ende gesprochen werden. Lee hatte ihm schon erklärt, sie hätte sofort gewußt, was kommen würde, als er im sicheren Schutz des Badezimmers auch nur den Mund aufgemacht hatte.

»Keine Ahnung. Jedenfalls sind sie eine gute Hilfe, und sie machen freie Bahn für Tante Hester und den Professor.«

Mit einem vernichtenden Blick drehte Andrew die Wasserhähne zu und ging entschlossen zu Bett.

Am Samstag verkündete Sally: »Heute abend wollen wir alle zusammen nach Ruru gehen. Es ist ein Film angekündigt, und ich bin wahnsinnig gespannt, das Kino hier zu sehen. Es ist ein alter Film, aber ganz anständig. Kitty Macfarlane fragen wir auch. Habt Ihr nicht noch andere Nachbarn, Lee?«

»Lieber Himmel, natürlich. Habe ich dir das nicht erzählt? Sogar nette, und sie haben einen Tennisplatz. Donald Harvey und seine Schwester Kathleen Estrade. Sie ist Witwe, aber noch ziemlich jung. Wir werden anrufen und sie fragen. Sie wollten diese Woche die Schafe scheren, beziehungsweise wahrscheinlich sind sie schon fertig.«

Zu ihrer Überraschung sagte Sally: »Vielleicht sind wir auch ohne die beiden genug. Sie könnten nicht zu uns passen. Die Beschreibung klingt schrecklich ländlich.«

»Sei nicht so überheblich. Das stimmt überhaupt nicht. Der Pfarrer hat mir erzählt, Donald wollte Wissenschaftler werden, als sein Vater starb und er dann die Farm übernehmen mußte, und Kathleen ist alles andere als ein Bauerntrampel.«

»Trotzdem, es werden zuviele, oder nicht?«

»Aber gerade hast du gefragt, ob wir nicht noch mehr Nachbarn hätten«, sagte Lee und blickte leicht gereizt. »Außerdem, je mehr wir sind, um so besser, ich werde also anrufen und sie fragen.«

Kathleen sagte Ja, sie würde gerne kommen. Das Scheren wäre zu Ende, aber sie hätten die ganze Woche geschuftet und könnten eine Pause gebrauchen. Sie verabredeten sich für Viertel vor acht im Kino.

Aber schließlich wurde das ganze Unternehmen durch das Fehlen des lebhaftesten Mitglieds und gleichzeitig Organisators leicht getrübt. Sally bekam unerwartet heftige Zahnschmerzen und sagte, sie wäre einfach nicht fähig, auszugehen. »Ausgesprochenes Pech«, erklärte sie, wobei sich ihr kleines Gesicht vor echtem Schmerz verzog. »Aber für die kleine Sally gibt es nur noch drei Aspirin und dann das Bett. Ich bin einfach untröstlich, meine Lieben, aber ich würde wahnsinnig, wenn ich dasitzen und einen Film ansehen müßte. Ihr müßt eben ohne mich gehen und mir morgen alles erzählen. Ich glaube, daß ich für niemanden mehr zu sprechen bin, wenn ihr nach Hause kommt.«

Sie machten sich ziemlich traurig auf den Weg. Ohne Sally würde es nur halb soviel Spaß machen, und es kostete einige Mühe, Andrew zu überzeugen, daß er seiner Frau alles verderben würde, wenn er nicht mitkäme, und daß Tante Hester sich schon um den Kranken kümmern würde. Schließlich kamen die drei Autos rechtzeitig nach Ruru, und Lee war ganz begeistert, als sie entdeckte, daß sich das Kino in der Stadthalle befand, einem großen nackten Raum, der sich auf hohen Säulen über dem Strand erhob. Bei Springflut umspülte das Wasser den Fuß der Säulen und brachte den starken Geruch des Meeres und von Tausenden von Fischen mit, die in den letzten fünfzig Jahren an die Küste geschwemmt worden waren. Eine leiterähnliche Treppe führte zur Halle hinauf, und an der Tür stand ein kleiner Tisch, an dem der schielende Ladenbesitzer wachte.

Er begrüßte Lee wie eine alte Bekannte, und während er ein Auge ziellos über das Publikum schweifen ließ, betrachtete er mit dem anderen neugierig die Gesellschaft in ihrer Begleitung. Er sammelte das Eintrittsgeld in Gestalt von Zweischillingstücken in einen großen Emaillebecher ein und erklärte, daß sie sich hinsetzen könnten, wo es ihnen am besten gefalle. Die »Vorstellung«, erklärte er, würde etwas später beginnen, weil Sam, der den Film brachte, einen Plattfuß gehabt hatte. Aber er sei angekommen und es würde gleich losgehen; inzwischen unterhielt Mrs. Frost, die Frau des Inhabers, sie mit etwas Musik.

Zu ihrer Überraschung kam die Musik von einem alten, sehr lauten Klavier, das Mrs. Frost, eine ernsthafte Frau mit einer Königin-Alexandra-Frisur und enormen Händen, mit großer Begeisterung behämmerte. Im Schutz dieses Lärms vertraute Kitty Lee an:

»Mein Onkel hat sich schrecklich aufgeregt, weil ich heute abend mitgegangen bin. Er sagt, Filme seien gottloses Zeug, voller Verbrechen und Sex.« Dabei imitierte sie Stimme und Gesten des Propheten so gut, daß sie das Interesse der Umsitzenden stark auf sich lenkte. »Die ganze Sache wird dadurch noch schlimmer, daß in dem kleinen Saal unten an der Straße morgen ein Gottesdienst stattfindet, und er sagt, ich hätte zu Hause bleiben müssen, um mich darauf vorzubereiten.«

»Gottesdienst? Oh, dann sollten wir alle gehen. Sie haben einen so netten Pfarrer, und ich habe ihm versprochen zu kommen«, erklärte Lee und fuhr fort, lebhaft von ihrer ersten Begegnung mit Hugh Knight, dem netten Pfarrer, zu berichten.

In eben diesem Augenblick erschien er in der Türe, schaute sich im Publikum um und ging dann auf Kathleen Estrade zu. Er beugte sich hinunter, sagte ein paar Worte zu ihr und begrüßte dann Lee. »Guten Tag, Mrs. Marsden. Nein, ich bleibe nicht, trotzdem vielen Dank. Ich suche nach verirrten Schafen. Mit anderen Worten, ich will Ihnen mitteilen, daß ich morgen früh in Ihrem Saal einen Gottesdienst abhalte, und ich hoffe, Sie werden sich aufraffen und Ihre Freunde mitbringen. Es scheinen ziemlich viele zu sein«, sagte er und lächelte beim Gedanken an die Gerüchte, die über Lee und ihre hungernden Gäste durch das Dorf gegangen waren.

Eilig stellte sie ihn allen vor und bemerkte dazu, daß Kitty schon von dem Gottesdienst berichtet habe. »Und ich habe gesagt, wir würden alle kommen«, wobei sie ihren etwas zögernden Gästen einen bezwingenden Blick zuwarf.

»Falls Sally keine Zahnschmerzen mehr hat, kommt sie auch. Ich habe Euch noch nicht erzählt, daß wir eine Kusine von Andrew bei uns haben«, wandte sie sich an Kathleen und ihren Bruder. »Sie wäre heute abend so gerne gekommen, und dann bekam sie plötzlich fürchterliche Zahnschmerzen. Wahrscheinlich hat sie ein ganz verschwollenes Gesicht, bis wir nach Hause kommen.«

Der Pfarrer drückte sein tiefes Mitgefühl aus und sagte dann ziemlich überraschend: »Gut. Ich werde Sie alle erwarten, denn ich sehe schon, daß Ihre Gastgeberin Sie fest in der Hand hat«, und dann verabschiedete er sich schnell, als er merkte, daß er die Pianistin an der gewaltigen Wiedergabe von »Gott schütze die Königin« hinderte.

Der erste Programmteil bestand aus den »Nachrichten vom Tage«, die schon mehrere Jahre zurücklagen. Sie zeigten das Rennen um den Preis von Melbourne, wobei das Austragungsjahr ungewiß war, und einige verschwommene Bilder von Eisenhower beim Golfspiel während seiner Amtszeit als Präsident. Es folgte ein »Lustspiel«, in dem die Schauspieler in Badewannen fielen, mit Mehl bestäubt wurden, Spiegelglasfenster zerbrachen und sich überhaupt so benahmen, daß der größte Teil des Publikums vor Lachen brüllte und Andrew unzufrieden seiner Frau zuflüsterte, daß Sally es trotz der Zahnschmerzen und allem noch am besten habe. Das Vorführgerät war offensichtlich sehr temperamentvoll, und die Filme zitterten zeitweise so stark, daß fester Stand für die Rennpferde unmöglich schien, geschweige, daß der frühere Präsident einen guten Ball landen konnte. Trotz allem nahm das Publikum das Ganze mit großer Begeisterung auf, und als es in der Pause hell wurde, erhob es sich wie ein Mann und strebte die Stufen hinunter zu einem kleinen Laden, wo zerfließendes Eis reißenden Absatz fand.

Bei der Rückkehr am Schluß der Pause war nicht zu übersehen, daß das Publikum sich auf geheimnisvolle Weise vermehrt hatte. Maori-Kinder hockten jetzt glücklich in Massen auf dem Boden vor der Leinwand, und der Grund für dieses Eindringen war nicht schwer festzustellen. Der Türhüter, eine immer durstige Seele, hatte während der Pause seinen Posten verlassen, war heimlich zum nächsten Spirituosengeschäft gegangen, um sich zu stärken, und hatte den Eingang unbewacht gelassen.

Der Film wäre spannender gewesen, hätten nicht Teile davon unerwartet auf dem Kopf gestanden und hätte es nicht ausgerechnet eine lange, schreckliche Pause im spannendsten Moment gegeben, als nämlich der Hauptdarsteller die Hauptdarstellerin in die Arme schloß und in einer schrecklichen Nahaufnahme einen Kuß auf das übergroße Gesicht drückte. Das Publikum war an derartiges offensichtlich gewöhnt und schien es zu genießen, obwohl es höhnte: »Gib's ihr, Joe.« »Jetzt reicht's aber mit dem Geknutsche.« »Mach weiter.« Joe erschien völlig gelassen auf der Bühne vor der leeren Leinwand und rief: »Hab' sie abgestellt, Jungs. Ihr wißt, wie sie heißläuft. Machen wir lieber ein kleines Tänzchen; bis ihr fertig seid, geht's wieder.«

Sie nahmen ihn beim Wort, standen ohne weiteren Protest auf und machten die Saalmitte frei. Mrs. Joe stimmte ein altes Tanzlied an, und sie begannen, auf dem begrenzten Raum langsam und sittsam zu tanzen. »Komm mit«, sagte Lee und nahm ihren Mann bei der Hand. »Weißt du, daß wir erst dreimal miteinander getanzt haben?«

Sie sah sich um und machte vergeblich den Versuch, ihre Gesellschaft so hinzumanövrieren, daß Grant mit Kathleen Estrade und Kitty mit Donald Harvey tanzte. Trotz ihrer Bemühungen sah sie zu ihrem Erstaunen, daß der sonst so langsame Grant seinen Arm um Kitty legte, und Lawrence, um die Partnerin seiner Wahl gebracht, gnädig lächelte, als er Kathleen auf die Tanzfläche führte. Dennis hatte keine Sekunde verloren und die Hand eines hübschen Mischlingsmädchens ergriffen, und Donald Harvey schien damit zufrieden, sich an der Tür mit einigen Männern zu unterhalten und dem improvisierten Tanz zuzuschauen. Lee seufzte. Ihre Gäste fanden sich nicht so zusammen, wie sie es sich wünschte.

Zehn Minuten brauchte die veraltete Maschine anscheinend, um sich zu erholen, und am Ende der Pause stieg Joe wieder auf die Bühne, das Gesicht war dunkelrot, weil er sich so angestrengt hatte, dem Ungeheuer gut zuzureden, aber er strahlte, als er verkündete: »Alle an Bord, Jungs. Sie ist wieder flott.« Sofort ließen die Männer eilig ihre Partnerinnen stehen, trugen ihre Stühle zurück und bereiteten sich erneut darauf vor, die verzögerte Umarmung des Helden zu genießen.

Es war elf Uhr vorbei, als der Film schließlich seinem Happy End entgegenzitterte und -taumelte, aber niemand schien gelangweilt, und eine gut gelaunte Menschenmenge kletterte die Stufen hinunter und schlenderte am Strand entlang.

»Da ist noch so eine Milchbar offen«, wußte Lawrence und bestand darauf, daß alle mitkamen, um auf seine Kosten zweifelhaften Kaffee zu trinken und stark gefärbten Kuchen zu essen, so daß es fast Mitternacht war, als sie sich schließlich alle auf den Heimweg machten. »Wir sehen uns morgen in der Kirche«, rief Lee den Harveys zu, aber Kathleen rief zurück: »Donald sagt, er habe noch Arbeit mit den Schafen. So ist das bei Farmern immer. Aber ich komme.«

»Seid ganz leise«, flüsterte Lee, als die drei Männer zu ihrem Zelt gingen. »Wir dürfen die anderen nicht wecken. Die arme Sally liegt wahrscheinlich ohnehin vor Zahnschmerzen schon stundenlang wach.«

In Sallys Zimmer regte oder bewegte sich jedoch nichts, und

wie ein Wunder erschien sie am nächsten Morgen geheilt, obwohl sie etwas skeptisch blickte, als vom Kirchgang um elf Uhr die Rede war.

Andrew, der selbst verschiedene Aufgaben auf der Farm vorzuschützen versuchte, sagte boshafterweise: »Komm nur mit, mein Kind. Dein Zahn wird eine Stunde Kirche schon überstehen. Wenn ich es mir überlege, dann ist es eigentlich komisch, daß er von selbst wieder gesund geworden sein soll. Ich bin Zahnschmerzen immer nur losgeworden, wenn ich zum Zahnarzt ging.«

»Reg dich nicht auf, mein Schatz. Natürlich kannst du das nicht verstehen«, antwortete seine Kusine schnippisch. »Nun zu der Kirche, Lee. Erzähle mir was davon. Wie ist der Pfarrer? Verheiratet? Wenn ja, dann wird er eine lange, langweilige Predigt halten.«

»Er ist nicht verheiratet, obwohl ich nicht weiß, was das mit seiner Predigt zu tun hat«, erwiderte Andrew. »Und er ist nicht langweilig«, und er begann, seiner Kusine einen farbigen Bericht von dem Empfang zu geben, den Lee ihrem ersten Besucher hatte zuteil werden lassen. Sally lachte, sah aber noch immer skeptisch aus.

»Müssen wir wirklich hingehen? Erscheinen da nicht die ganzen Einheimischen? Uns vermißt bestimmt niemand. Was ist mit deinen Freunden? Harvey, so heißen sie doch? Gehen sie zur Kirche?«

»Kathleen sagte, sie würde gehen, und ich glaube, ihre Mutter auch, aber ihr Bruder versucht, sich zu drücken, wie Männer das machen. Nein, Andrew, du mußt einfach mitkommen. Ich habe es dem Pfarrer versprochen.«

Sally suchte keine weiteren Ausflüchte, und als sie zu dem kleinen Saal fuhren, war Lee erstaunt zu sehen, daß Donald Harvey von seiner Schwester auch überredet worden war zu erscheinen.

Wenig später fuhr Kitty mit Onkel und Tante vor, und die kleine Gruppe versammelte sich auf der Koppel vor dem Saal.

»Wie gut, daß wir alle gekommen sind«, fand Lee, »denn sonst ist kaum jemand da. Oh, ich habe vergessen, daß ihr Sally nicht kennt. Sie konnte gestern abend nicht kommen. Ich habe euch von ihren schrecklichen Zahnschmerzen erzählt. Was für ein Segen, daß es von selbst wieder gut geworden ist, denn wer weiß, wo wir einen Zahnarzt gefunden hätten«, damit drehte sie sich um, um Sally den Geschwistern vorzustellen, und fragte sich dann, ob die Zahnschmerzen wirklich ganz vorbei seien. Sally sah sehr blaß aus.

Sie begrüßte Kathleen jedoch herzlich und gab einen lebhaften Bericht ihrer Leiden, und nur Lee hörte, wie sie beiläufig zu Donald Harvey sagte: »Oh, guten Tag. Lange her, seit wir uns gesehen haben.«

»Ihr kennt euch doch nicht etwa? So ein Zufall!« rief Lee und fand dann einen Augenblick lang keine Worte mehr, denn Donald Harvey starrte Sally mit einem Gesichtsausdruck an, der Lee rätselhaft war.

»Doch«, sagte er kurz. »Miss Curtis und ich, wir haben uns in Dunedin kennengelernt – vor wieviel Jahren? Aber vielleicht sagen wir das besser nicht.« Nach diesen wenig zuvorkommenden Worten drehte er sich um und begrüßte zwei Damen, die in einem alten Wagen vorgefahren waren und außer ihnen die einzigen Mitglieder der kleinen Gemeinde zu sein schienen.

»Aber Sally«, murmelte Lee vorwurfsvoll, »du hast mir nichts davon erzählt, daß du Donald kennst. War das während seines Studiums?«

»Ja, vor Jahren. Ich habe dir natürlich nichts davon erzählt, weil ich mich an den Namen nicht erinnerte. Er ist nicht selten. Harveys gibt es in rauhen Mengen«, erläuterte Sally, aber in ihrer Stimme war eine gewisse Unsicherheit, und ihr Gesicht hatte noch immer diesen angestrengten Ausdruck.

In diesem Augenblick wurden sie jedoch durch die Ankunft einer kleinen Maorigruppe und dann einer Wagenladung von Frauen und Kindern aufgeheitert. »Wenigstens jemand, der singt«, stellte Lee erleichtert fest. »Ich hatte schon Angst, ich müßte das tun. Da kommt der Pfarrer.«

Hugh Knight fuhr in seinem alten Wagen vor, winkte zur Begrüßung allen freundlich zu und eilte mit seinem Talar über dem Arm in den Saal. Ein paar Minuten später wurde ein kleiner Maori-Junge, der fast vor Stolz platzte, herbeigerufen, um eine große Glocke – offensichtlich ein Überbleibsel von irgendeinem alten Schiff – zu läuten und von der Türe aus die Besucher hereinzubitten. Lee bemerkte erstaunt, daß Mrs. Harvey nicht gekommen war, aber ihre Abwesenheit wurde durch die Lebhaftigkeit ihrer Enkelkinder mehr als ersetzt, die sich mit den Maori-Kindern an einem wilden Fangspiel erfreuten. Beim ersten Klang der warnenden Glocke wurden die Maoris jedoch ganz sittsam, ihre strahlenden Gesichter feierlich und ihr Betragen erstaunlich demütig.

Geschlossen begab sich die Gemeinde in den kleinen Saal. Zwei Dinge fielen Lee auf. Es gab keinerlei Instrumente, und Sitzgelegenheiten waren offensichtlich knapp. Ein halbes Dutzend Bänke ohne Rückenlehne war für die Gemeinde bereitgestellt, und zweifellos würden diese mehr als besetzt sein.

Der kleine Saal war offensichtlich schon Schauplatz vieler harmloser Vergnügen gewesen, denn an der Wand waren Kartons mit leeren Limonadeflaschen gestapelt, daneben fanden sich Schachteln mit dickem Steingut und Gläsern, darauf eine riesige Emailleteekanne und der unerläßliche Petroleumbrenner zum Wasser heißmachen.

Rasch wollte sich Lees Gesellschaft mit Miss Connor in der Mitte auf eine Bank drängen. Wie sie bald erkennen sollten, mit dem Ergebnis, daß jede individuelle Bewegungsfreiheit ausgeschlossen war. Gemeinsam erhoben sie sich auf ein gebieterisches Zeichen von Tante Hester, gemeinsam setzten sie sich, gemeinsam knieten sie, und es muß befürchtet werden, daß sie auch gemeinsam unziemlicher Fröhlichkeit erlegen wären, hätten sie nicht Miss Connors Gegenwart und die Schlichtheit und der Ernst des Pfarrers, die sogar auf die leichtfertige Sally Eindruck machten, daran gehindert.

Die beiden Harveys saßen getrennt, und Kathleen brauchte bald alle Kräfte, um die plötzlichen Regungen von Robin und Joan unter Kontrolle zu halten. Sie hielt beide fest an der Hand, aber es dauerte nicht lange, da entwand Robin sich seiner Mutter, um das aufregende Spiel mit den kleinen Maori-Kindern wieder aufzunehmen. Dort traf er jedoch auf eisiges

Schweigen, worauf er sich damit begnügte, eine Limonadenflasche aus dem Karton zu entwenden und die letzten Tropfen zu genießen. In diesem Augenblick schaltete sich sein Onkel ein, und Robin wurde an die Seite seiner Mutter zurückgebracht und erneut energisch festgehalten.

Das erste Lied versprach eine Qual zu werden. Da keinerlei Instrument vorhanden war, fiel es Hugh Knight zu, die »Melodie anzustimmen«. Er gestand später, daß er für diese Aufgabe besonders ungeeignet sei, denn die einzigen beiden Melodien, die er auseinanderhalten konnte, seien »Gott schütze die Königin« und »Die Stunde ist gekommen«.Trotzdem brachte er einen herzhaften Anfangsschrei zustande, und dann wurde die Situation von Kitty gerettet, die alle überraschte mit ihrem reinen, herrlichen Sopran, sowie von den Maoris auf der Hinterbank, deren Stimmen harmonisch einfielen und es dem Rest der Gemeinde ermöglichten, nun dem Gesang zu folgen.

»Aber was geschieht, wenn sie nicht einfallen?« fragte Sally den Pfarrer später beim Mittagessen, und dieser schüttelte traurig den Kopf.

»Dann brülle ich mich eben durch, und die Gemeinde von vier oder fünf Leuten hört in qualvollem Schweigen zu«, sagte er niedergeschlagen. »Ich kann nur hoffen, daß es ausreicht, um die sogenannte ›Freude vor Gott‹ zu bekunden.«

Von Kitty geführt und von den Maoris unterstützt, machte die Gemeinde das Beste aus den Liedern. Lawrence vergaß, eine überhebliche Miene aufzusetzen, und sang einen klangvollen Bariton; Kathleen Estrade begleitete ihn mit einer klaren Altstimme; Lee, die musikalisch nicht begabt war, gelang es, sich selbst zu vergnügen, ohne andere zu stören, und Miss Connor sang einen meisterhaften Alt. Mit einem Seufzer der Erleichterung konnte Hugh Knight aufhören und die Sache in andere Hände legen.

Als Kathleen die Hand ihres Sohnes für einen Moment losließ, um ihr Portemonnaie zu suchen, denn der Opferteller näherte sich gerade, erlangte Robin seine Freiheit wieder. Der Versuch seiner Mutter, ihn zu erwischen, kam zu spät, und sein Onkel, der eben den Opferteller auf einen kleinen, als Altar dienenden Tisch stellen wollte, bemühte sich vergebens, ihn aufzuhalten. Robin rief laut: »Pfennige, so viel Pfennige«, und streckte eine räuberische Hand in den Teller.

Einen Augenblick lang herrschte Verwirrung, dann packte Grant puterrot im Gesicht mit festem Griff das Handgelenk des Kindes, befreite die entwendete Münze und trug es entschlossen zu seiner Mutter zurück. Lee stieß Andrew leicht an, und ihr Gesichtsausdruck sagte ganz deutlich: Da siehst du, was für einen phantastischen Stiefvater er abgeben würde.

Die Predigt war kurz, einfach und wirklichkeitsnahe, frei gesprochen, nicht geschraubt und ohne den Anspruch, tiefgründig oder scharfsinnig zu sein. Der Pfarrer sprach bescheiden und ruhig, übertrug seinen Glauben auf den Alltag der Menschen auf dem Lande, und sogar Lawrence war beeindruckt. Wie er später sagte, war es nicht leicht, zu einer so gemischten Gemeinde zu sprechen.

Kaum hatte der Pfarrer geendigt und wollte soeben das Schlußlied ansagen, da ereignete sich hinten im Saal eine Sensation, ein lautes schrilles Bellen, ein Scharren von aufgeregten Krallen auf dem nackten Boden: Parsival trat geräuschvoll in Erscheinung, eine zerrissene Leine hinter sich herziehend. In wahnsinniger Aufregung und Erleichterung warf er sich auf sein entsetztes Frauchen.

Es entstand eine kleine Verlegenheitspause, und dann kündigte der Pfarrer, mit begreiflicher Erregung in der Stimme, die Nummer des Liedes an. Miss Connor erhob sich unter Schwierigkeiten, aber mit unverminderter Würde, machte eine leichte, entschuldigende Verbeugung in seine Richtung und schritt majestätisch, den kleinen wimmernden Hund auf dem Arm, zur Tür.

Bevor sie sie jedoch erreicht hatte, kam es zu einem noch schlimmeren Zwischenfall. Durch den offensichtlich erfolgreichen Einzug Parsivals verleitet, beschloß ein kleiner, nicht ganz reinrassiger Terrier, der den Maoris gehörte und bisher artig draußen gewartet hatte, sein Glück zu versuchen, und stürmte in den Saal. Das war zuviel für Parsival, der vom Arm seines Frauchens sprang und sich auf den Eindringling stürzte.

Von seinem Erfolg bei Robin ermutigt, machte Grant den Versuch, sich einzuschalten, scheiterte aber. Zwischen den Hunden begann ein wilder Kampf. Die Gemeinde ihrerseits gab ihre Suche nach dem Lied auf und starrte nur noch, während der Todeskampf lautstark weiterging. Im Hin und Her der Balgerei kamen die Kämpfenden der Wand, an der die Kartons standen, immer näher. Den Versuch, das Dekor zu wahren, gab die Gemeinde nun endgültig auf und stürzte statt dessen, verzweifelt bemüht, zu retten, was zu retten war, nach vorne. Aber zu spät, mit lautem Krach kippte ein Karton um, und ein Hagel leerer Limonadeflaschen ging über die Kämpfenden nieder. Der zweite Karton geriet ins Schwanken; doch Donald Harvey vermochte immerhin das Steingut zu retten. Der Petroleumbrenner aber kippte, fiel und setzte der Schlacht ein endgültiges Ende, indem er den Maori-Terrier beinahe erschlug.

Hier bot sich dem Besitzer eine Gelegenheit, und mit gut gezieltem Fußtritt flog der Mischling zur Tür hinaus. Miss Connor, dunkelrot im Gesicht, aber in untadeliger Haltung, sagte nun mit lauter Stimme: »Es bleibt mir nur, mich zu entschuldigen«, und nahm Parsival hoch.

Doch der Pfarrer, der dem ganzen Geschehen nicht ohne einige Belustigung zugesehen hatte, verkündete jetzt mit ungetrübter guter Laune: »Nun, jetzt können wir das Lied singen, das ich vorhin angekündigt habe. Es ist nicht ganz unpassend«, und dann begann die ganze Gemeinde äußerst vergnügt: »Kämpfe den guten Kampf«.

9

Lee liebte ihr altes Haus, aber insgeheim mußte sie doch zugeben, daß es seine Nachteile hatte. Wenn es zum Beispiel überfüllt war, so konnte sie mit ihrem Mann praktisch nicht sprechen, ohne belauscht zu werden. Mitternachtsgeständnisse verboten sich, denn die Wände waren dünn wie Papier, und da ihre Wasservorräte jetzt so sehr beansprucht wurden, wäre es rücksichtslos gewesen, im Badezimmer immer die Wasserhähne laufen zu lassen, insbesondere, wenn sich das Geständnis zu einem Streit zu entwickeln drohte.

Und das sollte an einem dieser Tage passieren, wie Lee betrübt feststellte. Schwer zu sagen, wer schuld daran war; natürlich war sie ziemlich übermüdet und empfand den Mangel jeglichen Privatlebens. Andrew war sowohl über ihre Müdigkeit wie über ihr eigenartiges Gemeinschaftsleben böse und reagierte unter diesen Umständen allmählich wie die meisten Männer. Er war leicht gereizt und mürrisch, und Lee entdeckte zu ihrem Schrecken, daß sie die Versuchung verspürte, zurückzuschlagen. Das konnte nicht gutgehen.

Aber was ließ sich dagegen tun? Lee lag ein- oder zweimal wach und versuchte, eine Antwort auf diese Fragen zu finden.

Ganz winzige Dinge konnten schon zu einer Verstimmung führen. Wenn Lee zum Beispiel Andrew im Holzschuppen abpaßte, um ihm anzuvertrauen, daß Sally Donald Harvey schon kannte, wahrscheinlich aus Dunedin, und sie wahrscheinlich auf das Geheimnis des Mädchens gestoßen sei, vielleicht gerade auf die Romanze, die zu nichts geführt hatte, dann tat er die ganze Angelegenheit einfach in Bausch und Bogen ab.

»Unsinn. Wie kommst du denn auf diesen albernen Gedanken?«

»Na ja, sie hat sich vor dem Film gedrückt, als sie hörte, Donald Harvey würde kommen. Da merkte sie wohl zum ersten Mal, daß er hier in der Gegend war. Ich bin sicher, daß die Zahnschmerzen nur gespielt waren.«

»Aber warum denn? Ich wette, daß es ziemlich schlimm war, sonst wäre sie gegangen. Sally verpaßt ungern ein Vergnügen.«

»Morgens war ja alles gut, nichts mehr geschwollen. Und dann wollte sie nicht mit zur Kirche gehen.«

»Natürlich nicht. Unter Vergnügen stellt sich unsere Sally etwas anderes vor.«

»Aber als ich sagte, Donald würde nicht da sein, sagte sie zu. Als er dann doch kam, sah sie schrecklich bestürzt aus. Ganz weiß, und auch Donald sah komisch aus, aber in ihrem Horoskop kann ich nichts finden . . . «

»Mein liebes Kind, du hast nur Heiratsvermittlung und Horoskope im Sinn. Da ist absolut nichts dran.«

»Sei nicht so gräßlich von oben herab. Ich bin sicher, das war der Mann, mit dem sie einmal verlobt war. Erinnerst du dich, er sollte ein naturwissenschaftliches Examen machen, wahrscheinlich in Otago.«

»So ein Quatsch. Außerdem habe ich dir gesagt, daß der Mann tot ist. Ein Autounfall oder so was Ähnliches.«

»Das hast du nie gesagt. Du hast dich sehr vage ausgedrückt, und ich glaube auch nicht, daß du jetzt etwas weißt.« Lee bekam einen Wutanfall, und als sie sich davon erholt hatte, kam sie zum zehnten Mal zu dem Schluß, daß es völlig hoffnungslos war, mit Andrew über Herzen oder Horoskope zu sprechen.

Wann jemand abreisen würde? Tante Hester war natürlich für einige Zeit ein mehr oder weniger fester Gast, obwohl sie vorhatte, die Südinsel zu bereisen, aber sie stiftete keinerlei Verwirrung. Das Leben hatte sie die Kunst gelehrt, ein angenehmer Gast zu sein, so daß sie ständig Briefe zu schreiben hatte oder sich gerade dann nach einem schönen Spaziergang sehnte, wenn ihre Gastgeberin allein sein oder sich ein bißchen mit ihrem Mann unterhalten wollte. Andererseits war sie immer zur Hand, wenn es Arbeit gab, und hatte nicht nur die Pflege der Lämmer, sondern auch die des Professors übernommen.

Hier machte Lee eine Pause und war mit sich zufrieden. Andrew konnte sie auslachen, soviel er wollte, die Tatsache blieb bestehen, daß die beiden großartige Freunde geworden waren, und was erwarteten ältere Menschen mehr von einer Ehe, als gute Freundschaft? Was den Professor selbst betraf, so gab es keinen Zweifel, daß aus der Einladung zum Mittagessen ein Aufenthalt von mehreren Wochen werden würde. Er selbst hatte mit traurigem Lächeln erklärt, er sei wie »Der Mann, der zum Dinner kam«. Tatsächlich heilte sein Arm nicht so schnell, wie der Arzt gehofft hatte, und sein Knöchel schmerzte, so daß er noch immer ans Bett gefesselt war. Aber er war der bescheidenste Gast, den man sich vorstellen konnte, machte so wenig Mühe wie möglich, und da sich sein Zimmer an das Wohnzimmer anschloß, konnte er meistens am Familienleben teilnehmen und sich für die Vorgänge auf der Farm interessieren. Nein, Lee hätte sich nicht um alles von Professor Meredith getrennt.

Und nun zu Lawrence. Obwohl er unglücklicherweise offensichtlich ein ständiger Gast wurde, war er außer zum Abendessen selten zu Hause, und da er sich für den Unfall des Professors verantwortlich fühlte, hatte er viel geholfen, mehrere Fahrten nach Ruru gemacht und alle möglichen Vorräte nach Hause gebracht, die Lee das Kochen erleichterten. Kurz gesagt, er machte alles wieder gut, auch wenn er ihr Haus zweifellos als einen bequemen Ausgangspunkt betrachtete, um Kitty Macfarlane zu umwerben.

In jedem Fall wären sie beide, Lee und Andrew, über seine Abreise traurig gewesen, einfach deshalb, weil sie dann auch Grant verloren hätten, und Grant erwies sich als ein perfekter Arbeiter sowohl im Haus wie auf der Farm. »Ein schlagkräftiges Argument für den Nutzen einer Universitätsausbildung«, wie Miss Connor sagte. »Ich habe nie gedacht, daß ein junger Mann dadurch so praktisch wird.«

Lee kam also zu dem Schluß, daß es eigentlich nur um Dennis und Sally gehe, und sie fand, daß es nicht sehr nett wäre, Andrews Kusine und ihrem Freund eine Woche Gastfreundschaft oder etwas mehr zu mißgönnen. Sally war letzten Endes doch eine Hilfe, Dennis schlief im Zelt und hatte sich angewöhnt, mit Andrew und Grant auf die Farm hinauszugehen und zu beweisen, daß ein Mensch mit klassischer Bildung so gut wie jeder Farmer ein Loch in die Erde graben konnte.

Abgesehen davon war Lee im Stillen weiterhin überzeugt, daß Sally und Donald Harvey ein Geheimnis hatten. Ob er vielleicht der Grund für diesen Autounfall war, der diesen unbekannten Verlobten das Leben gekostet hatte? Das, meinte Lee, war ein kluger Einfall, aber keiner, den man Andrew anvertrauen konnte. Sie dachte jedoch viel darüber nach, und jetzt war ihre Phantasie angeregt und machte vor nichts halt.

Wie um Lees Theorie zu bestätigen, wollte Sally auf einmal wieder weiterfahren. Montagmorgen brachte sie eine solche Absicht bei ihrer Gastgeberin aufs Tapet.

»Abreisen? Aber wohin? Ihr habt euch doch nirgends angesagt, oder?«

»Nein, eigentlich nicht, aber zu Hause bleibt doch zu Hause.«

»Was, nach drei Tagen zurückfahren? Sei nicht albern, du weißt, daß du zuerst von einer Woche gesprochen hast.«

»Ja, aber der Sinn der Sache war ja, eure Einsamkeit etwas aufzulockern, und von Einsamkeit merke ich nicht mehr viel. Dutzendweise laufen die Leute hier herum. Ist besser, nach einigen Tagen den Platz zu räumen, damit ihr wieder Luft bekommt. Ich habe so das Gefühl, daß bald auch noch andere aufkreuzen werden.«

Lee war sprachlos. »Andere?« Diese verdammten großzügigen Einladungen auf der Hochzeit. Sie würde nie wieder Sekt anrühren. »Was meinst du? Welche anderen?«

»Nur, daß ich einen Tag, bevor ich wegfuhr, Cynthia Jordan in der Stadt begegnet bin, und sie erwähnte, daß Lawrence von der Bildfläche verschwunden sei und sich angeblich irgendwo an der Westküste aufhalte. Sie machte den Eindruck eines Detektivs. Wenn sie erst einmal rauskriegt, wo er ist, kommt sie ihm sofort nach.«

»Oh, wahrscheinlich wird sie es nicht rauskriegen.«

»Ich wette doch. Ein energisches Mädchen, und sie kennt Grants Schwester ziemlich gut, und der liebe Junge hat erst vor drei Tagen nach Hause geschrieben. Ich persönlich glaube, daß ihr an einem der nächsten Tage einen Anruf bekommt.«

Lee sah nachdenklich aus. War Cynthia eine von denen, die sie bei dieser schicksalhaften Gelegenheit eingeladen hatte? Sie konnte sich nicht erinnern. Sie kannten sich nicht sehr gut, und Lee mochte sie nicht besonders gerne, aber das schien nach einigen Gläsern Sekt nicht ins Gewicht gefallen zu sein. Sie hatten in denselben Kreisen verkehrt, und es war leider möglich, daß sie das als einen Vorwand für einen Besuch benutzte.

»Ja, wenn das so ist, mußt du eben bleiben, um mich zu beschützen.«

»Lawrence wird Schutz brauchen.«

»Er ist mir völlig egal, aber du bist eine Hilfe, und Andrew wird so ungeduldig.«

Sally lachte. »Das kann ich ihm nicht verübeln. Wenn man denkt, daß ihr erst so kurz verheiratet seid, und dann diese Art von Gemeinschaftsleben! Nein wirklich, mein Schatz, ich glaube, unser Zimmer ist eine größere Hilfe als unsere Gesellschaft, besonders für meinen Vetter Andrew. Jedenfalls habe ich Dennis gesagt, er solle sich beeilen mit seinem Löchergraben, weil wir in ein paar Tagen besser wieder abreisen!«

Aber das taten sie nicht. Lee konnte zwar nicht ausmachen, was Sally veranlaßte, ihre Meinung zu ändern, aber sie war ziemlich sicher, daß es etwas mit dem Tennisspiel zu tun hatte, zu dem sie am nächsten Tag verleitet wurden. Oder lag irgend etwas in der Luft, das die Leute dazu brachte, sich hier als Dauergäste niederzulassen? Wenn das stimmte, und Andrew dahinterkam, würde er die Farm morgen verkaufen; dessen war sie sicher.

Mrs. Harvey bestand darauf, daß sie alle am Nachmittag des nächsten Tages zum Tennis kamen. Auf ihrer Fahrt nach Ruru schaute sie in Begleitung ihrer Tochter und der beiden Kinder herein. Die Kinder begaben sich sofort zum Zelt der Männer und richteten dort ein vergnügtes Durcheinander an, bis Grant sie entdeckte und unerbittlich zum Wagen ihrer Großmutter brachte, wo sie bleiben mußten. Inzwischen war Mrs. Harvey erschreckend großzügig. »Ja, alle. Was, Miss Connor will unbedingt bei dem Kranken bleiben? Aber, Professor, meinen Sie nicht, wenn ich den Wagen genau bis vor die Türe fahre, dann könnten diese netten jungen Männer Sie doch hintragen ... «

Als Lee das entsetzte Gesicht des Professors sah, schaltete sie sich schnell ein. »Oh, ich fürchte, das geht nicht. Der Arzt läßt ihn kaum aufstehen. Aber trotzdem vielen Dank für Ihre Einladung, Mrs. Harvey. Ich dachte, Sie spielten normalerweise nur an den Wochenenden Tennis, aber wir kommen gerne.«

»Na ja, da das Scheren jetzt vorbei und der erste Schub Lämmer versorgt ist, hat Donald keine triftige Ausrede mehr. Ich sage ihm immer, daß er nicht zum Sklaven der Farm werden darf, und er und Kathleen haben so selten Gelegenheit, mit jungen Leuten zusammenzukommen – das heißt mit jungen Leuten, die zu ihnen passen. Ungebildete gibt es zwar genug in der Gegend, aber ich habe mich immer sehr bemüht, unser Niveau zu halten.«

Diese Bemerkung begleitete Sally mit einer häßlichen, aber sehr ausdrucksvollen Grimasse, so daß Lee beinahe lachen mußte und aus Rache zuckersüß sagte: »Das wird bestimmt herrlich. Ich weiß, daß Sally schon darauf brennt. Sie ist eine erstklassige Spielerin, wirklich eine Meisterin«, wandte aber bei diesen Worten schnell den Blick vom grimmigen Gesicht der Meisterin.

Mrs. Harvey entging das zum Glück, strahlend brachte sie ihr Entzücken zum Ausdruck. »Aber jetzt muß ich mich auf den Weg machen. Eine dringende Fahrt nach Ruru. Dauernd kommen Leute an, und die Kommunalbehörden möchten, daß ich irgend etwas zur Unterhaltung organisiere. Ich werde ihnen sagen, daß sie das allmählich selbst übernehmen müssen, aber Sie wissen ja, wie das in kleinen Dörfern ist«, und mit der gewichtigen Miene eines Märtyrers eilte sie davon.

»Das war wirklich ein gemeiner Trick«, war Sallys Kommentar, als sie ihr nachblickten. »Sally brennt schon darauf. Vielen Dank, mein Schatz, aber diesmal nicht. Dennis und ich sind bereits dabei abzureisen.«

»Nein, das tut ihr nicht. Du hast nie davon gesprochen, schon morgen zu fahren. Du hast heute morgen sogar versprochen zu bleiben.«

»Das habe ich nicht getan – und ich mag diese Frau nicht. Sie ist gräßlich eingebildet.«

»Ich auch nicht, aber ich mag die anderen. Sei kein Spielverderber, Sally, Dennis möchte nicht fahren. Ich weiß gar nicht, warum du es plötzlich so eilig hast. Da stimmt doch irgend etwas nicht.«

Sally lachte, gab aber erstaunlicherweise sofort nach. »Na ja, gut, wir kommen zu eurem verdammten Tennis, aber danach können wir einfach nicht mehr bleiben. Dennis muß seine ländlichen Regungen unterdrücken und in die Stadt zurückgehen.«

Aber Lee, ein Mensch mit wenig Hemmungen, bohrte weiter und weiter.

»Was gefällt dir nicht an den Harveys? Wir mögen sie gerne.

Sie sind sehr gute Nachbarn, und wir können uns glücklich schätzen, daß wir sie haben.«

»Bestimmt. Sie sind euresgleichen, wie Mrs. Harvey sagen würde.«

»Sei nicht albern. Warum wehrst du dich, mit ihnen zusammenzusein?«

»Mich wehren? Mein Schatz, du träumst. Warum sollte ich mit ihnen nicht zusammensein wollen? Die Schwester sieht gut aus und ist nett, wenn auch etwas unpersönlich. Natürlich sind ihre Kinder die reine Hölle, aber was kann man anderes erwarten ohne Vater und bei einer solchen Großmutter? Kathleen sollte versuchen, sich von ihrer Familie zu trennen und wieder zu heiraten.«

»Sie kann sich von ihren Kindern nicht trennen, und zwei sind schon ein ziemliches Hindernis.«

»Na, ich weiß nicht. Sie könnte irgendeinen netten, soliden Mann finden, der die Kinder fest in die Hand nimmt.«

»Tja, kann sein. Jemand wie Grant. Sie verstehen sich gut, und er scheint mit diesen Kindern fertig zu werden. Er würde einen wunderbaren Ehemann und Stiefvater abgeben.«

»Glaube ich auch, aber schwärmt er nicht für Kitty Macfarlane? Jedesmal, wenn er sie sieht, starrt er sie richtig an.«

»Oh, das will doch gar nichts heißen. Das tun alle Männer, sogar Andrew. Bei Kitty hätte Grant keine Chancen, noch dazu, wo Lawrence es diesmal sogar ernst zu meinen scheint.«

»Vergiß nicht, daß mit Cynthia zu rechnen ist. Na ja, wir scheinen zu diesem langweiligen Besuch morgen verurteilt zu sein.«

»Es wird nicht langweilig werden, und du wirst liebend gerne mit deinem Tennis angeben.«

Am nächsten Tag war Sally natürlich der Star. Lee fand, daß sie sie noch nie besser hatte spielen sehen, nicht einmal bei Universitätsmeisterschaften, und ihre ganze gewohnte Lebhaftigkeit schien wieder da zu sein. In Wirklichkeit war irgend etwas fast Verzweifeltes in ihrer Ausgelassenheit und etwas Zerstörerisches in ihrem Drang zu gewinnen. Sie und ihre verschiedenen Partnerinnen gewannen jeden Satz, und als sie schließlich alle bei kühlen Getränken eine Pause unter der Trauerweide machten, zog Lawrence sie auf: »Wie wäre es, wenn unsere kleine Universitätsmeisterin es einmal mit einem von uns in einem Einzel aufnehmen würde? Ist ja kein Kunststück, in einem Doppel zu glänzen, wenn der Partner immer da ist, um einen zu retten. Versuch doch mal, was du allein zustande bringst.«

»Nicht gegen mich«, stellte Dennis hastig fest. »Ich lasse mich nicht demütigen.«

Lawrence und Grant erklärten das gleiche, indem sie eilig jeden Ehrgeiz leugneten, und nun wandte Kathleen sich an ihren Bruder.

Wie ist es mit dir, Donald? Du bist doch ganz gut, aber ich glaube, du mußt dich ziemlich anstrengen, um gegen sie zu gewinnen.«

Eine Sekunde lang tauschten Donald und Sally einen Blick, der die anderen erstaunte. Er schien feindselig und herausfordernd; Sally senkte die Augen als erste und sagte dann gelassen: »Gut, wenn Mr. Harvey unbedingt will.«

»Mr. Harvey«, spottete Lawrence. »Was ist denn mit unserer Sal passiert? Mein Schatz, ich habe dich so oft sagen hören, daß Nachnamen ein alberner Brauch seien.«

Sally warf ihm einen verächtlichen Blick zu, aber Donald sagte schnell: »Vielleicht hat Miss Curtis meinen Vornamen vergessen. Ich hoffe jedoch, daß sie ihn in Zukunft benutzen wird. Also, wie steht es mit dem Spiel?«

Sie begaben sich auf den Platz, und die anderen sahen zu, zunächst gleichgültig, aber dann immer gespannter. »Lieber Himmel, wie sie spielen«, rief Grant, und Kitty meinte in ihrer Naivität, es sei fast so schön, als ob man im Kino beim Davis Cup zusehe. Sie spielen, dachte Lee, mit einer Art wilder Entschlossenheit, einer persönlichen Rivalität und Herausforderung, die nicht in die freundliche Atmosphäre der Gesellschaft paßte. Besonders Sally schien wie besessen. Sie gab mit bösartiger Genauigkeit zurück, schlug den Ball mit einer Kraft, die man bei einer so kleinen Person kaum für möglich gehalten hätte, und vergaß beinahe, bei eigenen Fehlern mit den Achseln zu zucken und besonders gut gesetzte Bälle ihres Gegners zu loben.

Aber trotz ihrer ganzen wilden Hartnäckigkeit besiegte Donald sie. Er war kein ausgesprochen glänzender Spieler, aber er plazierte mit tödlicher Genauigkeit, seine Größe brachte ihm einen ungeheuren Vorteil ein, und seine Rückhandbälle waren von einer gleichmäßigen Wucht, der Sally nicht standhalten konnte. Aber sie kämpfte verbissen weiter und weigerte sich, ihre Niederlage zuzugeben, bis das Spiel 6:4 endete und die Spieler den Platz verließen, Sally sehr erhitzt und mit gerötetem Gesicht, Donald etwas mürrisch, beide sagten jedoch kein Wort und mißachteten den alten Brauch, unter Gelächter Scherze auszutauschen.

»Na, das war vielleicht ein Spiel«, kommentierte Dennis. »So gut habe ich dich noch nie spielen sehen, Mädchen. Manchmal habe ich für Donald gezittert. Es sah aus, als wolltest du dem armen Kerl den Ball direkt an den Kopf schlagen.«

Zum ersten Mal sah Sally fast verlegen aus, aber Donald entgegnete ruhig: »Sally hält offensichtlich etwas von einem scharfen Spiel«, und dann hastig: »Sie merken, daß ich den Anfang mache und Nachnamen als überflüssig fallen lasse.«

Sie hatte ihr Gleichgewicht schon wiedergewonnen und sagte gelassen: »Gut. Ich werde auch daran denken. Na, Kinder, wie wär's denn jetzt mit euch? Schade, daß Andrew nicht hier ist. Er war früher wirklich gut, aber natürlich hat er irgendeine gräßliche Arbeit auf der Farm vorgeschützt. Genau wie ein Farmer. Wie hältst du das aus, Lee?«

»Oh, bis jetzt ganz gut«, sagte Lee fröhlich. »Komm mit, Kathleen, verführen wir diese faulen Männer zu einem Doppel.«

Grant und Dennis hoben ihre Schläger auf, aber Lawrence schien ganz darin versunken, Kitty die Feinheiten des Spiels zu erklären. Plaudernd und lachend schlenderten die vier Spieler davon, so daß niemand hören konnte, wie Donald Harvey sagte: »Du spielst sogar noch besser als früher. Du mußt deine Revanche haben.«

»Danke, aber ich glaube nicht, daß ich dich schlagen kann. Das Landleben hat deinen Schlag verbessert. Außerdem reisen wir sowieso bald ab.«

Nach einer Pause sagte er ganz ruhig: »Läufst du wieder weg? Das habe ich mir schon gedacht.«

»Du bist ziemlich eingebildet.« Sally sprach leise und gereizt. »Ich brauche vor nichts wegzulaufen. Lee hat nur zufällig ein überfülltes Haus und zuviel Arbeit.«

»Ich verstehe. Das kommt ja sehr gelegen.«

Sie sah ihn direkt an, ihre großen braunen Augen glühten und blitzten. In diesem Augenblick schien der Kampf angesagt und angenommen zu werden. Das Ergebnis wurde später offenkundig, als Mrs. Harvey herauskam und ihnen verkündete: »Meine Lieben, ihr müßt mir einfach helfen, jeder von euch. Man bedrängt mich, daß ich in Ruru etwas organisiere zugunsten körperlich behinderter Kinder. Da kann ich doch nicht ablehnen? Bei einer solchen Sache müssen einfach alle mitmachen.«

Allgemeines Gemurmel der Zustimmung wurde laut, obwohl Sally später sagte, Mrs. Harvey würde immer irgendeinen Vorwand finden oder erfinden, um etwas zu veranstalten. Mrs. Harvey indessen fuhr fort: »Wir wollen das jetzt besprechen. Was könnten wir spielen? Eins von Barries netten Stücken, was meint ihr?«

»O nein, Mutter, das hast du letztes Jahr gemacht, und die Leute waren ziemlich gelangweilt.«

»Nur weil nicht gut gespielt wurde. Aber ich meine, dieses Jahr können wir uns auf echte Talente stützen.«

»Tja, ich weiß nicht«, sagte Lee langsam. »Natürlich haben wir Lawrence und Sally – sie waren Stars auf den Bühnen der Universität. Und ich weiß, daß Dennis gut spielt. Mit mir ist nichts zu machen. Hoffnungslos. Sie ließen mich nur in der Menge laufen und ›Wehe‹ oder ›Heil‹ sagen, und auch dann war ich meistens im Weg oder kicherte.«

»Ich glaube Ihnen kein Wort«, sagte Mrs. Harvey scherzhaft. »Aber selbst wenn Sie sich drücken – und ich glaube, das werden wir nicht zulassen –, bleiben immer noch ein paar richtige Schauspieler. Nun, Sally, ob wir einen Shakespeare wagen können?«

Sally wollte offensichtlich gerade protestieren, als sich zu Lees Erstaunen Donald Harvey einschaltete. »Mutter, verlangst du nicht von Sally, daß sie ihr Talent an die Bauern verschwendet? Du kannst nicht von ihr erwarten, daß sie in einer geistigen Wüste Shakespeare spielt.«

Alle blickten überrascht. Dieser boshafte, sarkastische Ton war ganz ungewohnt bei Donald. Seine Mutter drehte sich vorwurfsvoll zu ihm um, aber Sally kam ihr zuvor, ihre Backen waren plötzlich gerötet, ihr Blick gereizt.

»Oh, ich würde es aber liebend gern machen, Mrs. Harvey. Das Publikum auf dem Lande ist so dankbar. Jedenfalls meistens. Ja, warum nicht Shakespeare? Wir haben schon viele Szenen aus den Komödien gespielt, und es wird großen Spaß machen, nicht wahr, Lawrence?«

Lawrence warf ihr einen verächtlichen Blick zu und stöhnte voller Mißbehagen. »Shakespeare in Ruru? Ach, du lieber Gott«, war alles, was er sagte.

Lee, die sich bisher von der Unterhaltung überfordert gefühlt hatte, wurde plötzlich ärgerlich. Wie konnte Lawrence es wagen, so zu reden? Er war sehr daran interessiert gewesen, in Ruru zu bleiben und die Gastfreundschaft aller zu genießen; jetzt sollte er auch etwas dafür tun. Am meisten erstaunte sie jedoch Sally – Sally, die noch vor kurzem so fest entschlossen war, sofort abzureisen, und die jetzt mit Mrs. Harvey die Vorzüge verschiedener Theaterstücke erörterte.

In fünf Minuten schien die ganze Angelegenheit beschlossen; Lees Gäste sollten das einheimische Publikum und viele Sommergäste unterhalten. Sie waren kaum außer Hörweite ihrer nachmittäglichen Gastgeberin, als alle über Sally herfielen. »Was ist in dich gefahren?« brummte Lawrence. »Bist du plötzlich verrückt geworden, Sally?« fragte sogar der geduldige Grant. Sally, deren Backen noch immer eigenartig gerötet waren, erwiderte nur, es sei Lees Schuld, sie hätte praktisch für sie ja gesagt.

Dieser Vorwurf weckte Lees Kampfgeist. »Das ist alles gut und schön für euch«, erklärte sie, »aber wir leben nun einmal hier, und wenn man uns bittet, bei irgend etwas mitzuwirken, so ist das eine Entscheidung, die uns angeht.«

»Kurz und gut«, kommentierte Lawrence scharf, »du verdienst dir Lorbeeren, indem du uns opferst?« worauf Lee heiter erklärte, daß er es endlich erfaßt habe.

Aber Sally machte ihr noch immer Kopfzerbrechen. Warum dieser Frontwechsel, dieser unerklärliche Eifer? Und plötzlich kam ihr schrecklich zu Bewußtsein, daß vierzehn Tage Vorbereitung nötig waren, wenn sie zur Unterhaltung des Publikums einen Kulturabend für Einheimische wie für Sommergäste, die Ruru jetzt überfluteten, veranstalten wollten, und daß ihre Gäste während dieser vierzehn Tage zwangsläufig bleiben würden, wo sie waren. Ja, sie hatte einen ziemlich schweren Fehler gemacht.

Aber trotzdem war es nicht nötig, dachte sie, daß Andrew so sehr darauf herumritt. Lee, die wußte, daß sie im Unrecht war, ging natürlich zum Angriff über. »Es ist doch nur deine Schuld, wärst du mit zu dem verfluchten Tennisspiel gekommen, hättest du dir eine Ausrede ausdenken können. Statt dessen überläßt du alles mir und brüllst mich dann noch an, wenn ich hetzen muß und einen kleinen Fehler mache. Außerdem war es Sally, die darauf drängte.«

»Einen kleinen Fehler? Ich möchte nur wissen, wie dann ein großer Fehler aussehen würde. Jetzt haben wir alle Gott weiß wie lange auf dem Hals. Ich würde gerne einmal wissen, ob keiner dieser Leute ein eigenes Zuhause hat. Und außerdem brülle ich nicht. Ich flüstere, verdammt noch mal.« Die letzten Worte sagte Andrew mit solcher Wut, daß Lee völlig sprachlos war und einen Augenblick lang nicht wußte, ob sie lachen oder weinen sollte.

Unnötig zu erwähnen, daß sie sich für Lachen entschied; sie verstand sogar sich zu rächen, indem sie noch am gleichen Abend Mrs. Harvey anrief, als sie sicher war, daß alle zuhörten. »Ich vergaß zu sagen, daß Andrew für eine der ernsten Rollen wirklich wie geschaffen wäre. Zum Beispiel Othello. Dafür hat er genau das richtige Gesicht.«

Andrews Verhalten war besonders dumm gewesen, überlegte sie noch, denn über eine Nachricht zumindest hätte er sich freuen können.

Während sie Tennis spielten, war der Arzt dagewesen und

hatte Professor Meredith nach seiner eigenen Aussage erlaubt, aufzustehen und sich etwas zu bewegen. Sie fanden ihn angezogen auf dem Sofa sitzen, aber Tante Hester paßte unerbittlich auf.

»Er darf immer nur kurz aufstehen«, verbesserte sie streng. »Dr. West sagte, daß das Bein hoch liegen muß und sich der Patient so wenig wie möglich bewegen darf.«

Meredith lächelte traurig: »Schade, daß es Ihnen nicht gelungen ist, Miss Connor heute nachmittag mitzunehmen«, meinte er nur, und alle lachten.

»Ein Glück«, antwortete darauf Lee, »sonst hätten Sie einen Vorwand gefunden wegzugehen und uns zu verlassen.« Sie hielt inne und fragte sich, warum es immer ihre eigene Stimme war, die sie solche Dinge sagen hörte. Entschlossen fuhr sie dann fort, wobei sie dem wütenden Blick ihres Mannes auswich: »Herrlich, daß Sie hier sein werden und uns helfen können, kleine Shakespeare-Stücke auszusuchen, die wir im Theater von Ruru verderben können.«

Als sie den beiden zu Hause Geblieben lebhaft von Mrs. Harveys Plänen berichtete, bemerkte Tante Hester nur ruhig: »Wahrscheinlich eine hervorragende Idee. Das ist für euch junge Leute eine Beschäftigung, die Vergnügen macht. Ich bin aber auch dankbar, daß es Freuden gibt, von denen das Alter ausgeschlossen ist, und eine davon sind Shakespeare-Aufführungen.«

»Da stimme ich Ihnen voll zu«, sagte Meredith. »Ich werde mir gern Ihre Diskussionen anhören, aber meine Tage als Schauspieler sind vorbei. Außerdem möchte ich Ihre Gastfreundschaft zum Zeitpunkt der eigentlichen Aufführung wirklich nicht mehr mißbrauchen.«

»Sie werden doch nicht weglaufen wollen«, ließ sich Sally vernehmen, die plötzlich und ziemlich überraschend Wurzeln geschlagen zu haben schien. »Außerdem gibt es massenhaft Rollen für ältere Leute. Denken Sie nur an die Herzöge und Könige, und in Romeo und Julia kommen sowohl eine Amme wie eine Wärterin vor.«

Tante Hester sich in einer dieser Rollen vorzustellen, war fast zuviel für Lee, und Miss Connor lächelte selbst über den Vorschlag. Die Unterhaltung war jedoch sehr lebhaft geworden, und plötzlich merkte Lee, daß die ganze Gesellschaft von einer gefährlichen Leidenschaft gepackt war – von der überwältigenden Begeisterung für Amateurtheater. Sie hatte derartiges schon früher erlebt und gesehen, wie ganze Gruppen sonst normaler junger Leute davon befallen und völlig überwältigt worden waren.

Da sie selbst gegen einen solch gefährlichen Bazillus immun war, konnte sie sich in aller Ruhe ausrechnen, daß die Veranstaltung, die alle so begeistert vorbereiteten, frühestens in zwei Wochen würde stattfinden können. Weitere vierzehn Tage in einem überfüllten Haus! Sie durfte gar nicht daran denken. Lee sprang auf und sagte plötzlich: »Übrigens, Andrew, mit unserem Fleisch sind wir fast am Ende. Meinst du, du könntest morgen schlachten?«

Es war wirklich schrecklich. Andrew bekam noch mehr Arbeit, und die lieben armen Schafe mußten auch geopfert werden.

»Ich habe geschlachtet«, verkündete ihr Mann mit verzweifelter Selbstbeherrschung. »Das Schaf hängt schon in der Speisekammer, und Fett ist auch genug da.«

»O du lieber Himmel, und ich habe schon zwei Büchsen voll. Was kann man nur mit dem Fett noch anfangen?« stammelte Lee, die bei dieser schrecklichen Belastung ihrer Haushaltskasse fest entschlossen war, nichts zu verschwenden.

Kitty, die hergekommen war, um die Theaterstücke mit ihnen zu besprechen, äußerte unglücklicherweise: »Tante Jean macht Seife daraus. Es ist sehr gute Seife. Sie kauft nie welche für die Küche oder die Wäsche.«

»Seife?« wiederholte Lee mit plötzlich strahlenden Augen. »Was für eine phantastische Idee. Ist das sehr schwierig, Kitty?«

»Ich glaube nicht, aber sie wird es dir erzählen. Wir machen sie nicht zu Hause, weil wir keine eigenen Schafe schlachten.«

Hier schaltete sich Andrew ein. »Warum willst du alles noch umständlicher machen? Wirf das verdammte Zeug weg. Du hast mit dieser verrückten Brotbackerei genug zu tun.«

»Verrückte Brotbackerei – na hör mal!« rief seine Frau gekränkt. »Ich weiß, daß es zweimal nichts geworden ist, aber du mußt zugeben, daß das Brot jetzt immer hervorragend war.«

»Ich habe nicht gesagt, daß es nicht gut ist. Ich habe nur gesagt, daß es dir noch mehr Arbeit macht, und das ist Wahnsinn.«

Doch jetzt erklärte Sally sofort eifrig, daß sie die Seifenherstellung übernehmen wolle. Es würde ihr Spaß machen, und es wäre herrlich, wenn sie bei ihrer Rückkehr in der Stadt damit angeben könne, daß sie aus häßlichem weißen Fett durch irgendein Wunder großartige Seife machen konnte. Sie würde Mrs. Macgregor sofort anrufen und genau herausfinden, wie das Wunder zu bewerkstelligen sei. Sie wäre natürlich die geeignete Person dafür, da sie einen Hauswirtschaftskurs gemacht hatte.

»Der Kurs hat dir viel genützt«, kommentierte ihr Vetter rücksichtslos, »doch der Himmel steh uns bei, wenn *du* zu experimentieren anfängst«, aber Sally schnitt ihm nur eine Grimasse und ging dann mit dem Notizbuch in der Hand zum Telefon, um das genaue Verfahren und die benötigten Zutaten genau aufzuschreiben.

Auch am nächsten Morgen hatte ihre Begeisterung noch nicht nachgelassen, und so machten Sally und Dennis sich schon früh am anderen Morgen nach Ruru auf, mit einer umfangreichen Lebensmittelaufstellung von ihrer Gastgeberin versehen und mit Sallys eigener, privater Liste der zur Seifenherstellung notwendigen Zutaten.

»Warum hast du sie nicht daran gehindert?« murrte ihr Vetter seine Frau an. »Das Mädchen wird wahrscheinlich das Haus in Brand stecken. Obwohl sie immer über Hauswirtschaft spricht, habe ich sie noch nie ein Spiegelei machen sehen. Wie kommt sie nur auf die Idee, daß sie Seife machen kann?«

Worauf Lee mit zwingender Logik antwortete, sie wisse wirklich nicht, was ein Spiegelei mit Seife zu tun habe, und es sei ein Jammer, daß Andrew immer so schwarz sehe. Das könne eine Ehefrau manchmal zur Verzweiflung bringen.

10

Dann begann ein endloses Hin und Her wegen der auszuwählenden Shakespeare-Szenen. Sally, Lawrence und Dennis fühlten sich hier auf vertrautem Grunde. Die Meinungen über die Auswahl waren geteilt, aber ein Punkt stand fest: Sie würden nicht Stunden damit zubringen, etwas Neues zu »ochsen«. Es mußten Szenen sein, die sie schon früher einmal gespielt hatten.

»Warum nicht die Balkonszene aus *Romeo und Julia?«* fragte Lee, denn sie erinnerte sich, daß das einer von Dennis und Sallys großen Erfolgen gewesen war.

»Aber nicht an einem heißen Abend im Kino von Ruru mit Sally als Julia«, erwiderte Dennis mit uneingeschränkter Offenheit.

»Diese selbstgemachten Balkone wackeln immer und lassen einen schließlich ganz im Stich. Auf dem Höhepunkt der Leidenschaft lassen sie einen dann Julia in die Arme fallen.«

»Aber das Publikum wäre hell begeistert.«

»Das Publikum vielleicht, aber ich nicht. Außerdem ist Sally überhaupt nicht für die Julia geeignet. Ja, ich weiß, daß sie damals gut war, aber die Beleuchtung war hervorragend und die Schminke auch. Im Kino von Ruru aber, wo irgendein Stümper grelles Rampenlicht zusammenbastelt und sie sich ungeschickt selbst schminkt, würde es einfach nicht hinhauen. Ja, wenn es Kathleen Estrade wäre oder auch Kitty. Wahrhaftig, Kitty *wäre* eine Julia.«

Hier brach Kitty in Gelächter aus. »Ich könnte all diese Seiten nie lernen, und dann denkt mal an meinen Onkel. Er würde wahnsinnig, wenn ich im Mondschein auf einem Balkon mit einem jungen Mann flirten würde. Er würde wahrscheinlich alles kurz und klein schlagen.«

»Wie Simson bei den Philistern; war es nicht der Kinnbacken eines Esels?« fragte Lee völlig unvermittelt.

Kitty dachte ganz praktisch. »Hier gibt es zwar keine Esel, aber ich habe schon einige Kieferknochen gesehen, die einmal zu Rindern gehörten, und wenn mein Onkel sie in die Finger bekäme, könnten sie ziemlich gefährlich werden.«

»Wie schade, denn du hättest eine herrliche Julia abgegeben«, sagte Sally völlig unbeeindruckt von Dennis abfälligen Bemerkungen.

So wurde *Romeo und Julia* gestrichen, und die Diskussion immer hitziger, denn die Wahl blieb ausschließlich auf die Stükke beschränkt, die die Hauptdarsteller schon einmal gespielt hatten.

»Nicht, daß ich mich drücken möchte, bemerkte Dennis, »aber es ist sinnlos, für einen einzigen Abend seitenlange Texte zu büffeln.«

Sally schenkte dem behandelten Thema keine ungeteilte Aufmerksamkeit, denn ihr Gewissen erinnerte sie daran, daß irgend etwas wegen der Seife geschehen mußte. Schon jetzt bedauerte sie ihre verfehlte Begeisterung, hatten doch sie und Dennis in Ruru jeden Laden nach Harz abgeklappert, bis sie schließlich in einer Ecke zwischen Spinnweben welches fanden, das dort jahrelang vergessen gelegen hatte. Soda hatte es zu kaufen gegeben, aber bei Borax war es wieder schwierig geworden.

Wenn auch ihr Verlangen, selbst Seife zu sieden, schon nicht mehr so groß war, hatte Sally sich doch verpflichtet gefühlt, die Suche fortzusetzen. Und schließlich fand Atkins, der schielende Ladenbesitzer, ein kleines Päckchen mit der Aufschrift »Gift«, in dem seiner Aussage nach aber mit Sicherheit Borax war.

»Eigentlich habe *ich* es gefunden, und auch das nur, weil dort so eine schreckliche Unordnung herrscht; jedesmal, wenn man irgend etwas braucht, was nicht ganz vorne liegt, muß man hinter dem Ladentisch herumgraben. Dabei bin ich schließlich in einer großen Schachtel mit der Aufschrift ›Pinguin‹ auf diese Papiertüte gestoßen.«

»Pinguin? Aber was hat Borax mit Pinguinen zu tun?«

»Das wollte Atkins auch wissen, und er wurde ganz wütend, denn er sagte, das Mädchen, das ihm vor einem Jahr beim Aufräumen geholfen habe, habe ihn sicherlich auf den Arm genommen. Aber auf dem Grund der Schachtel lagen ein paar alte Bücher, und ich erklärte ihm, daß es Pinguin-Taschenbücher gebe; das beruhigte ihn dann. Er wog also das kleine Päckchen und sagte, es enthalte genau die hundertfünfzig Gramm, die wir brauchten, und er erinnere sich ziemlich gut, vor fünf Jahren Borax gekauft zu haben, es wird also schon seine Richtigkeit haben.«

Lee betrachtete das Pulver, versuchte ein bißchen auf der Fingerspitze und verzog das Gesicht. »Ich glaube, es stimmt. Scheußlich genug ist es schon, aber eigentlich habe ich keine Ahnung, wie Borax schmeckt.«

Sie berieten noch immer über die Zutaten, und Sally versuchte, sich eine Ausrede auszudenken, um die Seifenherstellung auf den nächsten Tag zu verschieben, als Donald Harvey und Andrew hereinkamen und eine Tasse Tee haben wollten.

Donald zögerte einen Augenblick, als er Sally sah, dann begrüßte er beide Mädchen ziemlich kühl, während Andrew Lee über die Schulter blickte und dann rief: »Seife. Lieber Himmel, ist es schon so weit mit uns gekommen? Laß um Himmelswillen die Finger davon. Du wirst nur Unheil anrichten.«

»Das wird zufällig Sally übernehmen«, sagte Lee eiskalt, »nicht ich – und außerdem würde ich *kein* Unheil anrichten.«

Donald sagte beiläufig: »Das Zeug hat seine Tücken. Besser, die Finger davon lassen.«

Sally geriet sofort in Harnisch. »So ein kleiner Geist. Es ist schwierig, also versucht man es erst gar nicht. Ich persönlich glaube, daß es für einen intelligenten Menschen ganz einfach ist.«

»Ich könnte es wahrscheinlich nicht, da ich kein Hauswirtschaftsexamen habe«, gab Donald ärgerlich zurück.

Zu Andrews Erstaunen feuerte Sally, die sonst jeden Witz über sich selbst vertragen konnte, sofort zurück. »Natürlich ist ein naturwissenschaftliches Examen nicht zwangsläufig eine Garantie für Intelligenz«, sagte sie bissig, »vor allem nicht, wenn es um die Wahl des Berufs geht.« Donald schwieg eine Minute lang und sagte dann, bemüht, gelassen zu wirken: »Na ja, wenn ich das nächste Mal hereinschaue, erwarte ich, Stapel hausgemachter Seife zu Gesicht zu bekommen – aber ich würde ohne weiteres mit dir wetten, Lee, daß das nicht der Fall sein wird.«

Das festigte Sallys Entschluß. Widerwille und Unlust bei dem Gedanken, meterweise Talg und pfundweise Fett verarbeiten zu müssen, waren in einen sonderbaren Eifer umgeschlagen; sie setzte sich trotzig an den Küchentisch und begann, das Fett zu schneiden. Sie ließ Donald absichtlich links liegen und sagte zu Lee: »Sobald ich damit fertig bin, muß ich es als nächstes auslassen. Wie weit ist der Ofen?«

Die Männer tranken hastig ihren Tee, und Andrew sagte: »Laß uns hinausgehen, Donald. Wahrscheinlich stecken sie das Haus in Brand oder versengen ihre Augenbrauen. Wenn du mir hilfst, können wir jetzt die Nachzügler kennzeichnen.«

Kommentare von Lee über die Feigheit der Männer und ein bedrohliches Schweigen von seiten Sallys begleiteten die Hinausgehenden. Als ausgerechnet in diesem Augenblick aus Versehen Dennis hereinkam, sagte sie scharf: »Hör auf, Shakespeare zu deklamieren, und mach dich nützlich. Das Feuer zu schüren, ist doch wohl Männersache.«

»Natürlich tue ich das, aber paßt einmal auf. Wir wollen nichts Sentimentales bringen. Um Himmelswillen keine Tragödie. Die Leute wollen unterhalten werden. Und laßt euch warnen, nicht diese Szene aus *Ein Sommernachtstraum*. Ich werde nicht noch einmal mit einem Eselskopf herumhüpfen.«

Sally machte eine freche Bemerkung und wusch sich die Hände. »Das wäre geschafft. So Lee, jetzt schieben wir die ganze Angelegenheit in den Ofen und gehen raus, um im Garten ein paar von den frühen Pflaumen zu pflücken.«

Dennis hatte zweifellos das Feuer mehr als ausreichend geschürt, und die zwei Mädchen waren wohl zu lange im Garten geblieben. Als sie zurückkamen, schlug ihnen bereits vor der Tür ein gräßlicher Gestank entgegen, und die Stimme des Professors war höflich, aber aufgeregt zu vernehmen: »Ich fürchte, irgend etwas brennt. Wenn ich nur nicht so behindert wäre. Dieses verdammte Bein«, und sie sahen, wie er versuchte, zur Küche zu humpeln.

»Gehen Sie bitte zurück«, schrie Lee. Es ist nur das Fett. Wir werden schon fertig damit.« Dann sagte sie leise zu Sally: »Gerade das ist so feuergefährlich. Du nimmst den größten Lappen, den du finden kannst, und packst sofort die Form, wenn ich die Tür aufmache. Dann schließe ich sie sofort wieder. Fünf Minuten länger, und das ganze Zeug wäre in die Luft geflogen.«

Entsetzt, aber mutig packte Sally ein großes Handtuch und ergriff damit den Tiegel, wobei Augenbrauen und Haare in höchster Gefahr schwebten. Aber das Fett fing kein Feuer, und sie konnte sich mit dem Ganzen in den Hintergarten flüchten Allmählich ließ der Qualm so weit nach, daß die beiden Mädchen sich heranwagten, um den Schaden zu besichtigen. Es war ein trauriger Anblick – eine dunkelbraune Soße, auf der trostlos einige schwarze Klümpchen schwammen.

»Tut mir schrecklich leid«, sagte Sally, »aber ich habe noch nie in meinem Leben einen Holzofen gesehen; er hat nicht einmal einen Thermostat. Müssen wir jetzt alles wegschütten?«

»Ach wo. Macht nichts, wenn es verbrannt ist. Hast du schon mal was von verbrannter Seife gehört? Es gibt nur eine kräftigere Farbe.«

Völlig getröstet machte Sally sich an die nächste Arbeitsetappe, wog ab, gab vorsichtig Soda zu und maß die Wassermenge, dann sagte sie: »Was auch passiert, Lee, diese Seife muß gut werden. Ich möchte es Andrew beweisen.«

Als Lee jedoch ihr angestrengtes Gesicht sah, wußte sie, daß es nicht Andrew war, der diese plötzliche, verbissene Begeisterung wachgerufen hatte.

Wieder wurde der Borax zum Stein des Anstosses. Wie das in Lees Haus so gehen konnte, war die kleine Papiertüte spurlos verschwunden. Sie suchten an allen möglichen und unmöglichen Stellen, und schließlich meinte Lee ungeduldig: »Komm, wir machen die Seife ohne Borax. So wichtig kann er ja nicht sein. Nur so ein unnützer Zusatz. Ich habe den Kanister auf den Ofen gestellt, aber einer von uns bleibt besser dabei stehen. Du weißt, daß Mrs. Macgregor sagte, es würde überkochen, sobald man eine Minute den Rücken kehrt. Ich bin vorsichtig geworden.«

Aber Sally, die nur noch an eines dachte und fest entschlossen war, eine vollkommene Seife zu produzieren, suchte weiter.

Schließlich stieß sie einen triumphierenden Schrei aus. »Ich habe es. In der Schublade deiner Nähmaschine. Ich bin wirklich froh, denn ich halte nichts davon, von einem bewährten Rezept abzugehen. Lee, versuch mal, ob es genauso schmeckt. Aber ich bin sicher, daß es die richtige Tüte ist.«

»Ich versuche das scheußliche Zeug nicht noch einmal. Wozu auch? Wir wissen beide nicht, wie Borax schmecken soll. Schütte es einfach hinein. Du hast gesagt, Atkins hätte hundertfünfzig Gramm abgewogen. Das ist genau richtig. Jetzt legen wir los.«

Aber die Seife legte von selbst los, denn sobald sie den Inhalt der Tüte hineingeschüttet hatten, benahm sich die ganze Masse äußerst eigenartig. Sie war bestimmt höchstens lauwarm, aber sie schien sofort überzukochen. Die schäumende Masse stieg geräuschlos auf eine unheimliche Art und Weise, und mit einem Schreckensschrei sprang Lee zurück. Irgendeine unerklärliche Wandlung hatte sich vollzogen, sodald sich der sogenannte Borax mit dem Soda vermischte. Sally zog den Behälter vom Feuer und stand dann wie gelähmt, um die Naturerscheinung zu betrachten.

»Nimm es ganz runter, Lee. Guck mal, es kocht noch immer. O Dennis, du kommst wie gerufen. Vergiß deinen Shakespeare und nimm den Kanister vom Ofen, bevor ein Unglück passiert.«

Wütend warf Dennis das Buch auf den Tisch und griff nach dem heißen Kanisterhenkel. Mit einem Schmerzensschrei zog er ihn vom Ofen und stellte ihn auf den Boden. »Nicht dahin, du Idiot«, brüllte seine Gastgeberin. »Nach draußen in den Garten. Sieh dir das an, das Zeug ist völlig übergeschnappt. Kocht auf dem kalten Boden weiter.«

Aber Dennis hatte sein Pulver verschossen und zog sich zurück, um seine verbrannte Hand zu behandeln. Die unheimliche Mischung stieg unerbittlich weiter nach oben, erreichte jetzt den Topfrand und ergoß sich nun ganz langsam auf den Boden. Während die Mädchen noch dastanden und zusahen, begann ein kleines, träges Rinnsal den Raum zu durchqueren.

Ausgerechnet in diesem Moment kamen Andrew und Donald zurück. Eine Sekunde lang standen sie wie vom Schlag gerührt in der Tür; als Sally sie erblickte, fluchte sie sehr undamenhaft, nahm die große Sackschürze, die Miss Connor und den Lämmchen geheiligt war, und grapschte nach dem Kanisterhenkel. Den hatte jedoch Dennis im ersten Entsetzen in die geschmolzene Masse rutschen lassen, und der Topf selbst war zu heiß zum Anfassen.

Eine dramatische Szene spielte sich ab. Angestachelt von der Anwesenheit der Zuschauer wollte Sally schon mit der Hand in die Flüssigkeit greifen, als ihr Handgelenk plötzlich mit festem Griff gepackt wurde, und Donald schnell sagte: »Paß auf! Das Soda wird dich schrecklich verbrennen. Laß das mich machen.«

Lee erklärte später, daß Sally regelrecht die Hände gerungen hätte. »Doch, das hast du getan, und ich habe oft in Büchern davon gelesen, aber nie hätte ich gedacht, daß ich so etwas in meiner eigenen Küche erleben würde.« »Und wenn schon«, erwiderte Sally schlagfertig, »ich hatte keine Angst, daß dieser alberne Mensch sich verbrennen könnte, es tat mir nur um unsere schöne Seife leid.«

Aber Donald verbrannte sich nicht. Er nahm den langen Schürhaken vom Kamin, steckte ihn durch den untergetauchten Henkel und trug den Kanister nach draußen. Sogar auf dem kalten Zement ging der geheimnisvolle Prozeß weiter; langsam entleerte sich der Inhalt des Behälters als dickes Rinnsal, um allmählich zu erstarren.

Bevor es dieses Stadium endgültig erreicht hatte, kam unglücklicherweise Parsival dazu, und eben von einem Spaziergang mit seinem Frauchen zurückgekehrt und immer neugierig, schnüffelte er einmal, heulte auf und steckte in der klebrigen Masse fest. Verzweifelt hob er seine kleinen Pfoten, um das erstarrte Fett abzuschütteln, und begann dann, eine Pfote nach der anderen zu lecken. Lee war entsetzt.

»Halte ihn zurück«, schrie sie. »Er wird sich vergiften. Das ist ein Zündstoff. Er wird platzen«, und sie packte das zitternde Häufchen, steckte es ganz ins Waschbecken und ließ unbarmherzig heißes Wasser über die zuckenden Pfoten laufen.

In diesem Augenblick setzte sich Andrew durch. »Kümmert euch nicht mehr um das scheußliche Zeug. Es wird bald die Bucht erreichen. Was habt ihr um Himmelswillen angestellt, daß es so übergekocht ist?«

Lee wußte nicht, ob sie lachen oder weinen sollte, während sie den erregten Parsival absetzte und nach einer Scheuerbürste griff. »Ich weiß nicht. Irgend etwas Außergewöhnliches ist geschehen, denn es konnte gar nicht kochen. Es war nur lauwarm, und als Sally das hineinschüttete, was wir für Borax hielten, sprudelte es hoch wie ein Geiser und stieg immer weiter. Was ist da bloß passiert?«

»Ich glaube nicht, daß es Borax war. Wahrscheinlich irgendeine Säure, die auf das Soda reagierte. Aber mach dir nichts daraus. Ich habe dir gleich gesagt, es bleiben zu lassen. Na, ist schon gut. Ihr braucht mir nicht gleich ins Gesicht zu springen. Ich sagte nur . . . sprechen wir nicht mehr darüber. Jetzt müssen wir wohl vor allem die Bescherung wieder wegmachen.«

Erstaunlicherweise nahm Donald Lee die Scheuerbürste aus der Hand. »Das ist Männerarbeit. Ihr zwei verschwindet am besten. Ihr habt euer Teil beigetragen. Andrew und ich werden alles schnellstens in Ordnung bringen. Vielleicht holst du ein paar Messer, Andrew. Wir müssen erst abkratzen«, und überrascht sahen sich die beiden Mädchen ausgesperrt und die Türe hinter sich geschlossen.

Während sie langsam zur Veranda gingen, sagte Sally: »Ich habe dir gleich gesagt, daß schon ein Wunder geschehen müßte, wenn aus diesem Fett Seife wird, und das Wunder haben wir gehabt.«

»Ja, aber wir haben keine Seife«, sagte Lee traurig. »Ach du meine Güte, das ganze herrliche Fett vertan und das Soda und deine ganze Arbeit. Aber es ist sehr nett von Donald, daß er beim Saubermachen hilft.«

Sally gab der Fußmatte einen ärgerlichen Tritt und antwortete dann: »Ich hasse Männer, die einen erst ins Unrecht setzen und sich dann großmütig gebärden. Am Ende steht man dümmer denn je da.«

»Oh, ich weiß nicht. Ich bin ganz froh, daß ich den Boden nicht schrubben muß. Du bist unlogisch, Sally, denn . . . Mein Gott, was ist das für ein komisches Geräusch im Hinterhof?«

Beide Mädchen rannten um das Haus. Natürlich, es war die alte weiße Henne. Als sie am Ort des Geschehens anlangten, marschierte sie über ein Rinnsal aus Fett, während aus ihrer Kehle eigenartige, erstickte Geräusche drangen.

»Oh, wie schrecklich. Die gute Alte hat davon gefressen, und es hat ihr den Schnabel zugeklebt; sie wird ersticken oder sonst was«, und im nächsten Moment hatte Lee sich gebückt und die widerspenstige Henne auf den Arm genommen.

Im Badezimmer packte sie den Schnabel der Henne und wies Sally an, fest zu kratzen und zu schrubben. Da der nächste Gegenstand zufällig Lees Zahnbürste war, nahm Sally sie bedenkenlos, wobei sie lediglich der Hoffnung Ausdruck gab, daß ihre Freundin eine Ersatzzahnbürste habe. Andernfalls müsse sie solange Salz nehmen, bis Gelegenheit war, in Ruru eine neue Zahnbürste zu kaufen.

»Natürlich. Das macht überhaupt nichts. Aber beeil dich. Sie keucht schon.«

Als das Fett unter dem heißen Wasser schmolz, hörte das Keuchen auf. Feierlich wuschen sie anschließend die knorrigen Klauen und ließen den zitternden Vogel dann frei, der in den Schutz der Bäume wankte. Lee sah der Henne besorgt nach.

»Ich glaube, sie wird nicht mehr wie früher. Das wird bestimmt ihr Leben verkürzen.«

»Tja, ich würde sagen, das ist Glück im Unglück«, erwiderte Sally herzlos. »Sie ist alt und mager und legt keine Eier mehr. Je eher sie stirbt um so besser. Verzeih mir, Liebes. Ich weiß, es klingt abscheulich, aber ich habe meine gute Laune ziemlich verloren. Dieses geheimnisvolle Wunder will mir nicht gefallen. Wenn wir nur wüßten, was wirklich in der Papiertüte war.«

Als sich die Türe jetzt öffnete, fanden sie die Küche aufgeräumt vor, und Andrew bemerkte, daß jetzt nur noch der Hinterhof abgespritzt zu werden brauche. »Und ihr müßt mir außerdem euer feierliches Ehrenwort geben, daß ihr zukünftig überschüssiges Fett wegwerft und nie, nie wieder versucht, daraus Seife zu machen.«

Donald, der Sallys Blick auswich, meinte, daß der alte Atkins an allem schuld sei. »Er beschriftet seine Waren immer falsch, und früher oder später wird er jemanden vergiften«, sagte er.

»Na ja, gut daß wir nur einen Unglücksfall zu beklagen haben«, sagte Lee herzlos. »Nein, ich meine nicht die weiße Henne oder Parsival, die armen Tierchen. Ihnen ist nichts passiert. Aber ich glaube, Dennis hat sich schlimm verbrannt. Er raste fluchend weg, und seitdem habe ich ihn nicht mehr gesehen.«

»Wahrscheinlich hat er der weißen Henne im Busch Gesellschaft geleistet«, kommentierte Sally, aber in diesem Augenblick kam Tante Hester herein, hörte sich die ganze traurige Geschichte an und berichtete dann, daß sie Mr. Majors Hand verarztet habe, und er spreche jetzt mit Professor Meredith über Shakespeare.

»Ja, seine Hand war verbrannt, aber ich glaube, ich habe den Verband noch rechtzeitig angelegt. Seine Gefühle scheinen jedoch noch mehr verletzt zu sein. Er hat uns wissen lassen, was er von Frauen hält, die bedenkenlos unbekannte Säuren auf kaustisches Soda gießen und die jemanden, der ihnen heldenhaft zu Hilfe eilt, einen Idioten heißen.«

In diesem Augenblick kam Dennis mit selbstbewußter Miene herein und trug auffällig seine bandagierte Hand zur Schau.

»Alles in allem«, sagte er ruhig und überging die Begebenheiten der letzten Stunden vollkommen, ich glaube, die *Gerichtsszene* wäre das Beste. Der alte *Kaufmann von Venedig* kommt immer an, und Kathleen Estrade sagt, sie habe einmal die Porzia gespielt und könne die Rolle ohne große Schwierigkeiten wieder aufpolieren.«

»Fein«, sagte Sally äußerst sarkastisch, »aus praktischen hilfreichen Männern mache ich mir eine Menge.« Dann errötete sie heftig und sah sich um. Aber Donald Harvey war zum Glück nicht mehr da.

Spät in der Nacht wachte Lee plötzlich aus tiefem Schlaf auf und sagte: »Andrew, ich habe von diesem Zeug in der Papiertüte geträumt. Ich bin sicher, wir sind auf irgendeine außergewöhnliche Erfindung gestoßen. Ein neuer Zündstoff, der unser ganzes Abwehrsystem auf den Kopf stellen könnte.«

»Ihr habt auch so schon genug auf den Kopf gestellt«, sagte ihr geduldiger Mann müde. »Der Schnabel der Henne, Parsivals Beine, Dennis verletzte Hand und gekränkte Gefühle. Ich würde es dabei lassen, wenn ich du wäre.«

Lee seufzte. »Aber es ist alles so enttäuschend. Ich wollte doch sparen, und jetzt ist es ziemlich teuer geworden. Ich habe mich auf Unmengen herrlicher Seife praktisch ohne Unkosten gefreut.«

»Wenn wir wieder nach Ruru fahren, werde ich dir Unmengen von Seife kaufen, vorausgesetzt, du hörst auf, dir deinen kleinen Kopf über alberne Sparmaßnahmen zu zerbrechen. Wir sind nicht pleite, schlaf also weiter und vergiß es.«

»Du bist so lieb«, murmelte sie schläfrig, und dann begann sie plötzlich zu lachen. »O Andrew, ich werde nie den Ausdruck auf dem Gesicht der weißen Henne vergessen.«

»Du sprichst im Schlaf. Hennen haben keine Gesichter, zumindest keine ausdrucksvollen.«

»Die aber schon. Sie hat die Augen gerollt und ganz verzweifelt gegurgelt«, sagte Lee noch und versuchte, wieder einzuschlafen.

Als Andrew fast weg war, schreckte sie ihn wieder auf, indem sie ihm laut ins Ohr flüsterte: »Andrew, ich bin absolut sicher, daß zwischen Donald und Sally einmal etwas war. Nur, weil er sie ausgelacht hatte, wollte Sally unbedingt Seife machen. Und dann erinnere dich nur, wie er den Boden geputzt hat! Früher hat er unsere Küche nicht einmal betreten, und . . . «

»Willst du jetzt wohl schlafen?« sagte ihr Mann plötzlich gereizt. »Ich kann es ertragen, wenn du alles mit Seife überschwemmst, ich kann es sogar ertragen, wenn du diese elende weiße Henne rettest. Ich kann alles ertragen, außer wenn du versuchst, wilde Romanzen über zwei Menschen zu erfinden, die sich, wie jeder deutlich sehen kann, nicht ausstehen können.«

»Das meine ich ja gerade, Liebling«, flüsterte seine Frau, ohne sich aus der Ruhe bringen zu lassen. »Wenn zwei Menschen sich auf so eigentümliche Weise nicht ausstehen können, dann nur, weil sie sich in ihrem Innersten davor fürchten, daß sie einander lieben könnten.«

Mit solchen Worten tiefschürfender, wenn auch etwas verworrener Weisheit drehte Lee sich wirklich um und schlief ein.

11

Inzwischen hatte das, was Andrew mürrisch »Quatsch« nannte, Gestalt angenommen. Alle verfügbaren Shakespeare-Exemplare waren zusammengetragen worden, eins von Mrs. Harvey, eins von Kitty und sogar eins von den Macgregors, das aus der Waschküche gerettet wurde, wohin der kleine Prophet es in seinem Eifer als Machwerk des Teufels verbannt hatte. Lee besaß eins, und Kathleen grub erstaunlicherweise ein hübsches Exemplar aus, das ihr Bruder in der Schule als Preis gewonnen hatte. So mit insgesamt fünf Exemplaren ausgerüstet, konnte die Schlacht losgehen.

Lawrence zeigte unerwartete Begeisterung. Nachdem er Kitty bei den Macgregors abgeholt hatte, schloß er sich den anderen an und verhielt sich ihnen gegenüber äußerst diktatorisch und selbstbewußt. Der Streit über die Auswahl der Stücke und Rollen ging laut und lebhaft vor sich; man beschloß, Kathleen per Telephon herbeizurufen. Der Professor ließ sich auch dazu verführen, an den Diskussionen teilzunehmen, Miss Connor jedoch blieb entschlossen fern.

»Ich fühle mich nicht befähigt, eine Meinung abzugeben. Ich hatte das Glück, fast alle unsere großen Schauspieler zu erleben – auf der Bühne natürlich, denn ich halte Shakespeare-Verfilmungen für ein Vergehen. Aber ich bin keine Literaturkennerin«, und damit zogen Miss Connor und Parsival sich entschlossen in den Garten zurück.

Kathleen traf umgehend ein, von ihrem Bruder auf seiner Fahrt nach Ruru hier abgesetzt. Unglücklicherweise war Sally gerade auf der Veranda, als sie vorfuhren, und es war ihr freier Wille, als sie schnippisch zu Donald sagte: »Ich bin sicher, du kommst wieder mit tausend guten Ratschlägen.«

»Doch nicht schon wieder Seife?« fragte er mit gespielter Unschuld.

Sally errötete. »O nein, diesmal ist es Shakespeare, aber ich zweifle nicht daran, daß du auch auf diesem Gebiet kompetent bist. Sag mir mal, welche Rollen du übernehmen würdest. Wir haben zu wenig Männer.«

Nach diesem Anfang konnte Lee es Donald kaum verübeln, wenn er kurz antwortete: »Tut mir leid. Da ist nichts zu machen. Ich spiele nicht mit.«

Entschlossen, Frieden zu halten, mischte Lee sich ein: »Dann bist du wie ich. Aber du wirst ein bißchen helfen. In Shakespeare-Stücken gibt es so viele Männer.«

Er lächelte Lee mit der ihn kennzeichnenden Freundlichkeit an, sagte aber: »Tut mir leid, Lee, aber meine Rolle ist die des begeisterten Publikums. Ich werde für den Applaus sorgen.«

Sally drehte sich auf dem Absatz um und sagte ins Leere: »Was ich an Farmern besonders liebe, ist ihr Kameradschaftsgeist. Immer bereit, alles mitzumachen.«

Lee sah ihr erstaunt nach. Wie es für Donald ganz ungewöhnlich war, zu provozieren, war es für Sally untypisch, etwas nicht scherzhaft zu nehmen. Etwas unsicher sagte sie: »Amateurtheater scheint den Beteiligten in den Kopf zu steigen. Donald, du bist genauso schlimm wie Andrew. Er lehnt es strikt ab, zu helfen. Tja, ich muß mal nachsehen, ob sie fertig sind mit Streiten.«

»Arme Lee, ich fürchte, es kommt einiges auf dich zu, und alles geht auf Mutters Konto. Sag mir Bescheid, wenn du eine Arbeit hast, für die man Muskeln, aber kein Gehirn braucht«; damit fuhr Donald los, nachdem er noch versprochen hatte, Kathleen auf dem Heimweg wieder abzuholen.

Lee fand alle in der Küche versammelt. Sally, von plötzlicher Begeisterung gepackt, saß auf dem Tisch und wurde, vielleicht weil sie am lautesten schreien konnte, als inoffizieller Vorsitzender betrachtet. Sie wandte sich an Lee: »Der Stand der Dinge ist also folgender – die Brautwerberszene aus *Der Widerspenstigen Zähmung*, weil Lawrence und ich sie so oft gespielt haben, daß wir sie aus dem Kopf aufführen können. Dennis übernimmt Baptista, weil er da kaum etwas sagen muß. Er ist schrecklich faul und will nur ein paar Zeilen lernen.«

»Gut, damit steht eine Szene fest«, sagte Lee dankbar, »aber Mrs. Harvey wollte drei. Was ist mit den anderen?«

»Da wird es schwieriger, weil mehr Rollen zu besetzen sind; aber Kathleen meint, sie könne für die kleinen Rollen ein paar

Einheimische auftreiben, Leute, die schon einmal Theater gespielt haben. Die Gerichtsszene aus *Der Kaufmann von Venedig* kommt immer gut an, und Kathleen hat in der Schule Porzia gespielt und sagt, sie könne noch fast alles auswendig, außerdem paßt die Rolle genau zu ihr.«

»Ja, aber die anderen Personen?«

»Ich habe schon mal Nerissa gespielt, das ist also gelöst. Es ist natürlich ein vereinfachter Shakespeare, wir haben also die Menschenmenge und verschiedene kleinere Rollen weggelassen. Wir beginnen mit: »Ein Daniel kommt zu richten, ja, ein Daniel!« Lawrence ist Shylock wie früher, und die Szene ist mit seinem Abgang zu Ende. Mit Antonio sind wir noch aufgeschmissen, aber Kathleen meint, der nette Pfarrer wird ihn spielen. Dann haben wir noch den Dogen und Graziano – eine herrliche Rolle mit ungefähr fünf Sätzen.«

»Wie wäre es mit Donald?« schlug Lawrence vor.

»Aussichtslos. Er will nichts übernehmen. Ob Andrew es nicht doch versuchen würde?«

»Ganz bestimmt nicht«, sagte Andrews Frau. »Er reagiert genau wie Donald.«

»Diese Farmer! Also mußt du es machen, Grant.«

Der arme Grant sah entsetzt aus und meinte, er habe noch nie in seinem Leben Theater gespielt, nur einmal sei er mit einer Menge marschiert und habe Hoch gerufen. Sally gelang es, ihm den Eindruck zu vermitteln, daß es eigentlich seine Pflicht sei, auf diese Weise die Gastfreundschaft wiedergutzumachen, doch schüttelte er den Kopf. Dann sagte Kitty ganz sanft und überzeugend: »Ich glaube, du würdest es gut machen«, worauf Grant ungewöhnlich rot wurde und kapitulierte.

»Also gut, aber ich werde ein absoluter Reinfall sein. Und es bleibt noch immer der Doge übrig. Könnt ihr denn nichts mit weniger Rollen finden?«

»Der Doge ist leicht. Hat nicht viel zu sagen, und Kathleen meint, der hiesige Polizist würde ihn übernehmen. Er spielt gerne Theater und hat einen dröhnenden Baß. Natürlich leiert er schrecklich, aber das macht nichts, wenn es eindrucksvoll klingt. Und damit wäre es geschafft.«

»Wie ist es mit dem dritten Stück?« fragte Lee erschöpft.

»Wir haben uns für *Wie es Euch gefällt* entschieden. Es ist lustig und etwas anderes. Die Szene, in der Rosalinde sich als Junge ausgibt und von Orlando umworben wird. Lawrence und ich haben damit letzten Winter Furore gemacht. Natürlich lassen wir Jaques weg. Kathleen sagt, sie würde Celia spielen. Warum sind Frauen soviel leichter für das Theater zu gewinnen als Männer?« Da sich niemand anschickte, für das Problem eine Lösung anzubieten, fuhr Sally fort: »Und als Abschluß ein ganz kleines Stück aus der letzten Szene, wo Rosalinde als Mädchen erscheint und alle heiraten. Lee, wir haben überlegt, ob vielleicht du die Phöbe übernehmen würdest?«

»Die Antwort ist ein eindeutiges Nein.«

»Oh, schlag doch nicht diesen Ton an. Und dann haben wir noch ein Problem. Wir können Probstein und Käthchen weglassen, aber wir brauchen etwas für die Pause, während der ich mich umziehen muß und Wams und Hose gegen ein Hochzeitskleid vertausche. Übrigens Lee, du leihst mir doch sicher deins, oder?«

Lee schluckte und sagte so herzlich wie möglich: »Natürlich kannst du das Kleid haben, aber ich kann und werde nicht spielen.«

»Oh, das werden wir gleich haben. Grant, du mußt einfach den Silvius übernehmen.«

»Verflucht, noch eine Rolle?« Zum ersten Mal ließ Grant sich zu einem Kraftausdruck hinreißen, wofür er sich sofort entschuldigte.

»Es sind doch nur ungefähr drei Zeilen. Wir werden viel weglassen und dann brauchen wir nur Rosalinde, Celia, Orlando, den Dogen, Phöbe und Silvius. Dennis wird den Dogen spielen; es ist eine ganz kleine Rolle. Die anderen Rollen stehen alle fest bis auf Phöbe«, Sally sah ihre Gastgeberin vielsagend an.

»Warum nicht Kitty?« fragte Lee, die sich in die Enge getrieben fühlte, aber noch immer protestierte.

»Ich würde es ja tun, wenn ich könnte. Es würde mir Spaß machen, denn man muß nicht viel lernen. Aber meine Tante sagt nein, weil es meinen Onkel nur aufregen würde, und er hat sich so lange ruhig verhalten. Wenn ich irgend etwas spiele, bekommt er einen Anfall.«

»Es wäre gemein, ihn aufzuregen«, sagte Sally verständnisvoll. »Lee, du mußt das einfach übernehmen. Es sind nur drei Zeilen. Sei kein Spielverderber.«

Lee wehrte sich vergebens und ließ sich schließlich überreden, selbst zu sehen, wie klein die Rolle war. Aber auch das war noch zu viel. »Ich kann doch unmöglich sagen: ›Ist's Wahrheit, was ich seh, Dann – meine Lieb, ade!‹ Da muß ich lachen. Und meine Stimme quiekt immer, und wenn ich nur jemand für einen Ausschuß vorschlage.«

»Phöbe ist so albern, daß es gar nichts macht, wenn du lachst oder quiekst. Komm schon, Lee. Du machst das bestimmt prima.«

»Nett von euch«, meinte Lee, und willigte endlich ein; vorher hatte sie noch allen das Versprechen abgenommen, daß es ihr nicht übel genommen werden würde, wenn sie zusammenbrach oder kicherte.

»Jetzt haben wir alle«, verkündete Sally, »vorausgesetzt, daß wir Probstein und Käthchen, Hymen usw. weglassen.«

»Diese Freiheit mit dem Text«, meinte der Professor gütig. »Sind Sie sicher, daß man es nicht beanstanden wird?«

»Doch nicht in Ruru«, erklärte Lawrence. »In der Stadt würde es uns den Kopf kosten, aber hier kommen die Leute ja, um sich unterhalten zu lassen, und es macht ihnen bestimmt nichts, wenn es nur weitergeht. Das eigentliche Problem ist, Sally aus Wams und Hose in ein Kleid zu kriegen, wenn wir Probstein und sein Käthchen weglassen.«

Eine Zeitlang wütete die Diskussion, und dann sagte Grant zögernd: »Ich verstehe natürlich nichts davon, aber ich habe gedacht ... « und dann machte ihn der ernste prüfende Blick der anderen hilflos, und er stockte.

»Komm schon. Heraus mit dem Geistesblitz. Wir können einen brauchen«, ermunterte ihn Lawrence.

»Tja, könnte man die Pause nicht mit einigen Liedern von Shakespeare füllen? Kitty singt ziemlich gut.«

Das war eine Sensation, und Lee fragte sich, wie Grant es um alles in der Welt herausgefunden hatte. Wann hatten Kitty und er sich derartiges anvertraut, und warum war er der Wortführer statt Lawrence, der momentan sehr mürrisch aussah und offensichtlich über das gleiche nachdachte.

Alle wendeten sich Kitty zu. »Könntest du das wirklich? Du hast so eine hübsche Stimme«, sagte Kathleen. »Kitty, das wäre herrlich. Kennst du sie wirklich?« fragte Sally. Lawrence, der sich ärgerte, weil er nicht selbst daran gedacht hatte, wandte ein: »Aber was ist mit deinem Onkel?« Lieblich errötend erwiderte Kitty, wenn sie wirklich meinten, es wäre eine gute Idee, würde sie schon singen. Das hätte sie bei kirchlichen Veranstaltungen schon oft getan, und sie würde keine Begleitung brauchen.

»Das erspart uns dann das gräßliche Kinoklavier«, sagte Lee.

»Und ich glaube nicht, daß es meinem Onkel etwas ausmacht, solange ich meine Schultern nicht zeige. Ich habe eine hübsche Stola«, erklärte Kitty ganz ernsthaft.

»Damit wäre das letzte Problem gelöst«, schloß Sally vergnügt.

»Kitty wird singen, ich habe Zeit zum Umziehen, und alle werden es herrlich finden. Rundherum wird es ein unerhörter Jux sein, und es wird sich herausstellen . . . «

Aber was sich herausstellen würde und für wen, das sagte sie nicht. Lee wünschte, sie könnte auch an den Jux glauben, und als Andrew später hereinkam und die Diskussion noch in vollem Gang war, riet ihr etwas an Andrews Gesichtsausdruck, ihn in den Holzschuppen zu locken. Sofort platzte er dort heraus: »Lieber Himmel, was hast du da angefangen?«

Zu seiner Überraschung kam von Lee weder Gelächter noch eine schlagfertige Antwort. Statt dessen sah er mit Schrecken, daß ihre Augen sich mit Tränen füllten. Er trat ganz nahe an sie heran. »Sie machen dich fertig. Dieser ganze Unsinn, Gerede und Diskussionen. Und dir liegt doch gar nichts an diesem ganzen Theaterspielen, oder?«

»Nein, gar nichts, aber wenn es sie bei Laune hält . . . «

»Das Verflixte ist, daß es sie hier hält, bei Laune oder nicht bei Laune. Ich hätte große Lust, die ganze Bande rauszuwerfen.« Sie lachte, aber die Bewegung, wie sie ihr lockiges Haar zurückstrich, zeigte, wie entmutigt sie war. »Ich habe eben mit Schrecken festgestellt, daß es nur noch sieben Tage bis Weihnachten sind. Wir sind jetzt schon Monate verheiratet – und was ist mit unseren immerwährenden Flitterwochen?«

»Das kann man wohl fragen. Mir reicht es jetzt. Du bist völlig erschöpft. Ich gehe jetzt und sage ihnen ...«

Sie packte ihn am Arm. »Nein, Nein. Kein Wort. Bitte Andrew. Schon gut. Es ist dumm und albern von mir. Die Aufführung findet an Silvester statt, und dann reisen sie alle ab. Bitte, bitte, keine Aufregung und keinen Streit. Das wäre mir schrecklich, denn sie merken es nicht ... Und sie sind so lieb, jeder von ihnen.«

»In Ordnung. In Ordnung. Ich halte meinen Mund. Aber weißt du, daß ich dich nicht einmal mehr erwische, um mit dir zu sprechen?«

»Natürlich weiß ich das, und dabei sehne ich mich so danach, mit dir hinaus auf die Farm zu gehen, statt zu kochen und Hausarbeit zu verrichten und freundlich zu sein.«

»Zum Teufel damit. Wenn du so denkst, dann laß sie alleine und komm mit. Nein, nicht morgen. Jetzt. Heute morgen. Ich werde ihnen sagen, daß du jetzt mit mir ausreitest.«

»Aber sei nett, Liebling. Oh, es wird herrlich sein, wieder ein Pferd zu besteigen.«

Sie hörten ihm kaum zu. Der Professor sah auf, lächelte und meinte: »Eine sehr gute Idee«, und Tante Hester, die mit einem Tuch in der Hand aus dem Garten kam, sagte zustimmend: »Ihr reitet aus? Wunderbar. Es gibt nichts Schöneres als einen Ritt über die Hügel. Das Mittagessen? Ich werde ihnen schon beibringen, daß sie es sich selbst machen. Irgendwie scheint dieses Haus zu einer Karawanserei geworden zu sein, aber ich sehe nicht ein, warum es ein Hotel werden sollte«, und sie kehrte zu ihrer Gartenarbeit zurück, das Handtuch schwenkend.

In allerletzer Minute schlich Lee sich leise zum Haus zurück, um die Badeanzüge zu holen. »Hat dich jemand gesehen?« fragte Andrew, als sie sie ihm gab.

»Tja, sie waren alle in der Küche, aber ich glaube nicht, daß sie mich wirklich gesehen haben«, antwortete sie; beide lachten und fühlten sich plötzlich froh und erleichtert.
Ein Morgen wie noch nie, empfand ein jeder, was für Pferde und wir beide zusammen!

Der Ritt war viel zu schnell vorbei, und als sie die Pferde den steilen Abhang zum Strand hinunterführten, fielen Lee ihre Sorgen wieder ein.

»Oh, wie ich mich vor Weihnachten fürchte. Wie soll ich nur für all diese Leute ein richtiges Weihnachtsessen kochen?« fragte sie verzagt.

»Der Teufel soll das Essen holen. Ich schlachte ein Lamm, und wir essen es kalt. Hinter unserem Grundstück laufen ein paar Truthähne herum. Grant und ich werden einen davon schießen. Wenn Sally überhaupt zu etwas zu gebrauchen ist, dann kann sie ihn doch sicher kochen? Denk nicht mehr daran.«

Und Lee, deren Launen schnell wechselten, dachte nicht mehr daran. Wie konnte man sich bei diesem wunderbar warmen grauen Sand und der wilden, einladenden Brandung Sorgen wegen eines Festessens machen?

Sie blieben viel zu lange im Wasser, und als sie sich anzogen, sagte Lee nachdenklich: »Hat das Theaterspielen nicht eine komische Wirkung auf die Leute?«

»Sie schnappen vollkommen über.«

»Sally ist am eigenartigsten. Zuerst war sie ganz böse, weil ich auf den Vorschlag von Mrs. Harvey einging, und dann so versessen darauf, daß sie durch nichts mehr zu halten war.«

»Nur eine von Sallys Launen. Frag mal Tante Louisa danach. Und außerdem hat sie immer wahnsinnig gerne Theater gespielt. Mir leuchtet nur nicht ganz ein, warum sie unbedingt vor ein paar Leuten in Ruru angeben will.«

Lee blickte sehr tiefsinnig. »Das glaube ich auch nicht; um *die* geht es ihr eigentlich nicht.«

»Um wen dann?«

»Darum, was Donald Harvey dazu meint.«

»O du lieber Himmel . . . «

»Du kannst mich auslachen, soviel du willst, aber ich bin sicher, daß zwischen ihnen einmal etwas war. Das hast du doch sicher gemerkt? Es springt doch ins Auge. Sally ist sonst nie so empfindlich, aber Donald braucht nur ein Wort zu sagen, und schon fährt sie ihm ins Gesicht. Außerdem habe ich ihr Horoskop für diesen Monat nachgesehen und da steht: ›Schwierigkeiten werden auftreten, und ein Geist wird sich aus der Vergangenheit erheben‹.«

»Dieses Buch! Vergiß das verdammte Ding. Komm, noch ein letzter Galopp am Strand entlang!«

Als sie nach Hause kamen, waren die anderen schon mit essen fertig, aber sie sprachen immer noch über die Stücke. Jetzt ging es um die Kostüme. Lee nähte schrecklich ungern, und die Nähmaschine war nur gekauft worden, weil ihre Mutter darauf bestanden hatte. Jetzt sah sie schon in böser Vorahnung, wie sie selbst eingespannt wurde, die Maschine den ganzen Tag wie wahnsinnig surrte, während die Böden mit Stoffetzen übersät waren und niemand etwas paßte.

Kathleen beschwichtigte ihre Befürchtungen jedoch schnell. »Darum kümmert Mutter sich. Wir haben sie angerufen. Sally, Lawrence und Dennis haben fast ihre ganzen Kostüme, und Mutter sorgt für die anderen. Sie sagt, sie kann von Freunden leihen, und dann wäre alles in Ordnung. Sie hat eine Aufstellung gemacht und wird sich von den Leuten in Ruru helfen lassen. Die anderen haben ihre Kostüme schon per Telegramm angefordert.«

Und das Bühnenbild, so meinten sie sorglos, würde bei zwei richtigen Künstlern in der Truppe überhaupt keine Schwierigkeiten machen. In dem Saal befanden sich ein paar Hintergrundkulissen, die man passend ändern konnte. Für *Der Widerspenstigen Zähmung* benötigte man praktisch nichts, und für die Szene im Ardenner Wald wollte Lawrence etwas Passendes malen.

»Aber mach es um Gottes Willen so, daß es wie Bäume aussieht und nicht wie eine Menge Teufel«, sagte Sally unhöflich.

Diesen Angriff geflissentlich ignorierend, erklärte der Künstler weiter, sie könnten ja aus dem Wald eine Portion Baumfarne holen und diese aufbauen, wenn sie unbedingt diese gräßliche

Gegenständlichkeit wollten, obwohl er persönlich es für schlechten Geschmack halte.

Die Gerichtsszene erwies sich als etwas schwieriger, aber Mrs. Harvey konnte einen geerbten Lehnstuhl für den Dogen herbeischaffen, und Kathleen erklärte, daß der Polizist vom Ort, der gleichzeitig Gerichtsdiener war, so stolz sein würde, mitspielen zu dürfen, daß er ihnen für Antonio sicherlich die Anklagebank aus dem Gericht leihen würde.

Nachdem Andrew sich all diese Pläne ohne Begeisterung angehört hatte, fragte er schließlich Grant: »Wie wäre es, wenn du mit mir rausgingst, um einen Truthahn zu schießen? Ich weiß nicht, ob dir klar ist, daß es nur noch sieben Tage bis Weihnachten sind.«

Grant stand sofort auf, denn er war nur allzu froh, der Diskussion und dem Text, den er lernen sollte, entrinnen zu können. Da jedoch tauschte Tante Hester einen vielsagenden Blick mit dem Professor, räusperte sich gewaltig und wandte sich dann an die versammelte Gesellschaft.

»Ich glaube, für Professor Meredith und mich ist die Zeit gekommen, eine Erklärung abzugeben. Sind Sie einverstanden, Professor?«

Alle sahen sich erstaunt an, und Lee hielt den Atem an. Endlich. Jetzt war es so weit. Der erste Erfolg ihrer Heiratsvermittlungspläne, über die Andrew gelacht hatte. Die liebe Tante Hester und der Professor. Sie bekam rosarote Backen vor Aufregung und sah Andrew triumphierend an, und als er sie nicht beachtete, kniff sie ihn außerdem noch heftig in den Arm.

Miss Connor fuhr unerschüttert fort: »Vor einer Woche haben wir eine kleine Überaschung für euch alle geplant, und besonders für dich, Lee.«

Sie strahlte ihre Nichte an, die den Mund öffnete, um zu sagen, daß sie eigentlich nicht erstaunt sei, aber als sie den drohenden Blick ihres Mannes sah, hielt sie es für besser, ihn wieder zu schließen.

»Ja, insbesondere für unsere kleine Gastgeberin, die so freundlich war und uns alle so geduldig ertragen hat. Der Professor und ich haben beschlossen, am Weihnachtstag den Spieß einmal umzudrehen. *Wir* werden die Gastgeber sein, und ihr unsere Gäste.«

Lee war verwirrt. War das eine Einladung zur Hochzeit? Sie fürchtete, nein.

Miss Connor fuhr fort: »Am Weihnachtstag wird nicht gekocht. Kein Feuer brennt, kein warmes Essen. Der Professor, der sehr gute Beziehungen zu dem Hotelbesitzer in Ruru zu haben scheint, brachte es nämlich trotz meines Protestes fertig, ans Telephon zu humpeln und den Mann anzurufen. Das Ergebnis ist, daß wir für die ganze Gesellschaft einen Tisch bestellt haben, und zwar für den Weihnachtstag um 6 Uhr 30 nachmittags – was mir eine fürchterliche Zeit zu sein scheint, aber das ist das spätestmögliche, was die Gewerkschaftsvorschriften, was immer das heißen mag, zulassen. Glücklicherweise waren im Orient zu meiner Zeit solche Beschränkungen unbekannt. So, das ist unser Geheimnis, und vielleicht darf ich noch eines zur Bedingung machen: daß wir alle den Tag am Strand mit einem ganz einfachen Picknick verbringen und keine Hausarbeit gemacht wird?«

Freudiges und zustimmendes Gemurmel wurde laut, aber Lee merkte entsetzt, daß sie am liebsten in Tränen ausgebrochen wäre. Ihre Rührung war teils die Folge der unerwarteten Befreiung von weihnachtlichen Haushaltsproblemen, teils aber auch der Enttäuschung, daß es doch keine Romanze gab. Sie beherrschte sich jedoch, küßte ihre Tante, streichelte die Hand des Professors und dankte beiden herzlich.

»Ein Tag am Strand – wie herrlich«, rief sie und war fast böse, als Sally, die nur noch an eins denken konnte, bemerkte: »Der beste Ort für Proben. An dem Tag können wir allem noch den letzten Schliff geben. Du mußt auch kommen, Kathleen, du wirst gebraucht.«

Lee hatte sich allmählich daran gewöhnt, daß jeder Einladungen aussprach, aber sogar sie war erstaunt, als Dennis nach ausgiebiger Beratung mit den Darstellern sehr höflich sagte: »Wir möchten auch eine Bedingung stellen. Wir nehmen Ihre Einladung sehr gern an, Professor, vorausgesetzt, daß Sie bleiben, bis die Aufführung an Silvester stattgefunden hat.«

Lee, leicht betäubt, war doch so geistesgegenwärtig, etwas zu sagen, bevor sich auf der Stirn ihres Mannes das Gewitter noch stärker zusammenbraute.

»Natürlich müssen Sie bleiben, lieber Professor. Ihr Knöchel wird vorher auch noch gar nicht ganz geheilt sein.«

Aber die Schauspieler hatten diese Einladung offensichtlich nicht nur ausgesprochen, um seine Gesellschaft zu genießen oder ihm selbst etwas Gutes zu tun. Sally faßte Mut. »Wissen Sie, Professor, wir brauchen Sie wirklich. Wir müssen einfach einen Souffleur haben, und Sie sind der einzige, der die Ruhe behält. Und außerdem – gucken Sie bitte nicht so böse – außerdem brauchen wir jemanden, der dem Publikum eine kurze Erklärung gibt. Sie erinnern sich, daß Sie selbst gesagt haben, wer die Stücke nicht kenne, würde bestimmt nicht viel verstehen. Da sind Sie doch der richtige Mann, um es zu erklären.«

»Meine liebe Miss Curtis, Sie meinen doch nicht im Ernst, ich sollte die ganze Handlung von drei Shakespeare-Stücken wiedergeben?«

»Oh, machen Sie doch nicht solche Schwierigkeiten. Das paßt ja gar nicht zu Ihnen. Natürlich nicht die ganze Handlung. Nur ein paar Worte, damit sie wissen, wer wer ist. Es wird bestimmt ganz einfach sein. Sie sind doch gewöhnt, Vorträge zu halten.«

»Ich bin daran gewöhnt, Studenten Vorträge über Geologie zu halten, aber nicht einem gemischten Publikum über Shakespeare.«

»Oh je, jetzt komplizieren Sie die Sache und werden wissenschaftlich und pedantisch. Wir möchten ja nur, daß Sie kurz etwas über die Handlung sagen. Wirklich jeweils nur fünf Minuten. Sie müßten nur vor den Vorhang kommen und sagen, daß Katharina ein schlechtgelauntes Weibsbild ist, die alle herumkommandiert, und daß Petruchio sie heiraten und zähmen möchte. So ähnlich. Es ist wirklich nicht zuviel verlangt, und es ist doch für körperlich behinderte Kinder.«

Da er sich natürlich außerdem verpflichtet fühlte, all die Gastfreundschaft und Aufmerksamkeit wiedergutzumachen, sah sich der unglückliche Professor zögernd veranlaßt, zuzustimmen. »Wie Sie sagen, ist das das wenigste, was ich tun kann, und ich werde es gerne übernehmen. Ich werde ganz kurze Zusammenfassungen der Stücke vorbereiten und sie Ihnen und Miss Connor vorlegen, und selbstverständlich werde ich während der Aufführung als Souffleur zur Verfügung stehen. Ihre Begeisterung entwaffnet mich.«

Andrew sah ihn mitleidig und erstaunt an. War es möglich, daß sich auch der weise alte Mann von diesem traurigen Bazillus anstecken ließ? Amateurtheater konnte wirklich zu einer Art Sucht werden.

Als Andrew an diesem Abend mit seiner Frau allein war, fand er eine weitaus unhöflichere Bezeichnung dafür. »Wem gehört denn schließlich das Haus? Wer hat Sally erlaubt, die Leute aufzufordern, länger hierzubleiben? Nicht, daß ich den alten Professor nicht mag, aber außer dir sollte hier niemand mit Einladungen um sich werfen.«

Insgeheim gab Lee ihm recht, trotzdem sagte sie schnell: »Aber ist das nicht herrlich mit dem Weihnachtsessen? Einfach zu nett von den Lieben, alles heimlich so vorzubereiten.«

»Die trotz deiner Hoffnungen keine Spät-Verlobung angekündigt haben?«

»Na, es kann ja noch kommen. Das liegt an Weihnachten irgendwie in der Luft, besonders, wenn Amateurtheater gespielt wird. Ich wünschte nur, ich müßte die gräßliche kleine Rolle nicht übernehmen.«

»Warum tust du es dann? Wenn es so eine kleine Rolle ist, sollen sie sie doch weglassen.«

»Aber es wäre nur halb so lustig ohne die verrückte Phöbe. Ich werde es schon irgendwie hinkriegen, aber ich habe es immer gehaßt, zum Theaterspielen gezwungen zu werden.«

»Dafür sollte man dankbar sein. Aber warum willst du es machen? Und ich sehe es gar nicht gerne, daß man dich bittet, die Rolle einer Verrückten zu übernehmen.«

Lee lachte. »Oh, so schlecht ist sie nun auch wieder nicht. Sie redet keinen richtigen Unsinn. Außerdem kann ich mich vielleicht doch noch drücken.«

»Ich sehe nicht, wie, wenn du nicht den Mut aufbringst, nein zu sagen.«

Lee lachte. »Ich habe aber heute mein Horoskop für Silvester gelesen und da stand: ›Keine Angst, die Rettung kommt‹. Du siehst also ... «

»Ich sehe, daß die ganze Sache dein Gehirn angegriffen hat. Möchtest du ein Aspirin?«

12

Vier Tage später war die »Operation Shakespeare«, wie die Enthusiasten es nannten, in vollem Gange. Dank dringender Telegramme, Eilbriefe und Fahrten zum Postamt in Ruru, hatte ein Teil der Schauspielertruppe schon seine Kostüme, einige wurden an Ort und Stelle von Mrs. Harvey und eifrigen Helfern aus Ruru eingekleidet, und die übrigen führten ständig teure Ferngespräche und waren beunruhigt, ob sie ihre Kostüme rechtzeitig erhalten würden. Lee hatte jeden Versuch, das Haus in Ordnung zu halten, aufgegeben, und langsam nahm es das Aussehen eines munteren Jahrmarktes an. Andrew beklagte sich bitter und meinte, man könne genausogut in einem Trödelladen wohnen, aber es würde ihm ja nicht soviel ausmachen, wenn nicht dauernd jemand in irgendeiner Ecke etwas von ein paar Pfund Fleisch oder von der Absicht, treue Schäferinnen zu heiraten, murmeln würde.

Gerade an diesem Morgen war Mrs. Harvey mit dem Zentimetermaß in der Hand über sie hergefallen, redete schrecklich viel und brachte vom Küchentischtuch bis zu Eßzimmervorhängen alles mit. Lee hatte ihren eigenen Vorrat an Stoff geopfert, den ihre Mutter für Vorhänge und Bettbezüge vorgesehen hatte und der noch nicht zugeschnitten war; das ganze Haus war ein Durcheinander an Kostümen, seltsamen farbenfreudigen Gegenständen, geliehenen Möbeln und Farbtöpfen.

Mrs. Harvey war gegangen, und Lawrence probte mit Sally seine Szene aus *Der Widerspenstigen Zähmung*, wobei er sich ständig unterbrach, wenn ihm ein neuer Einfall für die Kulisse für den Ardenner Wald kam. Miss Connor versuchte ihr Glück mit Porzias Kostüm für die Gerichtsszene – Dennis' Talar, der auf telegraphische Anforderung eingetroffen war und gekürzt werden mußte. Lee suchte wie wahnsinnig nach dem Nest der weißen Henne, weil sie zum Mittagessen Rühreier machen wollte, und Andrew war gerade von der Arbeit zurückgekehrt und betrachtete die Szene mit höhnischer Miene, als das Telephon klingelte.

Da niemand Notiz davon nahm, durchquerte er widerwillig das Zimmer und nahm den Hörer ab. Als Lee zwei Minuten später mit sieben wenig vertrauenerweckenden Eiern in einer Schüssel ins Haus kam, hörte sie, wie er ungehalten sagte: »Wiederholen Sie es bitte. Ich glaube, ich werde es besser aufschreiben. Hoogendam? Buchstabieren Sie bitte. Ja, das habe ich. ›Hoogendam und Gefolge Ankunft ein Uhr‹ Sind Sie sicher, daß die Adresse stimmt? Gut, dankeschön.«

Etwas in seiner Stimme war sogar bis zu den geistesabwesenden Schauspielern vorgedrungen, und plötzliche Stille senkte sich über den Raum. In diese Stille schallte Andrews gereizte und sehr bestürzte Stimme: »Kennt jemand von euch einen Menschen namens Hoogendam? Ich weiß, es ist unwahrscheinlich, aber die Leute vom Postamt schwören, daß es stimmt. Hoogendam, ob ihr es glaubt oder nicht.«

Im Chor erfuhr er, daß das nicht der Fall sei, und Lee sagte: »Wieso, was ist mit ihnen los? Was haben sie mit uns zu tun?«

»Sehr viel, oder zumindest werden sie es bald mit uns zu tun haben. Im Telegramm steht: ›Hoogendam und Gefolge Ankunft ein Uhr‹. Das bedeutet zum Mittagessen – und wer zum Teufel ist Hoogendam?«

Plötzlich geriet alles in Aufruhr. Lawrence hörte auf, um seine Katharina wie ein Supermann zu werben. Der Professor schloß sein Notizbuch, in das er die Zusammenfassung von *Wie es Euch gefällt* eintrug, und sogar Tante Hester hielt im Säumen von Porzias Talar inne. Lee stellte die Schüssel mit den Eiern der weißen Henne so stürmisch hin, daß zwei sofort zerbrachen und eindeutig bewiesen, daß der Nestinhalt doch schon älter war.

»Mittagessen? Wie gräßlich. Seht euch das Haus an«, rief sie und vergaß in ihrer Panik, auch nur darüber nachzudenken, wer Hoogendam sein könnte.

Sally sagte: »Andrew, du hast falsch verstanden. Das Telegramm ist für jemand anders, und außerdem, wer hat jemals gehört, daß einer Hoogendam heißt?«

Sie lief stürmisch zum Telephon und rief das Postamt an, das gereizt erklärte, daß das Telegramm ganz bestimmt für Andrew Marsden sei, und daß der Name so laute, wie er Mr. Marsden selbst schon zweimal buchstabiert worden sei.

Tante Hester steckte die letzte Stecknadel in Porzias Talar und erhob sich von den Knien. »Wahrscheinlich ein Holländer, obwohl ich schon sehr eigenartige englische Namen gehört habe. Zum Beispiel gab es im Orient einen Mann, der Roller hieß, und so unglaublich es klingt, er war mit einem Mädchen namens Rad verheiratet. Die Form der Botschaft kündigt jedoch jemanden von Bedeutung an. Hoogendam und Gefolge klingt irgendwie nach diplomatischem Dienst. Wahrscheinlich ein bedeutender Holländer, vielleicht sogar ein Konsul.«

»Oh, Tante Hester, mach es nicht noch schlimmer – es ist nichts zum Mittagessen da.«

»Mein liebes Kind, es sind noch Reste von einer sehr guten kalten Hammelkeule in der Speisekammer«, verbesserte sie ihre Tante. »Schön aufgeschnitten, mit etwas Petersilie garniert, das würde auch für eine Ministergesellschaft ausreichen.«

»Aber auf dem Lande bietet man den Leuten keinen kalten Hammel an. Und dann um ein Uhr – jetzt ist es viertel nach zwölf. Fangt doch bitte alle an aufzuräumen. Grant, verstau das schreckliche Gemälde von Lawrence. Es hat nicht die geringste Ähnlichkeit mit einem Wald, aber das wußte ich vorher, und räum die Farblappen und Bürsten weg. Sally, mach dich auf! Es sieht überall gräßlich aus. Wie in einem Irrenhaus. Oh je – Hoogendam«, und ohne Vorwarnung ließ Lee sich unter schallendem Gelächter auf das Sofa fallen.

Die anderen schenkten ihr keine Beachtung. Nach einem Blick auf die Uhr hatten sie sich in hektische Betriebsamkeit gestürzt, Andrew jedoch sagte streng: »Reiß dich zusammen und laß deine trübe Vergangenheit an dir vorüberziehen. Gab es da einen

Hoogendam? Bist du sicher, daß kein holländischer Konsul auf unserer Hochzeit war?«

Lee hörte auf zu lachen und wurde völlig grundlos böse. »Natürlich nicht. Als ob ich einen Hoogendam vergessen würde. Es ist viel wahrscheinlicher, daß er zu deinen Bekannten gehört. Jetzt stell dich nicht hin und starr mich an. Könntest du nicht hinausgehen und irgend etwas für sie schlachten?«

»Das kann ich nicht. Mir wäre jeder Vorwand recht, um die weiße Henne zu schlachten – lieber Himmel, wie diese Eier stinken –, aber ich fürchte, nicht einmal die Hoogendams werden sie in – warte mal – in genau vierzig Minuten essen können.«

»Vierzig Minuten!« Lee sprang auf und schloß sich den wie besessen Arbeitenden an.

»Ins Badezimmer«, riet Grant, »da ist Platz für die Kulisse und die Kostüme und alles«, aber Miss Connor sagte bestimmt: »Ich glaube nicht. Eine Gesellschaft aus Diplomatenkreisen wird sich vor dem Mittagessen sicher die Hände waschen wollen. Mein Zimmer ist eigentlich der sicherste Aufbewahrungsort.«

Aus irgendeinem Grund waren inzwischen alle völlig überzeugt, daß der unbekannte Hoogendam ein vornehmer Ausländer sei und von einem kaum weniger vornehmen Gefolge begleitet werde. Diese Aussichten trieben sie zu verzweifelter Geschäftigkeit an, und in einer halben Stunde war das Haus oberflächlich aufgeräumt. Zumindest würden die vornehmen Ausländer nicht über geliehene Möbel, bemalte Holzschwerter, Stapel eigenartiger Kostüme und hastig hingeworfene Shakespeare-Ausgaben stolpern.

Um viertel vor eins verkündete Sally: »Ich mache ein herrliches Omelett. Nein, Lee, nicht mit diesen Eiern. Dennis und ich haben gestern welche aus Ruru mitgebracht. Auf dem Gebiet bin ich Experte. Überlaß es nur mir.«

»Aber du kannst das Omelett doch erst machen, wenn sie vor der Tür stehen«, wandte Lee ein, »vielleicht verspäten sie sich.«

»Das glaube ich nicht«, meinte Miss Connor. »Pünktlichkeit ist die Höflichkeit der Könige, und vornehme Leute halten sich im allgemeinen daran.«

»Gut, decken wir den Tisch. Natürlich nicht für uns; wir können den kalten Hammel später in der Küche essen. Wieviele sind Hoogendam und Gefolge wohl?«

»Mindestens vier, und wahrscheinlich ein Chauffeur«, sagte Miss Connor mit Bestimmtheit, «obwohl er natürlich an einem anderen Tisch essen wird.«

»Ich hole lieber das ganze gute Besteck heraus«, erklärte Lee. »Das Familiensilber, das Mutter mir unbedingt geben wollte. Ich habe es noch nicht einmal ausgepackt. Kathleen, komm und hilf. Und die herrlichen Sets und die gestickten Servietten. In welcher Kiste sind sie bloß? Kitty, bitte such sie doch!«

Wie durch ein Wunder wurden sie gefunden, und mit vereinten Kräften zauberten die drei Mädchen einen eindrucksvollen Tisch hervor. »Nicht einmal der gräßliche Hoogendam kann daran etwas aussetzen«, fand Sally. »Es ist zehn nach eins. Sie sind nicht pünktlich, aber wahrscheinlich ist die schlechte Straße schuld. Ein paar von euch sollten rausgehen und nach ihnen Ausschau halten. Gebt mir ein Zeichen, wenn sie in Sicht sind, ich fange dann mit dem Omlett an.«

Vom äußersten Ende des Rasens konnten sie ein ziemliches Stück Straße überblicken. Nichts in Sicht. »Sie müssen sich verfahren haben. Sie würden sich bestimmt nie der Unpünktlichkeit schuldig machen«, bemerkte Miss Connor.

Aber in diesem Augenblick kam ein sonderbarer Wagen ins Blickfeld. Vorne trug er ein Schild, auf dem in großen Buchstaben stand: »Achtung, Querladung folgt«. »Um Himmels Willen«, schrie Lee hysterisch, »das sind die Hoogendams. Es muß eine riesige Gesellschaft in einem ungeheuren Wagen sein«, und verzweifelt wandte sie sich dem Haus zu, um Sally zu benachrichtigen, die am Fenster stand.

Aber in der nächsten Minute brach sie in schallendes Gelächter aus. Die Querladung wurde sichtbar und erwies sich als riesiger Anhänger, beladen mit einer Hütte, die die schmale Straße bedrohlich versperrte.

»Ach, das ist doch die Bauhütte, die Donald gekauft hat«, rief Kathleen. »Wahrscheinlich kriecht der Wagen von Hoogendam hinterher. Völlig aussichtslos zu überholen.«

Aber die sperrige Ladung rollte langsam vorüber und kein Diplomatenwagen kam in Sicht. Die Straße war auf einige Entfernung wie ausgestorben, und von Minute zu Minute ließ die Spannung nach. Irgend jemand erwog die Möglichkeit einer Panne. Ein anderer meinte, daß sie nie an die Hoogendams geglaubt hätten, und Miss Connor bemerkte, daß in der Hochsaison Irrtümer auf einem kleinen Postamt möglich seien.

»Jetzt ist es ein Uhr dreißig«, erklärte sie. »Ich habe in meiner langen Erfahrung noch nie erlebt, daß ein Diplomatenwagen eine halbe Stunde Verspätung hatte, außer wenn Automassen die Straßen versperrten. Das kann jedoch kaum der Fall gewesen sein. Ich neige zu der Auffassung, daß entweder ein Fehler oder eine größere Panne im Programm unterlaufen ist. Es erscheint jedenfalls nicht notwendig, die Straße weiter zu beobachten.«

Langsam und den Blick rückwärts gerichtet für den Fall, daß sie doch noch überrascht würden, begab sich die ganze Gesellschaft zum Haus zurück. Sally rief aus der Küche: »Kommt niemand? Hurra. Dann werden wir alle Eier aufschlagen und ein riesiges Omelett essen. Aber in der Küche. Räumt den Tisch nicht ab; wenn Hoogendam und Gefolge dann ankommen, können sie sehen, wie vornehm wir speisen, auch wenn sie kalten Hammel essen müssen.«

Aber Hoogendam und Gefolge trafen nicht ein. Ziemlich nervös rief Lee das Postamt an, nur um eine freundliche Bestätigung des Telegramms zu erhalten. Es war von einer einhundert Meilen entfernten Stadt um neun Uhr abgeschickt worden, jedoch mit Verspätung angekommen, weil die Leitungen besetzt waren. Notizbücher wurden verglichen. Niemand hatte irgendeinen Freund oder auch nur einen Bekannten in dieser Stadt. Es bestand also kaum die Möglichkeit, daß sich jemand einen Scherz mit ihnen erlaubt hatte. Hoogendam und Gefolge blieben ein Geheimnis, das nie gelöst werden sollte.

»Wir wollen sie vergessen«, schlug Lawrence fröhlich vor. »Das Omelett ist wirklich gut. Wenn wir damit fertig sind, können wir alles aus Miss Connors Zimmer holen und dort weitermachen, wo wir aufgehört haben.«

Nachdem Hoogendam und Gefolge vergessen waren, wurde die »Operation Shakespeare« wieder aufgenommen. Nur Lee zerbrach sich noch den Kopf über das Geheimnis. Es verfolgte sie, und sie wachte in kühler Dämmerstunde auf, um ärgerlich zu sagen: »Ich frage mich, wo sie jetzt sind.«

»Wo wer ist?« brummte ihr Mann verschlafen.

»Hoogendam und Gefolge. Haben sie sich verirrt oder gibt es sie nicht? Lieber Himmel, wenn wir das nur wüßten. Und ich glaube kaum, daß wir es je erfahren werden. Wie ein Buch mit sieben Siegeln.«

Da hatte Lee recht. Das Geheimnis von Hoogendam und Gefolge wurde nie gelöst. Am nächsten Tag wurde das Familiensilber wieder in die Koffer gepackt; die Servietten, die aus Rücksicht nicht benutzt worden waren, wurden zusammengefaltet und mit Lavendel versehen weggepackt, und die kunstvollen Platzdeckchen kehrten in ihre Schachtel zurück. Nur die Tatsache, daß ein Dutzend Eier hastig verschwendet worden war, sollte sie noch an Hoogendam erinnern.

Die Proben liefen jetzt auf Hochtouren. Am Weihnachtstag dämmerte ein heißer Morgen herauf, und Lee hielt ihr Versprechen. Es gab keine Hausarbeit. Jeder mußte selbst für sein Mittagessen sorgen, und Lee erklärte unerbittlich, sie würde für niemanden Brot schneiden, denn dadurch würde ihr Versprechen gebrochen. Es ist auf jeden Fall besser, sich den Hunger bis heute abend für ein Essen aufzuheben, das weder von Sally noch von mir gekocht ist.«

Die Männer kochten das Blechgeschirr aus, und nun saßen alle im Schatten eines hohen Teebaumhains über dem Strand. Sie schwammen, aßen und dösten, und das Ganze wäre völlig friedlich abgelaufen, wäre nicht von Zeit zu Zeit einer aufgesprungen, um ohne ersichtlichen Grund irgendeine Shakespearerolle zu deklamieren und sich dann gelegentlich in ein leidenschaftliches Streitgespräch über die Art des Vortrags einzulassen.

Als einen kurzen Augenblick lang Ruhe herrschte, überredeten sie den Professor, seine knappen und ausgezeichneten Anmerkungen zu den einzelnen Szenen vorzulesen; sogar Andrew hörte zu und merkte zum ersten Mal, worum es ging. Alle waren eigentlich herrlich entspannt, und niemand horchte auf, als Lee verträumt sagte: »Stellt euch mal vor, wenn Hoogendam und Gefolge heute ankämen.«

Grant sagte jetzt: »Weihnachten. Heute in einer Woche ist Neujahr.«

»Neujahr pflegt immer eine Woche nach Weihnachten zu sein«, meinte Lawrence spitz. Er war ausnahmsweise schlechter Stimmung, weil Kitty ihn aus irgendeinem Grund zu meiden schien und beim Schwimmen Grants Gesellschaft suchte.

»Ich meine ja nur«, erklärte Grant entschuldigend, »daß die Aufführung dann vorbei ist und wir alle im Aufbruch sein werden. Es ist mir unbegreiflich, wie Lee und Andrew uns so lange ertragen konnten.«

Lee murmelte etwas wenig Überzeugendes und Zusammenhangloses, aber Andrews Schweigen war schrecklich beredt. Alle begannen jetzt, Pläne zu schmieden, fast, als wären sie plötzlich aus einem langen Traum erwacht und wieder aktiv geworden. Der Professor sagte, er beabsichtige, an Neujahr abzureisen, da ihm sein Knöchel keine Beschwerden mehr verursache. Lee äußerte Bedenken wegen des starken Straßenverkehrs an diesem Tag und bemerkte plötzlich Andrews bösen Blick. Der angesprochene Gast dankte ihr jedoch sehr herzlich, aber er sagte, er habe sich vorgenommen, morgens abzureisen und am nächsten Tag in die Stadt weiterzufahren. Er habe in einem Motel an der Straße schon ein Zimmer bestellt.

Das Beispiel machte Schule. Sally sagte: »Dennis und ich müssen auch sofort fahren. Zumindest ich muß abreisen. Wie steht es mit dir, Dennis? Du wolltest doch per Anhalter zur Südinsel fahren, oder?«

»Ja, ich möchte vor meiner Abreise etwas mehr vom Land sehen, und das scheint die einzige Möglichkeit zu sein.«

»Wie geht die spannende Reise vor sich?« fragte Miss Connor. »Per Anhalter – sagt man so?«

Sie erklärten es ihr, aber ihr Blick war mißbilligend, und sie sagte, sie hielte das für äußerst problematisch und unbequem. »Ich habe, wie ihr wißt, selbst vor, in den Süden zu reisen, aber ich hoffe, mit dem Auto zu fahren.«

Lee sah sie erstaunt an. »Aber liebe Tante Hester, du kannst doch gar nicht fahren und hast kein Auto. Ich dachte, du würdest fliegen oder einen Bus nehmen.«

»Das wollte ich, bevor ich Parsival aufgelesen hatte«, antwortete Tante Hester ernst, und als sein Name fiel, krabbelte der kleine Hund auf ihren Schoß und sah sie bittend an. »Er hat sich jetzt so an mich gewöhnt, daß ich ihn nicht verlassen kann, und außerdem kann ich auch Lee die Pflege für ihn nicht aufbürden. Wie dem auch sei, ich verabscheue Busse. Nein, ein Auto ist die einzige Lösung, und ich habe mich schon nach den Angeboten erkundigt. Unglücklicherweise scheint ein neues nicht in Frage zu kommen.«

Alle starrten sie an. War es wirklich möglich, daß Miss Connor vorhatte, wegen dieses wertlosen kleinen Bastards ein Auto zu kaufen? Da sie ihre Gedanken erriet, lächelte sie und sagte: »Ihr mögt mich für eine sentimentale alte Hundenärrin halten, aber ich kann euch versichern, daß ich, wenn möglich, immer mit einem Auto fahren würde. Meine liebe Freundin in England, Miss Skelton, fährt, wie ihr wißt, sehr gut. Es wird das beste sein, einen Gebrauchtwagen zu kaufen und ihn vor der Abreise wieder zu verkaufen. Ich finde, Parsival kann nach Hause fliegen, obwohl er dort in Quarantäne bleiben muß.«

Alle verharrten in erstauntem Schweigen, und stellten sich vor, wie Parsival für viel Geld mit dem Flugzeug reiste und in einem leicht entschuldigenden Ton fuhr Hester fort: »Ich muß zugeben, es klingt etwas extravagant, aber ich bin eine alleinstehende alte Frau und nicht arm. Außerdem habe ich immer behauptet, daß man, wenn man einen Hund hält, eine fast ebenso große Verantwortung übernimmt, wie wenn man ein Kind adoptiert. Mein alter Freund Flip, ein weißhaariger Terrier, ist letztes Jahr gestorben, und Parsival wird seinen Platz einnehmen. Ich muß gestehen, daß mich vor einigen Jahren die Angst, Flip allein zu lassen, trotz der Fürsorge von Annie Skelton, davon abgehalten hat, Neuseeland zu besuchen. Ihr denkt natürlich alle jetzt, daß ich eine verrückte alte Frau bin», und offensichtlich Zustimmung erwartend blickte sie sich um.

Natürlich wurde höfliches Gemurmel des Protestes laut, aber

dann kam Lee auf das Thema Auto zu sprechen. »Wie willst du denn eins bekommen? Und wer soll es fahren?«

»Da habe ich ausgesprochen Glück gehabt. Ich habe fast zufällig von einem Gebrauchtwagen gehört, und er soll in einem sehr guten Zustand sein.«

Lee überlegte, daß das wahrhaftig nicht nach Tante Hester aussah. Wie sollte sie von einem Auto hören? Entweder ihre Tante war verrückt oder Lee.

Aber Hester Connor redete ganz ruhig weiter, und Lee mußte zugeben, daß sie alles andere als wahnsinnig zu sein schien. »Das hat sich alles so ergeben, weil ich zufällig mit Mr. Harvey, Kathleens Bruder, auf das Thema zu sprechen kam. Er war äußerst liebenswürdig und hilfsbereit. Ich habe ihn eines Morgens gefragt, als er hereinschaute, um Andrew zu besuchen, und seitdem habe ich häufig mit ihm telephoniert.« Als sie die erstaunten Gesichter sah, lächelte sie und sagte: »Ich war nicht absichtlich so verschwiegen. Ich habe sogar ein- oder zweimal versucht, davon zu sprechen, aber ihr wart so in eure Arbeit versunken, und Lee und Andrew so beschäftigt, daß es mir egoistisch erschien, einen von euch damit zu behelligen. Außerdem ist Mr. Harvey ein äußerst fähiger junger Mann, und er hat die ganze Sache in die Hand genommen.«

Ihre lobenden Worte richteten sich an Kathleen mit einer solchen Liebenswürdigkeit, daß die Angesprochene es fast für erforderlich hielt, aufzustehen und sich zu verbeugen. Statt dessen sagte sie: »Jetzt sagen Sie nur noch, Miss Connor, daß es der hübsche Wagen ist, den Donald ausprobiert hat? Für einen Freund, sagte er.«

»Und ich glaube, er betrachtet mich wirklich auch als eine Freundin. Ich bin ihm natürlich sehr dankbar.«

»Tante Hester, bedeutet das – bedeutet das wirklich, daß du ein Auto gekauft hast?«

»Praktisch ja, meine Liebe. Es gehört einem Mann in Ruru, der es gut gepflegt hat und es jetzt gegen ein neueres Modell austauschen möchte. Mr. Harvey betrachtet es als ›einen guten Fang‹, wie er es nennt, und er hat es für mich auf Herz und Nieren geprüft.«

Es folgte ein Schweigen, und dann lachte Andrew. »Lieber Himmel, Tante Hester, du bist wirklich unschlagbar. Wir regen uns alle wie wahnsinnig über ein paar lächerliche Theaterstücke auf, und du kaufst ganz ruhig ein Auto und machst überhaupt kein Aufhebens davon. Wenn ich einen Hut aufhätte, würde ich ihn vor dir abnehmen.«

»Danke, Andrew. Ich werde den Willen für die Tat nehmen. Ich versichere euch, daß mir Mr. Harveys Hilfe alles sehr leicht gemacht hat. Niemand schien zu merken, daß ich das Telephon benutzte. Ich habe sogar ziemlich oft mit Mr. Harvey gesprochen, während um mich herum die Proben stattfanden, und die einzige Schwierigkeit war, mich verständlich zu machen. Das Telephon ist ein Instrument, das ich immer skeptisch betrachtet und abgelehnt habe, aber jetzt merke ich, daß es auch nützlich ist.«

Alle lachten, und Sally sagte: »Und wir dachten, wir seien alle tüchtig. Na ja! Und wann findet die erste Ausfahrt in Ihrem Auto statt, Miss Connor? Und – wir wollen ja nicht neugierig sein, aber wer fährt es denn? Ich nehme nicht an, daß Sie zufällig Ihren Führerschein machten, während wir mit dem alten Shakespeare beschäftigt waren?«

Hester lächelte. »Nein, das habe ich nicht versucht. Außerdem hättet Ihr vielleicht meine Abwesenheit nicht bemerkt, aber bestimmt meine Rückkehr, wahrscheinlich mit einem gebrochenen Bein. Nein, ich kann nicht fahren, und ich werde noch irgendeinen freundlichen Menschen finden müssen, der das übernimmt.«

Ihr Blick ruhte vielsagend auf Dennis, und der junge Mann bekam einen hochroten Kopf. Da ihm die Worte zu fehlen schienen, sagte Miss Connor: »Sie sprachen eben davon, daß Sie das Land näher kennenlernen wollten, Mr. Major. Sie haben davon gesprochen, per Anhalter zu fahren, wie Sie es nannten.«

Es war Hesters Persönlichkeit zuzuschreiben, daß niemand lächelte, und sie redete gelassen weiter: »Wenn es Sie nicht fürchterlich langweilen würde, eine alte Frau zu fahren, wäre ich glücklich, Sie hinter dem Steuer zu sehen. Es würde natürlich, wie ihr sagt, auf ›meine Rechnung‹ gehen, und ich wäre trotzdem tief in Ihrer Schuld.«

Dennis sprang erregt auf. »Ich muß sagen«, begann er. »Ich muß sagen ... «

Aber Hester unterbrach ihn mit einer ihrer würdevollen Gesten: »Sagen Sie gar nichts. Lassen Sie sich nicht, ohne gründlich zu überlegen, auf eine vielleicht äußerst langweilige Reise ein, und denken Sie daran, daß ich nicht Ihr einziger Fahrgast sein werde. Parsival ist auch noch da. Nicht, daß ich Grund zu der Annahme hätte«, fügte sie schnell hinzu, »daß er dazu neigt, reisekrank zu werden, aber trotzdem ... «

13

Alle fanden die Weihnachtsparty herrlich. Vielleicht strengte sich das Privathotel auch besonders an, weil Professor Meredith ein beliebter Gast gewesen war. In Anbetracht des seltenen Anlasses hatte man sogar für ein »Nebenzimmer« gesorgt, ein Raum, der sonst dem Besitzer als Wohnzimmer diente. Am Schluß des tadellos zubereiteten Abendessens meinte Lee, sie wette, daß es das beste Essen sei, das ihre Gäste genossen hatten, seit sie in diesen Teil der Welt gekommen waren.

Bei allen Gästen entstand ein etwas verlegenes Schweigen, und dann sagte Tante Hester taktvoll, daß ihrer Ansicht nach keine kulinarische Perfektion die stillen Freuden, die ein Familienkreis biete, aufwiegen könne. Bei diesem Lob blickte Andrew, der immer bereit war, seine junge Frau zu verteidigen, wieder besänftigt drein; als er jedoch seine Augen um den Tisch schweifen ließ, war offensichtlich, daß er wehmütig diesen stillen Freuden nachdachte.

»Morgen wollen wir uns ausruhen und einmal nichts tun«, schlug Lee vor. »Keine Shakespeareproben, kein Kulissenmalen oder Kostümprobe. Es sind noch vier Tage bis zur Generalprobe, und ihr könnt alles so gut, daß ihr euch nur müde macht.«

Die leidenschaftlichen Schauspieler zogen skeptische Gesichter, sie gingen jetzt so in ihren Rollen auf, daß ihnen dieses Programm nicht zu gefallen vermochte. Sally erwiderte: »Tja, ich weiß nicht. Wie ist es mit der Gerichtsszene?«, aber Andrew unterbrach sie. Er fand, daß Lee in den letzten Tagen müde ausgesehen hatte, er wollte am nächsten Morgen mit ihr reiten gehen.

»Wenn ihr das dumme Stück wirklich nochmal proben müßt, warum geht ihr dann nicht an den Strand oder auf die Koppel?« schlug er nicht allzu höflich vor. »Wir könnten einen Tag Erholung nämlich brauchen.«

Sie sollten ihn nicht bekommen. Als Lee um zwölf Uhr nach einem herrlichen zweistündigen Ritt zurückkam, empfing Professor Meredith sie mit entschuldigender Miene.

»Während Sie weg waren, haben wir ein Ferngespräch bekommen. Eine Dame, Miss Jordan, Miss Cynthia Jordan hat angerufen. Es ist wohl eine gute Freundin von Ihnen.«

Lee sah entsetzt aus. Das war die Rache, wie Sally es prophezeit hatte; aber nicht nur Lawrence, sondern auch sie würde leiden.

»Sie ist keine gute Freundin, aber ich kenne sie natürlich. Was wollte sie?«

»Das weiß ich nicht so ganz genau, aber ich habe es so verstanden, daß sie auf dem Weg hierher ist.« Als Lee erschreckt aufschrie, sagte er: »Natürlich nicht, um hier zu wohnen. Ich sehe nicht, wie das möglich sein sollte. Ich glaube, es handelt sich nur um einen kurzen Besuch. Sie hatte die Absicht, sich eine Unterkunft in Ruru zu besorgen.«

»In Ruru? Aber das ist absurd. Alle Hotels in Ruru sind überfüllt, und Cynthia weiß ganz genau, daß man in dieser Jahreszeit am Meer keine Unterkunft findet. Ach du lieber Himmel, ausgerechnet Cynthia.« Dann lachte sie plötzlich ohne Grund los und fügte hinzu: »Und in diesem Moment sucht Lawrence nach seiner Kitty, die ihm entwischt zu sein scheint.«

Als Sally hereinkam und die schreckliche Nachricht hörte, nahm sie sie mit boshafter Freude auf. »Was habe ich dir gesagt? Cynthia ist eine energische Frau. Ich beneide Lawrence nicht. Übrigens hat er sich beklagt, daß gestern abend Mücken in seinem Zelt waren, und ich habe ihm versprochen, daß einer von uns heute abend ein Insektenmittel versprüht. Nicht, daß es mir etwas ausmachen würde, aber ich will nicht, daß Shylock mit einem von Mückenstichen verschwollenen Auge auftritt. Was ist denn, Lee? Du sieht ein bißchen mitgenommen aus. Doch nicht wegen Cynthia? Das ist Lawrences Ende.«

»Vielleicht, aber meines auch, wenn Andrew davon erfährt.«

»Ach, sie kann eben nicht hier wohnen. Ich teile mein Zimmer nicht mit ihr, und ich glaube, nicht einmal Cynthia würde auf die Idee kommen, sich bei Miss Connor einzunisten. Sie wird mit Lawrence abrechnen und dann abhauen.«

»Und wohin wird sie zwischen Weihnachten und Neujahr abhauen? Jedes Bett in dieser Gegend ist belegt. Sei nicht albern, Sally, sie wird natürlich hier wohnen müssen.«

»Tja, laß sie selbst damit fertig werden. Wir wollen sie auf jeden Fall nicht hier, obwohl – «, Sally unterbrach sich und ihr Gesichtsausdruck wurde hinterlistig.

»Obwohl was?«

»Tja, Cynthia ist eine ganz gute Schauspielerin. Sie hat nie große Rollen übernommen, aber ... «

»Meinst du, sie könnte Phöbe übernehmen? O Sally, wenn sie das täte, könnte sie hierbleiben, ganz gleich, wie Lawrence und Andrew darüber denken. Ich hasse es, diese verdammte kleine Rolle zu spielen. Außerdem würde Andrew die ganze Sache auch anders sehen, wenn ich ihm sage, daß sie für mich spielt.«

»Er würde sie nicht rauswerfen und nicht ganz so wütend werden? Arme Lee, du hast es nicht leicht mit deinem allzu besorgten Mann und deinen allzu ausdauernden Freunden. Na ja, die Rettung ist in Sicht, wie das Horoskopbuch wahrscheinlich alle paar Seiten verkündet. Nur noch vier Tage Leute im Haus. Ich bin sicher, es wird Cynthia Spaß machen, ihr hübsches Gesicht und ihre herrliche Figur in Ruru auf der Bühne zu zeigen – falls Lawrence sie nicht vorher umbringt.«

»Oh, wir müssen ihn solange davon abhalten. Hier kommt Andrew. Liebling, erinnerst du dich, daß ich dir davon erzählte, was in meinem Horoskopbuch über die Befreiung steht? Stell dir vor, sie kommt.«

Andrew sah skeptisch aus. »Was ist nun schon wieder los?

Immer wenn du dieses verdammte Buch zitierst, passiert irgend etwas. Was ist es diesmal?«

»Du weißt doch, wie ungern ich Theater spielen wollte? Es geht mir einfach gegen den Strich, ich weiß auch nicht, warum. Also, Cynthia Jordan wird die Phöbe übernehmen.«

»Mein liebes Kind, ich dachte es mir schon, daß die Sonne zu heiß war. Ich wünschte, du würdest einen vernünftigen Hut aufsetzen. Wer ist diese Cynthia, und warum sollte sie irgend etwas übernehmen?«

»Sie ist – oh, da kommt Lawrence, und er kann über Cynthia Jordan viel besser Auskunft geben als ich«, erklärte Lee boshaft und schickte sich an, hinauszugehen und Lawrence seinem Schicksal zu überlassen. »Mein lieber Lawrence, du freust dich bestimmt über die Nachricht, daß Cynthia auf dem Weg zu uns ist. Sie hat angerufen, als ich weg war, und der Professor hat das Gespräch angenommen. Du kannst Andrew alles – oder fast alles – über sie erzählen«, und mit diesen Worten ging sie zu Hester Connor, um ihr von dem neuesten Zuwachs zu berichten.

Lee hatte die Gewohnheit angenommen, sich ihrer Tante anzuvertrauen. Der gesunde Menschenverstand der alten Dame, ihr unerschütterlicher Realismus hatten etwas Beruhigendes. Außerdem war sie ein so friedvoller Mensch. Nichts schien sie aus der Fassung zu bringen; Lee konnte sich gut vorstellen, wie sie in einer kleinen östlichen Kolonie mit gleicher Gelassenheit auf den Lärm eines Basartumults lauschte, wie den kleinen Streitigkeiten der Beamten zuhörte. Im Augenblick saßen sie und der Professor in Ruhe auf der Veranda, beide wegen dieses neuesten Überfalls voll Mitgefühl für Lee.

Meredith sagte sofort: »Die Unterbringung ist überhaupt kein Problem. Ich bin sicher, daß die jungen Männer nichts dagegen haben, wenn ich zu ihnen ziehe, das Zelt ist groß genug. Aber eigentlich finde ich, daß alles sehr viel einfacher würde, wenn Sie mich abreisen ließen. Schließlich sind meine Shakespeare-Notizen fertig, und Miss Connor könnte sie sicher besser vortragen als ich.«

Zum ersten Mal war Hester etwas bestürzt und erklärte hastig: »Nur das nicht, ich bitte Sie. Ich teile mit Lee die Abneigung, in der Öffentlichkeit zu sprechen. Einen Blumenstrauß in Empfang nehmen oder während eines schrecklich langweiligen Empfangs auf der Bühne zu sitzen, dazu war ich oft verurteilt. Aber ich habe, wie die modernen Psychologen es wohl nennen würden, unerklärliche Hemmungen, wenn ich wirklich sprechen soll. Ich muß sogar damit rechnen, daß mir die Stimme versagt, wenn ich einen Basar für eröffnet erklären soll.«

Lee war fasziniert von dieser ersten Offenbarung einer Schwäche. »Aber Tante Hester, das hätte ich von dir nie gedacht. Ich habe mir vorgestellt, daß du bei allen öffentlichen Veranstaltungen ein paar freundliche Worte gesagt hast.«

»Leider nein, meine Liebe. In dieser Hinsicht habe ich deinen guten Großvater, der selbst ein begeisterter und hervorragender Redner war, im Stich gelassen. Ich habe versucht, es zu überwinden, aber es scheint eine physische Schwäche zu sein, die sich nicht kontrollieren läßt. Natürlich habe ich es so weit geschafft, zwei Sätze zu sagen, aber auch dann war meine Stimme unzuverlässig.«

»Genau wie meine. Wahrscheinlich habe ich das von dir geerbt. Wie ungeheuer interessant. Sehen Sie, Professor, Sie können das Tante Hester nicht überlassen. Und außerdem hat Cynthias Ankunft auch ein Gutes. Sie wird die Phöbe spielen.«

»Das freut mich für Sie. Ich meine aber trotzdem, daß ich vielleicht besser abreisen sollte.«

»O nein. Das würde die Hälfte der Freude verderben.«

Er sah sie freundlich an: »Freude? Ich habe mich gefragt, ob Ihnen das Ganze viel Freude macht. Sie haben die schwerste Arbeit und machen sich nichts daraus mitzuspielen, was doch eine kleine Entschädigung wäre.«

Das stritt Lee ab, wenn auch mit halbem Herzen, denn in Wirklichkeit hatte sie alles ziemlich satt, das Kochen, die Hausarbeit, die Leute, die ständig über Beleuchtung und Abgänge sprachen, sie war es leid, das Haus voll zu haben, Andrew nie zu sehen und ruhig mit ihm sprechen zu können. Am meisten hatte sie jedoch dieses Horoskopbuch satt, das ewigwährende Flitterwochen versprach.

Im Haus traf sie Lawrence, der ganz gegen seine Gewohnheit unruhig und gereizt aussah. Alles war gegen ihn. Er war mit einer von Mückenstichen verschwollenen Stirn aufgewacht; als er Kitty besuchen wollte, war sie nicht zu Hause, sondern »machte einen kleinen Spazierritt über die Felder«, aber nicht mit ihm; sein treuer Begleiter Grant war verschwunden, und es war niemand da, der ihm ein Mittagessen kochte; und nun noch die Nachricht, daß Cynthia Jordan unerklärlicherweise seinen Aufenthaltsort ausfindig gemacht hatte und schon bald bei ihm sein würde.

Plötzlich tat er Lee leid. Sie dachte daran, daß er in letzter Zeit wenig Erfolg bei Kitty gehabt hatte; es mußte eine große Überraschung und ein schwerer Schlag für sein Geltungsbedürfnis gewesen sein. Und jetzt mußte er seine Sünden in Gestalt der schönen, aber unbarmherzigen Cynthia büßen. Ohne weiter zu überlegen, lud Lee ihn zum Mittagessen ein, und zählte dann traurig die lange Reihe Koteletts und kam zu dem Schluß, daß sie sich mit Brot und Käse begnügen mußte.

Während sie noch bei Tisch saßen, erklang fröhlich eine Hupe, und ein herrlicher Wagen, eines der neuesten Modelle, fuhr leise an der Tür vor. Lawrence schaute nervös zum Fenster hinaus und verschlang dann schnell den letzten Bissen Kotelett. Lee sah ihn streng an.

»Ein Fluchtversuch ist völlig sinnlos. Ich werde sie schnurstracks zum Zelt schicken, wenn du das tust. Geh hinaus und begrüße sie. Schließlich ist sie ja dein Gast.«

Cynthia war zweifellos eine schöne Frau. Hochgewachsen, herrliches Haar von einem wahrscheinlich unechten, aber sehr verführerischen Gold, Figur und Gesicht ebenso makellos wie ihre Haltung. Lee überlegte, daß sie bestimmt ihr ganzes Selbstbewußtsein einsetzen mußte, um die Situation durchzustehen. Wie immer, wenn es darauf ankam, benahm Lawrence sich natürlich äußerst anständig und höflich, aber nur weil Cynthia sich so gekonnt verstellte, überstand sie die Begrüßung. Sie rauschte ins Wohnzimmer und wandte sich mit einer völlig neuen Herzlichkeit an Lee.

»Oh, mein Schatz, so eine herrliche Aussicht. Und so ein entzückendes altes Haus. Kein Wunder, daß Lawrence und Grant wie die Wahnsinnigen malen.«

Lawrence, der in den letzten vierzehn Tagen ausschließlich Kitty gemalt hatte, wenn sie es ihm erlaubte, nahm diese Bemerkung gelassen hin. Ein Glück, dachte Lee, daß die beiden ebenbürtig waren. Es würde ein interessantes Duell werden. Cynthia war zu allen liebenswürdig. Sie wurde Miss Connor vorgestellt und fand sofort deren Sympathie; den Professor kannte sie schon, er beantwortete ihren herzlichen Gruß höflich, wenn auch nicht mit Begeisterung. Andrew wurden zwei schöne Hände mit rosa Nägeln dargeboten, und er besah sie skeptisch, bevor er widerwillig eine davon in seine eigene nahm.

»Aber natürlich, wir haben uns auf der Hochzeit kennengelernt. Damals sagten sie, Sie würden mich an mein Versprechen erinnern, Sie zu besuchen. Da mußte ich natürlich kommen.«

Es entstand eine kleine Pause, in der Andrew mit einem kleinen Hindernis in seiner Kehle kämpfte; dann gab er einen erstickten Laut von sich, den man als Zustimmung werten konnte, und war sehr darauf bedacht, dem triumphierenden Blick seiner Frau auszuweichen.

»Was für eine Menge Leute! Lee, Liebes, du warst immer beinahe zu beliebt. Finden Sie nicht auch, Andrew?«

Lee, die die Lippen ihres Mannes vor leidenschaftlicher Zustimmung beben sah, sagte schnell: »Cynthia, wie ist es mit dem Mittagessen? Ich fürchte, wir haben fast alles aufgegessen, aber Brot und Käse sind noch da. Sogar hausgemachtes Brot.«

Bei dieser stolzen Bemerkung schlug Cynthia entzückt die Hände zusammen.

»Hausgemacht? Das ist ja sagenhaft. Lee, du bist ein kluges Kind. Oder ist es unsere häusliche Sally, die das macht?«

Sally beantwortete die Frage mit einem verneinenden Brummen und einem Blick versteckter Abneigung. Cynthia war soviel hübscher, so unendlich viel reifer und eleganter als alle anderen, daß sie bei ihren Freundinnen gewöhnlich diese Reaktion hervorrief. Miss Connor, die sie mit Interesse, aber ohne Begeisterung beobachtet hatte, kam nun geschickt zur Sache, indem sie Miss Jordan fragte, wo sie übernachten würde.

Aber um Cynthia zu erschrecken, bedurfte es noch mehr als diese autoritäre Art. Jetzt sagte sie: »Übernachten? Oh, über so etwas mache ich mir nie Gedanken. Ich werde einen bescheidenen Unterschlupf in Ruru finden.«

»Das halte ich für äußerst unwahrscheinlich«, sagte Hester bestimmt. »Der Besitzer des Privathotels erzählte uns an Weihnachten, daß nirgends mehr eine Unterkunft zu haben sei. ›Nicht mal Platz für eine verdammte Laus‹ war seine plastische, wenn auch nicht sehr elegante Ausdrucksweise.«

Cynthia lachte ihr berühmtes, klingelndes Lachen und sagte: »Wie romantisch. Ich liebe diese Landmenschen. Oh, machen Sie sich keine Sorgen um mich. Ich werde mich sofort ans Telephon hängen, und wenn man mich nicht unterbringen kann, werde ich meinen Schlafsack im Wagen ausrollen, und außerdem wird mir die kleine Lee hie und da etwas zu beißen geben, nicht wahr, mein Schatz?« und mit diesen Worten nahm sich Miss Jordan noch eine große Schnitte hausgemachtes Brot und bat Lawrence, so lieb zu sein, ihr den Käse zu reichen.

Lawrence, der leicht verwirrt aussah, gehorchte; dann warf er Lee einen hilflosen, bettelnden Blick zu und sagte, er würde besser, solange das Licht noch gut sei, an seiner Zeichnung weiterarbeiten. Lee, deren gutes Herz von der leichten Verlegenheit des vorbildlichen jungen Mannes gerührt war, versicherte ihm, sie könnten ohne ihn spülen.

Cynthia lächelte bezaubernd. »Spülen? Sag nur nicht, du hast ihn dazu erzogen, sich nützlich zu machen. Übrigens, was ist eigentlich deiner Stirn zugestoßen, Lawrence? Hast du schöpferische Auswüchse bekommen oder hast du deinen Kopf in rasender Enttäuschung gegen die Wand geschlagen?«

Mit einem feindseligen Blick erklärte Lawrence, die verdammten Mücken wären eine Plage, und Lee schaltete sich schnell ein und versprach, daß sie oder Sally das Insektenmittel suchen und vor heute abend sein Zelt damit aussprühen wollten.

»Und ich komme gleich mit und gucke mir deine Zeichnungen an«, erbot sich Cynthia unaufgefordert. »Ich würde gern sehen, was du aus dieser herrlichen Szenerie gemacht hast.«

In dem Bewußtsein, daß sich sein Genius nur darauf konzentriert hatte, was er aus Kitty machen konnte, antwortete Lawrence verzweifelt, er fürchte, der Weg sei viel zu schlecht für sie, aber er wäre heute abend zu Hause, und wenn sie dann wirklich in ihrem Wagen schliefe – obwohl er das für äußerst unbequem halte –, könnten sie dann über seine Zeichnungen sprechen.

Später mußten Lee und Sally insgeheim einsehen, daß Cynthia sich nichts vergab. Sie nahm Lawrence' Entschuldigung gnädig an und bat Lee, in Ruru wegen einer Unterkunft anrufen zu dürfen. Nachdem sie es bei mehreren Motels ohne Erfolg versucht hatte, wollte sie ihre ziemlich zaghaften Bemühungen aufgeben, als Andrew, der gerade rechtzeitig hereinkam, um verzweifelt Cynthias Bericht über die Absagen anzuhören, mit hilfloser Miene sagte, daß das Privathotel vielleicht noch eine Möglichkeit finden würde, wenn Professor Meredith anriefe.

Cynthia bat liebenswürdig, es wäre reizend, wenn der Professor sich für ein armes heimatloses Mädchen verwenden würde, und Meredith meinte unsicher: »Natürlich, wenn Sie es wünschen, aber es wurde mir seinerzeit mit Bestimmtheit gesagt, daß alles belegt sei.«

Als er jedoch den flehenden Blick seines Gastgebers sah, rief er zögernd den Inhaber an.

Die Antwort war negativ. »Eine Freundin von Ihnen, nicht wahr, Herr Professor?«

Der Professor unterdrückte ein leichtes Erschauern, als er die bezaubernde Erscheinung neben sich betrachtete. Er murmelte etwas Undeutliches, und die Stimme am anderen Ende fuhr so lautstark fort, daß sie im ganzen Zimmer zu hören war. »Entschuldigen Sie, aber wir können es nicht machen. Tut uns wirklich sehr leid. Wir hätten Ihrer ... «

Aus Angst, daß als nächstes das unmögliche Wort »Freundin« aus der Muschel käme, unterbrach der Professor schnell. »Sie haben wirklich überhaupt nichts frei? Ich habe es mir schon gedacht, meine einzige Hoffnung war eine kurzfristige Absage Vielen Dank, entschuldigen Sie, daß ich Sie gestört habe.«

Langsam hängte er auf, sah das belustigte Blitzen in Miss Connors Augen und überlegte, wie leicht man doch am Telephon mißverstanden wurde.

Cynthia dankte ihm, zuckte die Achseln und schickte sich in das Unvermeidliche. »Tja, Gott sei Dank, daß ich den Schlafsack habe. Es macht dir doch nichts aus, Lee? Nur für ein oder zwei Nächte.«

Auf diesen Augenblick hatte Lee gewartet. »Natürlich nicht. Selbstverständlich mußt du hierbleiben, und bist du sicher, daß dein Wagen bequem genug ist? So ein herrliches Auto. Aber Cynthia, ich habe mir überlegt, ob du uns nicht aushelfen könntest. Siehst du, wir veranstalten am Silvesterabend so eine Aufführung in Ruru«, und sie erklärte, welche Hemmungen sie beim Theaterspielen habe und wie sie sich fürchte, Phöbes Rolle zu übernehmen.

Zu ihrer Freude war Cynthia sofort einverstanden. »Meine Liebe, aber selbstverständlich. Das ist das wenigste, was ich tun kann, wenn du schon so ein Engel bist und mich aufnimmst. Gib mir nur das Buch mit dem Text. Das ist doch ganz einfach, falls sich ein Kostüm für mich findet.«

Lee versicherte ihr, daß ein wirklich passendes Gewand für die Schäferin vorhanden sei und nur länger gemacht zu werden brauche.

»Mrs. Harvey hat es aufgetrieben. Ich weiß auch nicht, wie sie es macht, aber anscheinend ruft sie ihre Freunde an und sagt: ›Meine Liebe, Sie erinnern sich doch an diesen Maskenball, den Sie als Schäferin mitmachten‹, oder ›Was ist denn mit dem bezaubernden Wams und den Kniehosen geschehen, in denen Ihr Mann so hinreißend aussah?‹ Und schon kommen die Kostüme mit der nächsten Post an. O Cynthia, mir ist ein Stein vom Herzen. Ich habe jetzt schon angefangen, Lampenfieber zu bekommen«, und Lee fühlte sich ihrem Gast, der sich selbst eingeladen hatte, herzlich verbunden.

Als sie einen Augenblick mit Andrew allein war, machte es ihr im übrigen Spaß, ihm zuzumurmeln: »Schließlich hast du sie ja eingeladen. Natürlich zuviel Sekt.«

Lawrence nutzte offensichtlich die letzten Stunden seiner

Freiheit so gut er konnte, denn um sechs Uhr war noch immer nichts von ihm zu sehen. Da Sally und Cynthia damit beschäftigt schienen, die Szene aus *Wie es Euch gefällt* durchzugehen, fühlte Lee sich verpflichtet, zum Zelt hinüberzugehen und es gegen die Mücken einzusprühen. Schließlich konnten sie es sich, wie Sally sagte, auf keinen Fall leisten, daß ihr Hauptdarsteller am Abend der Aufführung mit geschwollenem Gesicht auftrat.

Unterwegs traf sie auf Tante Hester und Parsival, die von ihrem abendlichen Spaziergang zurückkamen, jetzt aber noch einmal kehrtmachten und sich Lee anschlossen.

»Ich dachte, ich müßte Lawrence wenigstens von den Mücken befreien«, sagte Lee, als sie die Zelttür öffnete.

»Ja«, antwortete Hester nachdenklich, »ich glaube, der junge Mann wird sich in Kürze über mehr als nur Mücken den Kopf zerbrechen müssen.«

Parsival, den der Spaziergang angeregt hatte und der seine neue Umgebung neugierig betrachtete, begann unter Grants Bett wie wahnsinnig nach Ratten zu suchen. Hester befestigte die Zelttür so gut sie konnte, während Lee sorgfältig die Wände zu besprühen begann. Plötzlich hörten sie ganz nahe eine leise ärgerliche Stimme.

»Aber warum? Du mußt doch die ganze Zeit meine Gefühle gekannt haben. Du hast mich gern gehabt. Was ist denn jetzt passiert?«

Es war Lawrences Stimme, und die beiden Frauen tauschten einen erstaunten Blick. Sie belauschten eine offensichtlich sehr private Unterhaltung.

Lee sah sich verzweifelt um; sollten sie jetzt schnell aus dem Zelt laufen oder war es schon zu spät? Bevor sie sich entschließen konnten, hörten sie die zweite Stimme. »Nichts ist passiert, Lawrence. Sei doch nicht so verärgert. Natürlich mag ich dich. Du warst so nett zu mir, aber . . . aber . . . «

»Aber was?«

Es entstand eine Pause, in der Kitty offenbar nachdachte. Lee und ihre Tante sahen sich betroffen an. Jetzt war es hoffnungslos. Sie konnten nur beten, daß die Sprechenden weitergingen, aber das verflixte Paar schien entschlossen, genau vor dem Zelt zu bleiben. Sie konnten sich nur ganz still verhalten, sich nicht bewegen und keinen Laut von sich geben.

Sie hatten sich eben mit albernen Zeichen darüber verständigt, als sie eine leichte Bewegung hörten und sich erschreckt umdrehten, um Parsival mit gespitzten Ohren und neu erwachter Aufmerksamkeit unter dem Bett auftauchen zu sehen. Von den Ratten enttäuscht, wollte er sich jetzt hinausstürzen und die Eindringlinge anbellen.

Hester handelte geistesgegenwärtig. Sie packte den kleinen Hund, hockte sich neben ihn auf den Boden und preßte seine Schnauze fest in ihrer kräftigen Hand zusammen. Für Lee wäre der Anblick ihrer Tante in dieser Stellung fast zum Verhängnis geworden, denn trotz ihrer Bestürzung überkam sie ein Bedürfnis zu lachen. Entsetzen über diese Regung, allgemeine Verlegenheit und heimliches Mitleid mit dem nichtsahnenden Lawrence, all das brachte sie durcheinander, und unglücklicherweise machten sich ihre Gefühle schließlich in einem leichten Schluckauf Luft. Ohne weitere Überlegung vergrub Lee das Gesicht in Lawrences Kopfkissen in dem Versuch, nicht zu hören, was draußen vorging.

Aber leider war Kittys angenehme Stimme sehr klar, und beide Lauscher hörten ihre Antwort auf eine Frage von Lawrence.

»Ja, aber gerne mögen heißt nicht lieben. Du bist ein netter Freund, mit dem man vergnügt sein und über die kleinen Marotten meines Onkels lachen kann, und du hast ein paar hübsche Bilder von mir gemalt. Sie sind fast so schön wie die Farbphotos, die Mutti zu Hause von mir gemacht hat, aber ...«

»Photos!« Lawrence spuckte dieses Wort fast aus, aber Kitty fuhr unbekümmert fort.

»Aber Spaß allein ein ganzes Leben lang Tag für Tag reicht noch nicht aus, und wir würden nicht mehr zueinander passen, wenn du mein hübsches Gesicht einmal leid bist, und ...«

»Was willst du eigentlich sagen? Um Himmelswillen, raus mit der Sprache, Mädchen. Warum bist du mir in der letzten Zeit aus dem Weg gegangen? Es ist doch nicht – es kann doch niemand anderer sein. Sag mir die Wahrheit. Hast du jemand in Schottland?«

»Nein, nicht in Schottland. Und ich mag nicht, wie du mich ›Mädchen‹ nennst. Das ist nicht sehr höflich.«

»Nicht in Schottland. Dann, was zum Teufel .. ?«

An dieser Stelle überkam die Lauscher verschämte Neugierde. Lee hob den Kopf vom Kopfkissen und hörte zu. Miss Connor hielt auf dem Boden Parsival weiterhin fest die Schnauze zu, aber es bestand kein Zweifel, daß auch sie zuhörte. Ihre Blicke trafen sich fragend. War es möglich ... ?«

Kitty war zutiefst beleidigt. »Du brauchst gar nicht zu fluchen. Und warum sollte ich nicht jemand anders mögen. Das Schlimme an dir, Lawrence, ist, daß du dich so überlegen fühlst, daß du nicht einmal siehst, wie er ist – wie gut und zuverlässig und selbstlos und lieb.«

Lawrence war offensichtlich sprachlos. Einen Augenblick herrschte tiefes Schweigen, die Zuhörer hielten fast den Atem an, und Parsival begann zu kämpfen. Dann sagte Lawrence: »Gut und selbstlos und lieb. Von wem, zum Teufel, sprichst du denn?«

Und dann kam Kittys vernichtende Antwort: »Von wem anders als von Grant? Du solltest das am besten wissen, aber du bist so mit dir selbst beschäftigt ... Und ich werde mir dein Gefluche nicht weiter anhören. Ich möchte nur wissen, was mein Onkel sagen würde, wenn er dich so reden hörte«, und dann wurden schnelle Schritte laut, denen völlige Stille folgte.

Nur für einen Augenblick. Im nächsten Moment hörte man einen Fluch – einen, den der Onkel hart verurteilt hätte –, schnelle Schritte, die Zelttüre wurde ungestüm zurückgeschlagen, und im gleichen Augenblick entwischte Parsival dem Griff seines Frauchens, stürzte sich auf den Neuankömmling und kläffte verächtlich.

Das gab ihm den Rest. Lawrence war von einem Mädchen gedemütigt worden, das er drei Monate später als »dieses kleine Mädchen von der schottischen Farm« bezeichnen sollte. Er hatte zu hören bekommen, daß sein netter, durchschnittlicher, unbegabter Freund, den er gönnerhaft behandelte, ihm vorgezogen wurde. Und jetzt erschien ein sonderbarer Hund aus dem Nichts und schnappte nach ihm. Wäre er nicht unter seinem albernen äußeren Gehabe ein durch und durch freundlicher Mensch gewesen, Lawrence hätte Parsival jetzt einen Tritt versetzt.

Aber er hielt sich zurück, und nun hatten sich seine Augen langsam an die ziemliche Dunkelheit im Zelt gewöhnt. Zu seiner Überraschung sah er eine ältere Frau ohne ersichtlichen Grund auf dem Boden hocken. Und noch schlimmer, eine jüngere Frau lag auf seinem Bett, ihr Gesicht in sein Kopfkissen vergraben, und diese Person kämpfte allzu eindeutig mit dem Lachen, was sich in albernen Tränen, die ihr über das Gesicht rollten, zeigte.

Tödliche Stille herrschte, dann erhob sich Miss Connor. »Ich muß mich entschuldigen. Ich kann nur sagen, daß wir unbemerkt in eine Falle geraten sind und gezwungen wurden, einer offensichtlich privaten Unterhaltung zuzuhören. Ich kann mich nur noch einmal entschuldigen und mich zurückziehen.«

Lee, die das würdevolle Verhalten ihrer Tante wieder zu sich gebracht hatte, stand beschämt vom Bett auf und ergriff die Sprühdose, die unbemerkt auf dem Boden gelegen hatte.

»Es tut mir schrecklich leid, Lawrence, aber warum mußt du einem Mädchen ausgerechnet vor einem Zelt den Hof machen? Ohne zu wissen, wer drinnen ist! Du brauchst mich gar nicht so anzustarren. Ich bin hierher gekommen, um deine verflixten Mücken zu bekämpfen, und du könntest eigentlich etwas dankbarer sein.«

Dann ließ irgend etwas in seinem Gesichtsausdruck ihre Grausamkeit plötzlich in Mitleid umschlagen, und sie sagte sehr freundlich: »Mein guter Lawrence, mach dir keine Gedanken wegen Kitty. Sie hätte doch nicht zu dir gepaßt. Denk nur an das Farbphoto. Und außerdem hast du noch immer Cynthia.«

14

Zwei Abende vor Neujahr hatte »Die Shakespeare-Amateurtruppe«, wie sie auf vielen, schnell gedruckten Plakaten an Telephonhäuschen und Geschäften großartig bezeichnet wurde, vom Saal in Ruru für die Generalprobe Besitz ergriffen. Trotz der Betäubung, in der Lawrence sich seit Kittys unglaublicher Zurückweisung befand, war es ihm gelungen, die Kulissen fertigzumalen. Grant, der unerklärlicherweise während der letzten Wochen häufiger abwesend war und ein Gesicht machte, in dem auf sonderbare Weise schlechtes Gewissen und Triumph sich vermischten, hatte Zeit gefunden, sowohl die letzte Hand an den Ardenner Wald zu legen, der jetzt leicht als Wald zu erkennen war, wie sich selbst in den beiden kleinen, aber von ihm zutiefst verabscheuten Rollen zu vervollkommnen. Mrs. Harvey hatte ausreichend Kostüme für den größten Teil der Schauspieler zusammengetragen, und die übrigen aus Tischtüchern, Gardinen und alten Karnevalskostümen zusammengeschustert, und jetzt strahlte sie vor Stolz und hätte am liebsten alles in die Hand genommen. Um dem vorzubeugen, hatten die Spieler den Professor soweit gebracht, nicht nur als Souffleur und Vortragender, sondern auch als, wenn auch etwas nervöser Theaterleiter zu fungieren.

Bei all diesen Unternehmungen hatte Cynthia sich als erstaunlich tüchtig und hilfsbereit erwiesen. Sie mochte zwar, wie Sally behauptete, eine berechnende Frau und schamlose Männerjägerin sein, zumindest aber hatte sie Verstand und Takt. Ob sie viel von Lawrences vorübergehender Liebe zu Kitty und deren Ende ahnte, das wußte niemand. Sie ließ sich nichts anmerken und erwies sich nicht nur als vollkommene Schauspielerin, sondern auch als umsichtiger Gast. Andrew mußte zugeben, daß, wenn ihnen schon noch ein Eindringling mehr aufgebürdet werden mußte, sie zumindest eine Hilfe war, worauf Lee fröhlich zurückgab, daß auch das nur ein Vorurteil sei, weil in diesem Fall die Einladung von ihm selbst ausgegangen sei.

Am Tag der Generalprobe aßen alle um fünf Uhr reichlich zu Abend und quetschten sich dann in die verschiedenen Autos.

Cynthia füllte ihren Wagen bereitwillig mit Zubehör und Kostümen, und Kathleen rief an, um zu sagen, daß ihr Bruder Kitty abholen würde. »Ja, Donald kommt, er kann zumindest dabei helfen, die Bühne herzurichten; er hat ein ganz schlechtes Gewissen, weil es ja schließlich Mutters Veranstaltung ist.«

Der Pfarrer, der nur einer Probe beizuwohnen vermocht hatte, sich dann aber in der Rolle von Antonio als sehr gut erwiesen hatte, würde sie im Saal treffen, und Tante Hester hatte sich angeboten, auf die Estrade-Kinder aufzupassen, die in Lees Haus ihrer Obhut anvertraut wurden. Der Ortspolizist hatte sich entschlossen, aus Anlaß seiner möglicherweise ungesetzlichen Vorhaben Ruru ausnahmsweise allein zu lassen und dann nicht nur seine Rolle zu deklamieren, sondern auch »bei allem zur Hand zu gehen«.

Es war ein ziemlicher Schlag, als alle in die verschiedenen Wagen verladen waren, entdecken zu müssen, daß Andrews zuverlässiger Freund erneut den Dienst verweigerte. Das, so erkannte Lee, gab ihrem Mann den Rest. Nach kräftigem Schieben, Abschleppen und Fluchen erwachte die Maschine widerwillig zu neuem Leben, aber alle merkten, daß es wahrscheinlich nur ein vorübergehendes Aufflackern sein würde. Von allen Seiten kamen Ratschläge, und immer von den Fahrern besserer Wagen, aber schließlich erklärte Andrew sich bereit, an der Spitze der Kolonne zu fahren, damit die anderen ihm jederzeit beistehen konnten.

Als sie abfuhren, sagte er murrend zu Lee: »Scheußlich für dich, in einem so alten Monstrum fahren zu müssen.«

»Ich würde lieber mit dir in einem Kinderwagen fahren als in einem Rolls Royce mit jemand anders«, verkündete seine Frau in liebevoller Übertreibung, «und außerdem, Liebling, weiß er natürlich, wie wir uns fühlen – er mag Schauspiele genausowenig wie du und ich.«

Diese ausgefallene Feststellung ermunterte Andrew wieder; er lachte kurz und nahm unklugerweise die Hand vom Steuer, um die ihre zu drücken, fuhr dabei eine Parabel über die schmale Straße, was Lawrence wiederum, der dicht hinter ihm fuhr, mit Angst erfüllte.

Das nächste Unglück ereignete sich, als sie den Saal erreichten, wo sie den strahlenden Polizisten mit Namen Palmer vorfanden, der drei große Aspidistras aus der Familie der Liliengewächse, gefolgt von einem Schwung Topfpflanzen, aus seinem Wagen lud.

»Meine Frau meinte, sie würden den Wald etwas naturgetreuer machen. Die Gemälde der jungen Männer sind zwar höchst interessant, aber ein paar lebende Pflanzen machen so viel aus.«

Das Gesicht, das Lawrence beim Anblick dieser Flora machte, heiterte Andrew etwas auf, als er verbissen wegfuhr, um seinen Wagen am nächsten Abhang zu parken und sich auf diese Weise zu vergewissern, daß der unwürdige Start von vorhin sich nicht wiederholte. Bei sich selbst brummte er: »Und warum nicht? Besser als das gräßliche Zeug, das er selbst gemalt hat. Und warum sollte jemand auch extra Farne aus dem Busch holen, nur für eine Nacht? Das nenne ich Barbarei.«

Aber Lawrence sah es in einem anderen Licht. Er hatte schon den Vorschlag übelgenommen, »realistische« Farne auf die Bühne zu bringen; diese eingetopften Scheusale aber waren einfach unmöglich. Er und Cynthia starrten sie in stummem Schrecken an. War es möglich, daß alle diese Pflanzen aus einem kleinen Häuschen kamen? In diesem heiklen Augenblick erschien Hugh Knight. Er erfaßte die Situation mit einem belustigten Blick und sagte gelassen: »Tja, das war eine sehr originelle Idee von Ihnen, Dean. Auf so etwas stößt der Bühnendekorateur nicht alle Tage.« Dann meinte er zum Polizisten, der die Aufnahme seiner Kostbarkeiten ängstlich beobachtete: »Nett von Mrs. Palmer, daran zu denken. Ich weiß, wie sehr sie ihre Pflanzen liebt, aber wir werden aufpassen, daß sie keinen Schaden nehmen, nicht wahr, Miss Jordan?«

Cynthia war der Situation gewachsen und versprach, die Aspidistras und ihre kleinen Schwestern unter Einsatz ihres Lebens zu bewachen. Während Jack Palmer mit höchst zufriedener Miene die Pflanzen verteilte, murmelte Knight dem zürnenden Lawrence beschwichtigend zu: »Es bedeutet sehr viel für sie, verstehen Sie, und uns tut es nicht weh. Den Leuten wird es gefallen. Es gibt dem Ganzen doch eine recht phantastische Note, nicht wahr?«

In diesen gelassenen Worten klang eine Spur von Autorität mit, und Lee sagte ganz leise zu Sally: »Das ist der richtige Pfarrer. Er weiß, worauf es ankommt, und Lawrence konnte nicht anders als nachgeben.«

Auch Grant stand auf der Seite des Polizisten und stellte fest, daß seines Wissens im Ardenner Wald Aspidistras geblüht haben könnten.

Als Lee jetzt half, die Bühne herzurichten, und für einen Augenblick hinter die Kulisse geriet, wurde sie erneut zum unfreiwilligen Lauscher. Das wird wirklich zur Gewohnheit, dachte sie verzweifelt. Sie mußte in ihrem Horoskopbuch nachsehen und herausfinden, ob das für Jungfrauen typisch war. Diesmal war es Sally, die sich soeben einen ihrer lebhaften Wortwechsel mit Donald gönnte.

»Du hättest helfen können. Schließlich war es ja deine Mutter, die es wollte.«

Und dann kam Donalds Stimme unfaßbar gelassen und leicht belustigt. »Aber ausgerechnet du wirst doch nicht von einem Farmer erwarten, daß er sich einem intellektuellen Zeitvertreib hingibt?«

»Wie gerne du darauf herumreitest – immer wieder darauf zurückkommst. Genau wie ein Papagei, der dieselbe dumme Bemerkung so lange wiederholt, bis sie einem zum Halse heraushängt.

An diesem Punkt schien Lee es ratsam, hinter den Kulissen hervorzukommen und laut zu sagen: »Nun, wie sieht es aus? Ich glaube, das ist ganz hübsch für *Der Widerspenstigen Zähmung*, meinst du nicht auch, Donald?«

»Ganz hübsch«, kam die gelassene Antwort. »Jeder wird fasziniert sein, die Widerspenstige und ihren unglücklichen Bändiger anstarren. Was bedeuten da schon Kulissen?«

Nein, wirklich, dachte Lee, er konnte unnötig herausfordernd sein. Was mochte Sally gesagt oder getan haben, um solche Ablehnung zu wecken? Wieder war es der Pfarrer, der durch sein Erscheinen ablenkte; er berichtete, das ganze Dorf vergehe buchstäblich vor lauter Aufregung, und es gehe das Gerücht, daß schon alle Sitzplätze und wahrscheinlich auch die Stehplätze ausverkauft seien.

»Wir sollten *Der Widerspenstigen Zähmung* zuerst nehmen, finden Sie nicht?« schlug der Professor freundlich vor. Er war ein sehr schüchterner Theaterleiter, aber Andrew hatte ihm eingeschärft, »hart durchzugreifen und diese Künstlertypen sich nicht zanken zu lassen«.

Sally, die vor Ärger noch einen roten Fleck auf jeder Backe hatte, gab als Katharina ihr Bestes, aber Petruchio war leicht enttäuschend. Nach der Hälfte hielt Sally inne und drohte:

»Reiß dich zusammen, Lawrence. Verdammt nochmal, so häßlich bin ich auch wieder nicht.«

»Warum müssen wir heute noch mal proben?« fragte ihr Freier matt. »Es ist grauenhaft heiß, und wir kennen das Ding in- und auswendig. Es reicht doch, wenn wir alles schnell durchspielen und sehen, wie lange es dauert.«

»Oh, wenn dein Genius so kostbar ist, dann mußt du ihn dir auf alle Fälle zu erhalten versuchen«, fuhr Sally ihn an, und irgend jemand lachte.

»Verdammt gut gesagt«, brummte eine Stimme im Publikum, eine Stimme, die Sally erkannte.

Mit einem durchbohrenden Blick in Donalds Richtung nahm sie ihr Stichwort auf, und allgemeines Gelächter ertönte, als sie zu der Ecke hin, in der ihr Gegner stand, die Worte sprach:

»Eh' will ich nächsten Sonntag dich gehenkt sehn.«

Die Gerichtsszene aus *Der Kaufmann von Venedig* ging glatt. Kathleen war schön und einer Porzia angemessen, und es gelang ihr sogar, das Gnadengesuch, eine Falle für jeden begeisterten Amateur, gut hinter sich zu bringen. Hugh Knight spielte Antonios Rolle mit ergreifender Würde, die sogar einen kurzen Applaus hervorrief, aber als Porzia sich ihm zuwandte und fragte: »Was könnt Ihr für ihn tun, Antonio?«, weckte irgend etwas in ihrem Ausdruck und in ihrer sanften Stimme eine seltsame Rührung bei Lee.

Wie dumm ich doch war, dachte sie plötzlich erschreckt. Hier, direkt vor meinen Augen, ist soviel Sympathie und Gefühl, die überhaupt nicht gespielt zu werden brauchen. Das ist die Wirklichkeit, und nicht erst seit gestern. Die beiden lieben sich, und ich hätte nicht im Traum daran gedacht. Dabei habe ich versucht, Kathleen mit Grant zusammenzubringen oder mit sonst jemand, der mit diesen gräßlichen Kindern fertig wird. Lieber alter Grant, der in Kitty verliebt ist. Ach du lieber Himmel, Andrew hat recht. Ich habe bei solchen Sachen keine sehr glückliche Hand.

Sie hatten die Reden des Dogen zu noch größerer Knappheit zusammengestrichen, weil Jack Palmer kläglich sagte, er könne nicht soviel auf einmal behalten. Trotzdem mußte er immer aufgefordert werden, auf seine Stichwörter zu achten; als er es dann tat, sprach er die Worte mit klangvoller Ergriffenheit, die dem Sprecher offensichtlich Freude machte. Die anderen scharten sich zum Schluß um ihn und versicherten, wie gut er gewesen war, und er konnte sich gar nicht genug darüber freuen.

»Es wird ein großer Abend für mich sein«, sagte er mit kindlichem Stolz, »mit soviel Damen und Herren auf der Bühne zu stehen, die wirklich Theater spielen können. Das ist richtige Bildung.«

Lee fand ihn auch köstlich und beschloß, Mrs. Palmer zu besuchen, um, sollte sie auch nur annähernd so nett sein wie ihr Mann, die Aspidistras in ihrer eigentlichen Umgebung zu bewundern.

Die zwei Szenen aus *Wie es Euch gefällt* fielen ziemlich schwerfällig aus. Aus irgendeinem Grund wirkte Sally plötzlich apathisch, brachte kein Feuer in die Werbeszene, geriet sogar ein- oder zweimal ins Stocken und zuckte dann unbekümmert die Achseln, als die anderen protestierten. Als sie jedoch an die Stelle kam: »So will ich Euch für den feierlichsten Wortbrecher halten und für den falschesten Liebhaber«, sprach sie statt in dem leichtfertigen, spaßhaften Ton, den die Rolle verlangte, mit einer plötzlichen Heftigkeit, einer verbissenen Wut, die alle überraschte.

Im nächsten Augenblick war die Leidenschaft verebbt, und sie lachte vergnügt, als die Szene zu Ende war. Trotzdem entstand eine unangenehme Pause, und der Professor meinte behutsam:

»Wenn ich vorschlagen dürfte ... nicht, daß ich eine Autorität wäre ... aber Rosalinde scherzt doch bestimmt, wenn sie Orlando so schilt, meinen Sie nicht?«

Sally lachte wieder. »Habe ich etwas übertrieben? Oh je, das tut mir leid. Ich verspreche Ihnen, lieber Professor, morgen abend die gute Laune in Person zu sein. Aber an dieser Stelle muß ich in mein Hochzeitskleid steigen. Jetzt kommt dein Auftritt, Kitty. Fang mal mit deinen Liedern an, und dann werden wir sehen, wie lange Kathleen und ich zum Umziehen brauchen.«

Kitty kam nach vorne, und frei von jeder Hemmung oder Geziertheit sang sie vor dem leeren Saal und der kleinen Gruppe verständnisvoller Zuhörer, die sich hinter ihr auf der Bühne versammelt hatte, sehr lieblich vier Shakespearelieder, süß und rein, das hübsche kindliche Gesicht erfüllt von Glück. In ihrem zweiten Lied aus *Was Ihr wollt* schien sie vollends aufzugehen, und »Liebe find't zuletzt ihr Stündlein« war so offensichtlich in die Ecke der Bühne gerichtet, wo Grant stand, daß es fast einer öffentlichen Liebeserklärung gleichkam.

Als die letzten Worte verhallten, wandte Lawrence ihr mit der gemurmelten Bemerkung, er müsse sich für den nächsten Auftritt fertig machen, abrupt den Rücken. Es war vielleicht nicht rein zufällig, daß Cynthia, die neben ihm stand, ihre Hand auf seinen Arm legte und leise sagte: »Was für eine hübsche Stimme und was für ein hübsches kleines Mädchen. Die beiden werden gut zusammenpassen, nicht wahr, mein Lieber? Zwei unkomplizierte Menschen.« Lee hörte Lawrences Antwort: »Das sind nicht die einzigen Toren – ich war einfach ein Narr.« Cynthia schwieg und sagte dann ruhig, ohne jeden Zynismus: »Ein Narr? Nun, sind wir das nicht alle?«, und dabei lächelte sie ihn an. Lawrence zuckte die Achseln, dann lächelte er fast gegen seinen Willen zurück, und bei diesem Lächeln und Achselzucken begriff Lee, daß Kitty nun in die Sammlung der »hübschen kleinen Mädchen, die ich einmal kannte", verbannt war. Aber Cynthia, meinte sie, würde bleiben.

Als nach Kittys Liedern Sally wieder auf die Bühne schwebte, schien sie ihre gute Laune wiedergefunden zu haben. Die Szene lief fröhlich ab, und zum Schluß faßten sich die Schauspieler bei den Händen und tanzten ein paar Schritte des traditionellen Tanzes. Als alles vorüber war, bemerkte Mrs. Harvey mit höchster Befriedigung, daß es eine phantastische Aufführung sei, doch Lawrence fand, nachdem bei der Generalprobe alles so gut gegangen sei, müsse man für die Hauptvorstellung die schlimmsten Befürchtungen haben.

Als sie die Stätte ihrer Taten verließen, war die Bühne bereits für die Gerichtsszene hergerichtet, davor die Kulissen für die Szene aus *Der Widerspenstigen Zähmung*, die einmal als »Raum in einem modernen Haus« und dann wieder als »Palast im alten Rom« ausgegeben wurden, an beides jedoch herzlich wenig erinnerten. Alle erklärten, daß es eine gute Gelegenheit sei, früh ins Bett zu gehen, und dann sagte jemand: »Aber den guten Andrew lassen wir am besten zuerst fahren. Wo ist er übrigens?«

In diesem Augenblick kam der gute Andrew in seinem alten Wagen angefahren und rief nach Lee, die ihr Stichwort wie eine erfahrene Schauspielerin ergriff, durch die offene Wagentüre sprang, ohne das Risiko eines nochmaligen Wagenstops auf sich zu nehmen, und vergnügt über die Schulter rief: »Ich wette, das Rennen gewinnen wir«. Da die Straße schmal war, überholen also fast unmöglich, und allen daran lag, den Wagen von Marsdens sicher zu Hause ankommen zu sehen, hätte sie ihre Wette leicht gewinnen können.

»Die Kinder schlafen. Sie meinten wohl, es wäre eine gute Gelegenheit, um aufzubleiben, aber ich habe ihnen versichert, sie könnten auch im Schlafanzug nach Hause gefahren werden. Sie waren etwas ausgelassen, aber ich habe immer gefunden, daß Strenge bei Kindern und Beamten die richtige Waffe ist«, sagte Tante Hester gelassen, und Lee lachte. Es mußten schon andere als Robin und Joan kommen, um die Gouverneurstochter unterzukriegen.

Obwohl Lee nicht mitgespielt hatte, sah sie doch äußerst müde aus. Andrew blickte noch mürrischer als gewöhnlich, und seine Frau fragte sich ängstlich, ob der Gastgeber dieser ungewöhnlichen Hausgäste noch weitere sechsunddreißig Stunden durchhalten würde. Sie war jedoch zu erschöpft, um ihn zu besänftigen, und als sie schließlich im schützenden Badezimmer allein waren, fragte sie ziemlich gereizt: »Warum machst du ein Gesicht wie sieben Tage Regenwetter? Es macht dir doch bestimmt nichts aus, ein paar Kulissen zu schieben?«

»Kulissenschieben macht mir nichts aus, aber ich habe es satt, sie auf der Bühne grinsen und hüpfen zu sehen.«

»Wirklich, Andrew, du bist unmöglich. Sie grinsen nicht und sie hüpfen nur, wenn es notwendig ist. Sie sind sehr gut.«

»Vielleicht. Ich will mich nicht zum Richter aufspielen, du mußt es ja besser wissen.«

»Jetzt fang nur nicht mit dem Blödsinn von Donald Harvey an: ›Ich bin nur ein ungebildeter Farmer.‹ Das ist zu langweilig. Ich wundere mich nicht, wenn Sally ihn anfährt.«

»Donald ist schon in Ordnung. Er ist um einiges besser als diese ganzen Typen, die Sally immer aufliest. Nicht, daß irgendetwas an Dennis auszusetzen wäre, aber ...«

»Aber du hast etwas gegen jeden einzelnen von meinen alten Bekannten. Das ist es, und das ist ziemlich kleinlich und albern.»

Andrew starrte sie erstaunt an. Er hatte nie im Traum daran gedacht, daß Lee so mit ihm sprechen würde. Um ehrlich zu sein, überlegte er unglücklich, hatte er sie noch mit niemand so sprechen hören, nicht einmal während der aufreibenden Tage, als alle diese komischen Gäste herumschwirrten. Und jetzt ließ sie ihre Wut an ihm aus. Er zögerte und kam dann zu dem Schluß, wie Ehemänner das zu tun pflegen, daß die kleine Frau müde sei und ein Mann Geduld zeigen müsse. Daher sagte er sanft: »Aber so denke ich doch gar nicht. Wenn du genau wissen willst, was mich ärgert – ich fand es nur gräßlich, Sally in deinem Hochzeitskleid herumstolzieren zu sehen.«

Sofort schmolz Lee dahin, und ihr Gesicht an seine Schulter gekuschelt, gestand sie, daß es ihr auch nicht recht gewesen sei, aber er müsse versprechen durchzuhalten. Ganz bald sei ja alles vorbei, und dann – das sagte sie mit einem leisen Lächeln, das den Tränen nahe war – dann würden ganz bestimmt die immerwährenden Flitterwochen beginnen. Hatten die Sterne das nicht prophezeit?

Dieses Mal verspottete Andrew sie nicht. Er streichelte sie nur und sagte, morgen würde alles gut sein.

Und damit mußte Lee sich zufrieden geben. Erst als sie nachts aufwachte, als der gelbe Kater wie üblich mit dumpfem Aufschlag durchs Fenster sprang und mit einem zweiten Bums auf ihrem Bett landete, wurde ihr in fast panischer Angst bewußt, daß sie und Andrew beinahe ihren ersten bösen Streit gehabt hätten. Sie hatte ihn wirklich als kleinlich und albern bezeichnet. Wie schrecklich von ihr. Sie weckte ihn, um es ihm zu sagen und wunderte sich, als er lachte, Kater wie üblich vom Bett stieß und sofort wieder einschlief. Für sie war es nicht zum Lachen gewesen.

Lee schlief lange am nächsten Morgen, und Andrew dachte, daß sie, wie sie so dalag, sehr klein und hilflos aussah. Warum sollte sie sich so aufopfern? Tante Hester war fast die einzige, die Rücksicht auf sie nahm. Nach diesen ungerechten Gedanken war es wie ein Vorwurf, als er Sally sehr geschickt das Frühstück zubereiten sah.

Später schlug Lee vor, daß er Sally auf einen Ritt mitnehmen sollte. »Weil ich mich heute faul fühle und Sally außerdem von der Gegend gar nichts hat.«

»Aber Sally macht sich nichts aus dem Farmerleben«, bemerkte ihr Vetter.

Zu seinem Erstaunen wurde Sally rot und sagte gereizt: »Wie ich Menschen hasse, die sich ständig für ihre Lebensweise entschuldigen. Wer sagt, daß ich mir daraus nichts mache?«

»Eigentlich niemand, aber Donald redet immer so, als ob . . «

»Dieser Idiot. Er setzt sich etwas in den Kopf und reitet darauf herum. Er hätte besser etwas mehr Verstand.«

Das schien Andrew aufzuregen. »Er hat sehr viel Verstand. Er hätte das, was er geleistet hat, nie fertiggebracht, wenn er seine Intelligenz nicht auf das Land angewandt hätte.«

»Wieso? Was hat er denn geleistet? Die Familienfarm geerbt und weitergeführt. Ziemlich einfach und günstig für ihn.«

»Es war weder einfach noch günstig für ihn. Die Farm stand vor dem Bankrott, sie war auf dem absteigenden Ast, als sein Vater ums Leben kam. Der alte Mann war ein guter Mensch, aber als Farmer hoffnungslos. Donald hat etwas daraus gemacht. Es hat fünf Jahre gedauert und viel harte Arbeit gekostet. Natürlich würde ein Mädchen wie du ihn lieber Atombomben oder sonst etwas machen sehen. Du meinst, eine hervorragende Intelligenz ist auf dem Land Verschwendung, aber ich bin nicht dieser Meinung. Ich finde, das Land ist wichtig.«

»Warum regst du dich denn so auf? Ich habe nie gesagt, daß das Land nicht wichtig ist. Ich habe die Arbeit des Farmers nie schlecht gemacht. Das Schlimme an euch Landmenschen ist nur, daß ihr Minderwertigkeitskomplexe habt. Ihr fühlt euch immer herabgesetzt, wollt den Intellektuellen immer angreifen, viel eher als die Intellektuellen euch.«

Der Kampf hätte wohl wirklich begonnen, wäre Miss Connor nicht dazwischengetreten. »Mein lieber Vater war immer der Auffassung, daß der intellektuelle und der praktische Mensch Hand in Hand arbeiten sollten. Einer sollte den anderen ergänzen. In diesem Fall scheint der junge Mr. Harvey sein Wissen unter großen Opfern selbst angewendet zu haben. Man sollte ihm Mitgefühl für sein Opfer und Hochachtung vor dem Ergebnis bezeugen.«

Sally brach in Gelächter aus. »Wie schön Sie das sagen und wie Sie der kleinen Sally die Leviten lesen. Natürlich haben Sie recht. Gut, Andrew, hol den lahmsten Esel aus dem Stall und nimm mich mit, damit ich staunen und bewundern kann.«

Als sie gegangen und Lee mit ihrer Tante allein war, sagte sie: »Ich frage mich nur, warum Sally sich so über Farmen und Farmer aufregt. Sie ereifert sich richtig.«

Hester jagte Parsival von der Tür, wo er wie ein Wahnsinniger versuchte, Kater den Eintritt zu verwehren, und äußerte weise: »Menschen wie Sally werden immer heftig, wenn sie in ihrem Innersten wissen, daß sie eine verlorene Schlacht kämpfen. Mein lieber Vater pflegte zu sagen, daß es nichts Aufregenderes gebe als eine Frau, die weiß, daß sie im Unrecht ist.«

Lee fragte sich nicht zum ersten Mal, ob ihr Großvater je

etwas anderes als gottgleiche Äußerungen getan habe. Mit ihm zusammenleben, mußte gräßlich langweilig gewesen sein. Aber Tante Hester war wahrhaftig nicht dumm. Lee neigte sogar zu der Annahme, daß sie weiter sah als sie alle.

15

Obwohl es noch nicht sieben Uhr war, als »Die Shakespeare-Amateurtruppe« durch die Stadt fuhr, herrschte bereits Betriebsamkeit und Aufregung. Die Leute kamen vom Strand geeilt; zwei der Geschäfte hatten schon geschlossen, statt jede Verkaufschance zu nutzen; Kinder wurden von ihren Müttern gerufen zu »kommen und sich waschen und anziehen zu lassen, sonst würde es zu spät«.

Lee verspürte eine gewisse Aufregung und stimmte Tante Hester vollauf bei, als diese feststellte, daß sie sich im Ruhm der anderen sonnten. »Eine Situation, an die ich noch aus der Zeit meines lieben Vaters gewöhnt bin, und die ich viel lieber habe als aktive Teilnahme.«

»Ich verstehe gut, was du meinst«, sagte Lee. »Ich hätte jetzt schreckliches Lampenfieber, wenn ich Phöbe spielen müßte.«

»Miss Jordan kam genau im richtigen Moment«, meinte Miss Connor bedeutungsvoll. Obwohl kein weiteres Wort fiel, merkte ihre Nichte, daß Tante Hester das, was sich in den letzten paar Tagen unter der Decke abspielte, genau beobachtet hatte.

Kitty und ihre Tante kamen mit Donald und Kathleen an. Mrs. Harvey, erklärten sie, folge mit den Kindern, die schrecklich aufgeregt seien.

Und behalte sie bitte etwas im Auge, Lee, wenn du kannst, denn Mutter wird bestimmt nicht mehr an sie denken.«

»Natürlich. Ich werde mich, so oft ich kann, zu ihnen setzen. Aber wo ist Mr. Macgregor?«

»Mein Onkel kommt nicht«, verkündete Kitty bereitwillig. »Er fühlt sich heute abend nicht ganz wohl.«

»O du lieber Himmel«, sagte Lee mit gespieltem Mitleid, aber geheimer Erleichterung, »hoffentlich nichts Ernstes?«

»Nur ein bißchen Magenschmerzen«, erklärte Mrs. Macgregor ruhig.

»Daran bin ich schuld. Ich hatte völlig vergessen, daß Vater keinen Schellfisch verträgt, und ich habe ihm Fischsuppe gegeben. Er hat nur ein paar Löffel gegessen, er wird sich in Kürze wieder wohlfühlen.«

Ihr Gesicht zeigte milde Zerknirschung, aber Kittys Augen blitzten, und wie Lee später zu Sally sagte, schien es ihr etwas eigenartig, wenn eine Frau nach vierzigjähriger Ehe vergaß, daß ihr Mann keinen Schellfisch vertrug.

Sally lachte. »Sie ist gerissen, diese kleine Frau. Gott sei Dank, daß sie den kleinen Propheten zu Hause gehalten hat, auch wenn sie ihn dazu ein bißchen vergiften mußte.«

Lawrence schien an diesem Abend sein Gleichgewicht wiedergewonnen zu haben. Er brachte Cynthia gleichgültige Höflichkeit entgegen, und Cynthia war so klug, sein Verhalten mit derselben Gleichgültigkeit zu beantworten. Die freundliche Gönnerhaftigkeit, die er Grant gegenüber an den Tag legte, hatte er nun auch auf Kitty ausgedehnt, und da er sich seines guten Aussehens und seines hervorragenden Schauspieltalents bewußt war, wiegte er sich in der Gewißheit, der Star des Abends zu sein.

Mrs. Harvey war ebenfalls bester Laune, bei Schauspielern wie Einheimischen, denen sie leutselig und gönnerhaft begegnete. Sie benahm sich, als sei die ganze Veranstaltung nur ihr Verdienst. Sie begnügte sich nicht damit, geschäftig an Kulissen und Kostümen herumzumachen, sondern begrüßte jeden Besucher von größerer Bedeutung persönlich. Zweifellos war es ihr Abend, wie Lee in aller Ruhe zu Sally bemerkte.

Sally selbst blieb seltsam unberührt von der Aufregung. Als Lee ihr beim Anziehen half, sagte sie nicht gerade sehr taktvoll: »Wie kannst du das nur so hinnehmen, wo du doch zwei große Rollen zu spielen hast? Bist du nicht nervös? Hast du keine Angst, deinen Text zu vergessen?«

Aber diese ungeschickten Äußerungen beunruhigten Sally nicht. Sie schien mit ihren Gedanken woanders zu sein und antwortete gleichgültig: »Na, und wenn? Der Professor wird mir schon beistehen. Nein, ich habe kein Lampenfieber. Bin wahrscheinlich schon zu lange dabei. Vergiß nicht, daß ich ein schrecklich frühreifes Schauspielkind war und in Dunedin viel Theater gespielt habe.«

Lee wurde auf einmal von unschicklicher Neugierde geplagt und sie fragte: »Sag mal, kanntest du Donald Harvey damals gut?« Entsetzt wurde sie gewahr, wie Sallys Lippen zitterten und ihre Hand einen Augenblick im Schminken innehielt.

Dann geschah etwas Seltsames. Sally, die ihren Freunden immer ein Rätsel gewesen war, die »irgendeine Liebesaffäre« gehabt hatte, die niemand kannte, und die sich nie jemandem anvertraut hatte, wandte sich plötzlich zu Lee um und sagte: »Gut? Du wärst wahrscheinlich der Ansicht, daß ich ihn gut kannte. Ich hätte ihn beinahe geheiratet.«

Lee stammelte eine lahme Entschuldigung. »Ich hätte dich nicht fragen sollen. Tut mir schrecklich leid.«

Von Sally kam das typische Achselzucken, mit dem sie über jede Gefühlsregung hinwegging, dann schien sie ihre Meinung zu ändern und sagte: »Schon in Ordnung, Lee. Du bist so gut zu mir gewesen. Dir kann ich es ruhig sagen. Ich fahre morgen sowieso weg und komme nicht wieder.« Hier hielt sie inne und lachte leise. »Andrew wird froh darüber sein. Du hast wirklich Glück, weißt du, Lee. Er ist ganz vernarrt in dich. Du wirst es gut haben«, und ihre Züge wurden plötzlich hart, so daß Lee fragte: »Und du? Du – du machst dir noch immer nichts aus ihm?«

Sally sah in den Spiegel und trug ihre Lidschatten sorgfältig auf, bevor sie antwortete: »Und wenn, was würde das ändern?«

»Sehr viel, weil ich sicher bin, daß er dich auch gern hat. Was ist damals passiert, Sally?«

»Ich war ein Narr. Er schien auf eine so phantastische Karriere loszusteuern – – damals hielt ich das für sehr wichtig.«

»Aber jetzt?«

»Jetzt verstehe ich, glaube ich, daß er zurückgehen und tun mußte, was er getan hat – die Farm wieder hochbringen und für seine Mutter sorgen, und dann später für Kathleen und ihre Kinder. Aber damals hielt ich ihn für verrückt, weil er allem, worauf es ankam, den Rücken kehrte. Ich war durch und durch ein kleiner intellektueller Snob, und das um so mehr, als ich selbst nicht überragend bin. Wir haben uns gestritten.«

»Nur darüber?«

»Damit fing es an, und dann kamen noch viele andere Dinge. Er kritisierte die Jungens, mit denen ich befreundet war, und war eifersüchtig auf sie. Oh, und dann sagten wir einander Unverzeihliches, und ich ging weg von Dunedin. Es war ihm schrecklich, auf seine Karriere zu verzichten, und er dachte, ich würde ihn verstehen und mit ihm fühlen – und das habe ich nicht getan.«

»Ja – und jetzt?«

»Jetzt ist es zu spät. Jetzt ist er endgültig an seine Familie gebunden. Selbst wenn er – wenn er noch dieselben Gefühle hätte, wäre es nicht möglich.«

Gerne hätte Lee jetzt die Sache in die Hand genommen. »Natürlich wäre es möglich. Mrs. Harvey würde woanders hinziehen. Sie sagt immer, daß sie hier in einer kulturellen Wüste lebe.«

»Dann bleibt immer noch Kathleen.«

»Nicht mehr lange. Hast du Kathleen und dem Pfarrer nichts angemerkt?«

»Was ist mit ihnen? Sie scheinen fast nie miteinander zu sprechen.«

»Das mag schon sein, aber trotzdem ist da etwas – ich glaube, Mutter nannte es ›Verstehen‹ oder so ein ähnliches altmodisches Wort.«

»Schön für Kathleen. Er ist nett. Sie hat Glück. O je, der Shakespeare macht mich ganz weich und sentimental«, und Sally schminkte sich weiter und beendete das Thema.

Und Lee? Natürlich brannte sie darauf, zu Donald zu eilen und ihm zu erzählen, daß Sally ihn noch liebte, aber dann fiel ihr Andrew ein und was er wahrscheinlich von einer solchen Einmischung halten würde. Mit einem Seufzer über die Dummheit der anderen wechselte sie zu Kathleen über, die sich für die Gerichtsszene fertigmachte.

Als Lee das klare schöne Gesicht eifrig über den Schminktisch gebeugt sah, überkam sie eine große Zuneigung für diese neue Freundin und überstürzt sprudelte sie hervor: »Kathleen, wirst du immer so weiterleben?«

Kathleens feine dunkle Brauen, die sie gerade mit einem schwarzen Stift bearbeitete, gingen in die Höhe, und sie wandte sich ab von dem Spiegel, den sie in der Hand hielt. »Wie ›so weiterleben‹?«

»Mit deiner Mutter. Nicht wirklich leben. Wirst du nie wieder heiraten?«

Es entstand ein kurzes Schweigen, und Lee blickte verzweifelt um sich. Was war mit ihr los? Das war schrecklich ungehörig, Kathleen gegenüber durfte man sich so eine Frage nicht herausnehmen. Jetzt würde sie streng zurechtgewiesen werden.

Und dann geschah erneut das Unerwartete. War es möglich, fragte sich Lee automatisch, daß Theaterspielen die Menschen dazu brachte, sich gegen ihre Gewohnheiten zu verhalten? Kathleen lächelte und drückte Lee eine Minute lang die Hand. »Liebe kleine Lee. Du möchtest alle glücklich machen, nicht wahr? Du hast alle möglichen Paare dir ausgedacht – und alles geht daneben. Ich glaube, du wolltest sogar den Professor und Miss Connor zusammenbringen – gräßlich von dir«, und sie gab ein vergnügtes, glucksendes Lachen von sich. »Ja, ich weiß, du meintest auch, der nette Grant Lawton wäre etwas für mich. Aber siehst du, Hugh Knight und ich, wir lieben uns schon lange, und wir warten mit der Hochzeit nur, bis er eine andere Gemeinde bekommt – eine, die weit weit weg ist von der armen guten Mutter.«

Das war die längste Rede, die Lee je von Kathleen gehört hatte; ja, heute abend lag zweifellos etwas in der Luft. Sie drückte sie schnell an sich und sagte: »Du bist ein Engel, daß du es mir erzählt hast, aber ich bin nicht so dumm, wie du denkst. Ich habe es gestern abend gemerkt, bei eurem Spiel – und ich wünsche so sehr, ich hätte es Andrew gesagt, statt mich mit ihm zu streiten, denn dann hätte er mich ausgelacht, und heute abend hätte ich sagen können: ›Siehst du, ich habe es gleich gewußt‹.«

Kathleen aber fuhr verträumt fort: »Wir sind schon lange befreundet, weißt du. Er war mit meinem Mann bei der

Luftwaffe, und ich weiß nicht, was ich ohne ihn getan hätte, als es – es passierte. Aber es ist jetzt drei Jahre her, und nun soll Hugh versetzt werden, und er wird für uns sorgen und es vielleicht fertigbringen, die Kinder richtig zu erziehen.«

In diesem Augenblick trappelten kleine Füße über die Bühne, und dann erklang Robins Stimme: »Uuh, Joan, komm und guck mal, wie ich meinen Fuß durch das alte Bild stecke. Oh, da ist Mammi, und sie hat das ganze Gesicht voll mit komischer Schminke, und ... «

Lee und Kathleen sahen sich an. Kathleen packte den kleinen Fuß, der neben der Kulisse hin und her pendelte, und sagte ruhig: »Es wird höchste Zeit für diesen Umzug, meinst du nicht?« und dann streng: »Robin, du mußt das hier in Ruhe lassen. Es ist ein römischer Turm. Nein, stimmt nicht; es ist eine Kommode – und auf jeden Fall darfst du nicht mit den Füßen danach treten.«

Lee war ganz stolz. Heute wurde sie von allen ins Vertrauen gezogen. Um ein Haar wäre sie zu Donald gegangen und hätte ihm befohlen, sich mit Sally zu versöhnen, und am liebsten hätte sie Hugh nochmals bewegen wollen, bei seinem Bischof um eine Versetzung einzukommen. Statt dessen beschloß sie zum Glück, einen Blick durch den Vorhang zu werfen. Ein aufregendes Bild bot sich ihr. Jeder Platz war besetzt, außerdem waren Bretter über Petroleumkanister gelegt worden, um zusätzliche Sitzgelegenheiten zu schaffen. Joe Frost, der sich liebenswürdigerweise als Türhüter betätigte, dirigierte die Kinder nach vorne. »Ihr dürft ganz alleine da vorne sitzen. Da seht ihr gut und hört, was sie sagen. Nicht daß ihr es versteht«, fügte er pessimistisch hinzu, »ist nicht wie ein guter Western.«

Um acht Uhr wurden die Türen abgeschlossen, und Mrs. Frost spielte drei dröhnende Akkorde auf dem Klavier. Dann ging der Vorhang auf und gab die Sicht auf Mrs. Harvey frei, die – ihrer Bedeutung voll bewußt – in einem hautengen Abendkleid glücklich lächelte.

»Ich wurde gebeten, ein paar Worte zu sprechen«, begann sie nicht ganz wahrheitsgetreu, denn abgesehen von sich selbst hatte sie niemand gebeten. Es handelte sich jedoch wirklich nur um ein paar gut gewählte Worte, und wenn auch bei den etwas rücksichtsloseren Hinterbänklern die Neigung bestand, sie auszuzählen, so wurde dieser Versuch vom Rest des Publikums schnell unterdrückt. Sie dankte den Anwesenden für ihre Aufmerksamkeit, den »begabten Amateuren von unserer Universität« für ihre Hilfe und bat Professor Meredith, »unseren prominenten Gast«, einen kurzen Überblick über das erste Stück zu geben. Als sie sagte, sie wolle sie nicht länger warten lassen, ertönte heftiger Applaus, und in dem darauf folgenden Schweigen hörte man, wie Robins Stimme fragte, ob seine Schwester nicht glaube, daß Großmamas Kleid platzen würde.

Professor Merediths Darstellung war kurz und sachlich, und das Publikum hörte ihm aufmerksam zu. Nachdem er die Handlung von *Der Widerspenstigen Zähmung* mit wenigen Worten skizziert hatte, zog er sich unter Applaus zurück, um seinen Platz als Souffleur einzunehmen.

Während der ersten Szene wurden seine Dienste nicht in Anspruch genommen. Sally und Lawrence kannten ihre Rollen in- und auswendig, und wenn sie mit dem Text gelegentlich etwas großzügig verfuhren, so saßen im Publikum keine Puristen, die sich dagegen gewehrt hätten. Vom ersten Augenblick an, als der Vorhang aufging und Sally in einem großartigen Kleid aus der damaligen Zeit sich zeigte und in ebenso großartiger Wut auf den äußerst höflichen und hübschen Lawrence in Wams und Hose losfuhr, ging sogar der lahmere Teil des Publikums mit. Nach geschickter Kürzung war nun der Ablauf der Szene ausgesprochen spritzig und wurde sozusagen von tosendem Gelächter begleitet. Beim letzten Satz Petruchios »Und kurz und gut: Wir stimmen so zusammen, daß nächsten Sonntag unsre Hochzeit ist«, auf den Katharina mit wütenden Gebärden und einem entrüsteten Abgang reagierte, brach nicht endenwollender Applaus los, bis der Vorhang fiel.

Laute Pfiffe und Schreie wie »Komm schon, Käthchen«, und »Gib's ihr, Petruchio, alter Junge«, veranlaßten das lachende Paar, noch einmal kurz zu erscheinen, und ihr endgültiger Abgang, bei dem Katharina Petruchios Ohren ziemlich wüst mißhandelte, brachte das Haus zum Rasen.

»Ein guter Start ist alles«, murmelte Sally, als sie zurückeilte, um schnell in Nerissas Gewand zu schlüpfen. Ihr Gesicht war triumphgerötet, sie war fröhlich und lachte und stieß dabei heftig mit einem Mann zusammen, der beim Kulissentragen half. Sally wäre über ihr Gewand gestolpert und gefallen, hätte sie nicht ein Arm gehalten und sie wieder auf die Füße gestellt. Eine Stimme flüsterte ihr ins Ohr: »Ich hörte, du seist rauh und wild«. Eine Sekunde zögerte sie, und es schien, als wolle sie auf die Neckerei mit Gelächter antworten. Doch dann erstarrte sie, trat zurück und zitierte gereizt: »Wo habt Ihr die gelehrte Red erlernt?« und ehe Donald mit einem weiteren Zitat zurückschlagen konnte, wie er es gerne getan hätte, war sie hinter dem Vorhang verschwunden.

Nach dieser lustigen Szene war es zunächst ziemlich schwierig, das Publikum auf die Gerichtsszene einzustimmen. Es gab zwangsläufig laute Kommentare, als die Anklagebank von der Polizeiwache sichtbar wurde, und es fielen einige respektlose Bemerkungen, als das Publikum seinen Pfarrer in dieser Umgebung erkannte. Die Freude und Begeisterung, mit der sie ihren Polizisten begrüßten, war so groß, daß sich Palmer gezwungen sah, die Stirne zu runzeln und die Hand des Gesetzes zu erheben, bevor er seine ersten Worte sprechen konnte: »Und hier, so glaub ich, kommt der Doktor schon«.

Mit Porzias Erscheinen wurden die lebhaften Gemüter im Publikum dann stiller. Inzwischen war es Lee gelungen, in den Saal zu schlüpfen, um Robin und Joan zu zügeln, die Porzias Auftritt mit einem vergnügten Quietschen »Mammi – da ist Mammi« begrüßt hatten. Kathleens Schönheit überraschte Lee erneut. Kein Wunder, daß sein ganzes Herz aus Antonios Augen sprach, als er das große blonde Mädchen ansah, die so glaubwürdig sprach und so ruhig, so vernünftig um Gnade bat. Lee seufzte erleichtert. Nicht einmal der Anblick der allzu vertrauten Anklagebank, noch das laute Geleier des Polizisten, der aus den Kulissen ab und zu hörbar vorgesagt bekam, konnten der Würde und Leidenschaft dieser berühmten Szene Abbruch tun. Ihre Wirkung war durch nichts mehr zu beeinträchtigen.

Aber hier trat wie gewöhnlich das Schicksal dazwischen. Die

Szene ging fast ihrem Ende zu, die Spannung war auf ihrem Höhepunkt angelangt, Palmer hatte feierlich, wenn auch etwas schleppend mit seinem letzten Einsatz begonnen und war soeben bei den Worten »Dein halbes Gut gehört Antonio« angelangt, als ein leichtes Handgemenge an der Tür entstand und sich eine aufgeregte Stimme vernehmen ließ: »Ich sag doch, der Polizist wird gebraucht. Da bringen sich 'n paar um.«

Beim Klang dieser unheilvollen Worte verlor der Doge den Faden. Er blickte verzweifelt um sich, vergaß dann Shylock und Antonio völlig und sagte: »Wo ist das? Ich werde es ihnen zeigen«, und verschwand ohne Zögern von der Bühne, zur großen Überraschung des Publikums und zur schnell unterdrückten Belustigung der Schauspieler.

Einen Augenblick lang herrschte Verwirrung. Dann kam Lawrence herein, langsam und würdevoll, und sprach Shylocks Text: »Nein, nehmt mein Leben auch, schenkt mir das nicht«, und es sprach sehr für sein Talent, daß die Belustigung nachließ, und alle Antonios Antwort und den letzten tragischen Worten von Shylock: »Ich bitt, erlaubt mir, weg von hier zu gehn: Ich bin nicht wohl« still zuhörten.

Brausender Applaus brach los, als die Szene zu Ende war. Nachdem der Professor vor den Vorhang getreten war, um eine Pause von zehn Minuten anzukündigen, meinte er leise zu Miss Connor, er würde gerne wissen, was geschehen sei; Palmer hätte es wohl nicht ganz leicht, sich mit Dogengewand und falschem Bart durchzusetzen.

Hinter den Kulissen herrschte eifrige Geschäftigkeit. Die Anklagebank verschwand, die Waldkulisse trat an die Stelle des Gerichtssaals, die Aspidistras wurden trotz Lawrences Einwänden aufgestellt, und die Schauspieler zogen sich schnell um. Lee half wieder fleißig hinter den Kulissen, und Robin und Joan, die ihre Freiheit wiedererlangt hatten, führten eine kleine Gruppe von Maori-Kindern an, mit denen sie wild den Gang hinauf- und hinunterschlitterten.

Wie groß die Begeisterung für die Aufführung war, zeigte sich daran, daß das Publikum rechtzeitig, mit zerfließendem Eis in den heißen Händen, seine Plätze wieder eingenommen hatte.

Schnell und einfach skizzierte Professor Meredith die Handlung von *Wie es Euch gefällt*, und dann teilte sich der Vorhang und zeigte die drei Schauspieler vor einem Hintergrund ungewöhnlicher Phantasiebäume und mit einem Vordergrund aus Aspidistras und Topfpflanzen. Lebhafter Applaus wurde laut, dazu Bemerkungen und Gelächter; die Tatsache, daß die Mädchen Wams und Hose trugen, fand natürlich großen Anklang im hinteren Teil des Saales, aber die Brautwerbeszene mit Rosalindes Schüchternheit und Orlandos Hartnäckigkeit belustigte alle, sogar die Kinder schauten zwar verwirrt, doch vergnügt zu. Am Ende dieser fröhlichen Szene erschien der Professor vor dem Vorhang und erklärte, daß die notwendige Pause mit einigen Shakespeare-Liedern ausgefüllt würde, gesungen von ihrem schottischen Gast, Miss Kitty Macfarlane.

Lee machte sich für eine Minute von ihrer Arbeit hinter den Kulissen frei, um zu sehen, was Robin und Joan trieben, und war dankbar, sie in der strengen Obhut des Pfarrers zu entdekken, der Joan auf dem Schoß und Robin an der Hand hielt. Dann vergaß sie sie, als eine schlanke Gestalt auf der Bühne erschien und sich sehr anmutig vor dem Publikum verbeugte. Kitty trug ein einfaches weißes Kleid, und hatte, um das ihrem Onkel gegebene Versprechen zu halten, ihre Schultern mit einer blauen, zu ihren Augen passenden Stola bedeckt. Sie sah hinreißend aus und lächelte nur, als gierige Pfiffe sie begrüßten, hob dann halb im Scherz ihre kleine Hand, um sie zu beruhigen und begann lieblich »Komm denn Liebchen, küß mich herzig«. Das Publikum war hingerissen, und der Applaus so anhaltend, daß Kitty sich nach den Shakespeare-Liedern immer wieder verbeugen mußte. Schnell lief sie hinter die Bühne, wo Sally sie mit einem barschen Befehl empfing: »Geh zurück und sing weiter. Der verdammte Reißverschluß steckt.«

Gehorsam trat Kitty wieder auf, hielt inne, lächelte das Publikum an und sagte ganz bescheiden: »Von Shakespeare kann ich keine Lieder mehr, aber wenn Sie möchten, singe ich Ihnen ein schottisches Lied, das Sie alle kennen«, und im nächsten Augenblick lauschte der überfüllte Saal begeistert »Loch Lomond«. Wenn die Gebildeteren über diese Shakespeare nicht unbedingt angemessene Einlage auch leicht belustigt waren, so brachte Kittys liebliche Stimme und ihre treuherzige Erklärung alle Kritik zum Schweigen. Das Klatschen und Stampfen am Ende der alten Ballade war sogar noch ungestümer als nach den anspruchsvolleren Liedern.

Die Krise hinter den Kulissen war überwunden. Der Reißverschluß funktionierte wieder, und Sally war bereit, in den Wald zu eilen und die Welt wieder in Ordnung zu bringen. Das Vergnügen der Zuschauer war ungeteilt, und als die ganze Schauspieltruppe sich zum Schluß bei den Händen nahm und vergnügt die ersten Schritte eines Bauerntanzes tanzte, erhob sich alles und jubelte ihnen zu. Sogar gebildete Besucher stimmten mit ein, als die Schauspieler immer wieder gedrängt wurden, vor dem Vorhang zu erscheinen, und als er sich dann doch schloß, wurde das allgemeine Urteil ganz wahrheitsgemäß, wenn auch nicht ganz formvollendet von einem leicht angetrunkenen Mann ausgesprochen, der darauf bestand, der entsetzten Mrs. Harvey die Hand zu schütteln und lauthals zu verkünden »das war ein verdammt gelungener Abend, mit Pfarrer, Polizist und allem Drum und Dran«.

16

Alle waren müde, als die Vorstellung zu Ende war, offensichtlich außer Mrs. Harvey. Sie verursachte eine beträchtliche Verzögerung, da sie darauf bestand, die Schauspieler den berühmteren Besuchern vorzustellen, deren Bekanntschaft zu machen ihr irgendwie gelungen war. In all das wurden Lee und Andrew einbezogen, und Miss Connor wurde besonders nachdrücklich erwähnt.

»Miss Connor, unser englischer Gast, die Tochter eines unserer hervorragendsten Diplomaten. Und ihre Nichte, Mrs. Marsden, die diesen Sommer ihren akademischen Freunden Tür und Tor geöffnet hat und unsere Aufführung so ermöglichte. O ja, und das ist ihr Mann, der, der ... «

»Der sich damit begnügte, hinter den Kulissen zu wirken und trotzdem der beste aller Gastgeber war«, warf Tante Hester höflich ein.

»Nett von dem alten Mädchen«, sagte Andrew später zu seiner Frau. »Ich wollte gerade sagen: ›ihr Mann, der die Schafe schlachtete, von denen sich die Gäste nährten, die das Haus heimsuchten, das Lee füllte‹.«

Alle waren sehr freundlich und des Lobes voll und sagten das Übliche, daß sie zum Beispiel nie erwartet hätten, eine so hervorragende Aufführung in einem kleinen Dorf zu sehen. Lawrence nahm zahllose Komplimente selbstgefällig und gekonnt entgegen, während Sally bald gelangweilt aussah, sich auf die Bühne schlich und begann, die Kostüme und andere Utensilien, die in der Garderobe herumlagen, einzusammeln. Lee wollte ihr gerade nachgehen, als sie sah, daß Donald Harvey sich aus der Gruppe gelöst hatte und die beiden in eine ernste Diskussion verwickelt waren. Von ferne gesehen, schien es friedfertig dabei zuzugehen, und Lee begann wieder Hoffnungen zu hegen.

Jetzt kam Jack Palmer herein, nun in Uniform, über dem Arm sein faltenreiches Dogengewand aus Mrs. Harveys Eßzimmervorhängen. In der Hand hielt er den falschen Bart, sein Benehmen war schüchtern und entschuldigend. Als Lee ihn sah, schob sie ihn nach vorne, fest entschlossen, daß auch er etwas von den Glückwünschen abbekommen sollte.

»Das ist der liebenswürdige Mr. Palmer, der uns soviel geholfen hat und als Doge so gut war. So ein Jammer, daß er wegen irgendwelcher Schwierigkeiten so eilig weggerufen wurde.«

Sie quetschten ihn nach Einzelheiten aus. Bestimmt irgendein gräßliches Verbrechen? Palmer strahlte sie alle beruhigend an. »Nichts Schlimmes, nur ein paar alberne Burschen, die einmal über die Stränge schlagen wollten, weil sie hier nur Gäste und Fremde sind. Mit dem Bart und allem dachten sie erst, ich würde sie zum Narren halten, aber als ich ihre Namen aufschrieb, ist ihnen das vergangen. Hier ist Ihr Vorhang, Mrs. Harvey, ich hoffe unbeschädigt. Ich fürchte nur, daß der Bart etwas gelitten hat, einer der Jungens war albern und hat daran gezogen.«

Auf den Bart, versicherte ihm Kathleen, komme es überhaupt nicht an. Er sei aus der Flickenkiste, mit der die Kinder gerne spielten. Bei der Erwähnung der Kinder schauten sich alle um, und Mrs. Harvey rief dramatisch: »Die lieben Kinder! Wo sind sie denn, und wer paßt auf sie auf?«

Die Fremden ergriffen schnell die Flucht, offenbar entschlossen, sich nicht auf ein Drama oder auf eine Suche einzulassen, die die halbe Nacht dauern konnte. Sofort entstand leichte Panikstimmung, die noch dadurch erhöht wurde, daß Mrs. Harvey klagte, sie könne unmöglich überall zu gleicher Zeit sein und sie sei natürlich als Gastgeberin verpflichtet gewesen, sich um ihre hochverehrten Gäste zu kümmern.

Ausgerechnet in diesem Augenblick bemerkte jemand dummerweise, daß die Flut stark sei und beinahe schon gegen die ersten Stufen zum Saal schlage. Kathleen wurde ziemlich blaß und sagte zerstreut: »Donald. Wo ist Donald?«

Als er seinen Namen hörte, brach Donald das offensichtlich sehr heftig gewordene Streitgespräch ab und eilte zu seiner Familie. »Die Kinder? Nein, die habe ich seit Ende des Spiels nicht mehr gesehen. Ich dachte, sie wären bei dir, Mutter.«

Alle sahen schuldbewußt aus und begannen, sich zu entschuldigen, insgeheim tadelte jeder den anderen. Jack Palmer war der erste, der aktiv half und sich im Dorf umsah. Kathleen ging schnell durch den Saal, falls sie auf einem der Sitzplätze eingeschlafen sein sollten, während Lee die Bühne und die Nebenräume absuchte. Sie waren nicht zu finden, und die Suchenden schauten sich schweigend und mit ängstlichen Blicken an.

»Das Wasser ... «, begann Mrs. Harvey hysterisch. »Bei Flut ist es hier ganz in der Nähe schon tief.«

Kathleen sagte lediglich: »Ich glaube nicht, daß sie bei Dunkelheit ins Meer gehen.«

»Nicht absichtlich, aber ... «

Lee mußte sich beherrschen, um ihr nicht zu sagen, sie solle den Mund halten. Dann hörten sie in der Stille schnelle Tritte die Stufen hinauflaufen, und Kathleen rief mit ungeheurer Erleichterung: »Hugh! O Hugh, gut, daß du da bist. Die Kinder. Wir haben sie verloren«, und zum ersten Mal bebte ihre Stimme.

Hugh Knight ging schnell durch den Raum und legte den Arm um sie. »Meine Liebe, es ist ihnen nichts passiert. Ich habe sie zufällig mit den Maori-Kindern auf ihrem Weg zum *pa* am Strand getroffen. Ich habe sie in mein Auto geholt, sie gut eingepackt und jetzt sind sie fest eingeschlafen. Ich habe Palmer schon Bescheid gesagt, es ist alles in Ordnung.«

Sie schmiegte sich an ihn und sah ihn mit einem vertrauensvollen Blick an. Hugh, der erst jetzt merkte, daß ihr Geheimnis nun nicht länger ihnen gehörte, drehte sich zu der erstaunten Mrs. Harvey um und sagte ruhig: »Wissen Sie, Kathleen hat mir versprochen, mich zu heiraten, wenn ich – tja, wenn eine andere Stelle frei ist. Kathleen, heute abend habe ich die Zusage bekommen, daß ich in allernächster Zeit versetzt werde. Ich hoffe, Mrs. Harvey, Sie werden uns Glück wünschen.«

Mrs. Harvey war eine volle Minute lang absolut sprachlos. Dann schienen sie nur zwei Gedanken zu beschäftigen. »Zum *pa*. Ach du meine Güte, welch niedriger Instinkt – was ist nur mit ihnen los? Und mein lieber Herr Pfarrer, warum denn eine andere Stelle? Ich weiß, daß Ihr Häuschen klein ist, aber wir haben ein großes Haus und könnten euch alle miteinander aufnehmen.«

Er antwortete mit geduldiger Höflichkeit. »Die Kinder? Die sind schon richtig. Sie brauchen nur vielleicht einen Vater. Was Ihr freundliches Angebot betrifft, so darf ich vielleicht sagen, daß es ganz Ihrer Persönlichkeit entspricht.«

An dieser Stelle schlich Lee sich davon, um dann später, im sicheren Eßzimmer, zu lachen. »Ihrer Persönlichkeit entspricht. O Tante Hester, das glaube ich auch.«

Miss Connor bedachte sie mit einem strengen Blick. »Meine liebe Lee, du bist müde. Der Pfarrer wird sich meiner Ansicht nach sehr höflich aus dieser schwierigen Affäre ziehen. Mein lieber Vater hat immer gesagt, daß Takt eine der vornehmsten Eigenschaften eines Geistlichen ist, und ich glaube, dieser Mann ist ein guter Geistlicher.«

Sally stand allein auf der Bühne und sortierte und faltete mit stiller Verbissenheit Kostüme und alles, was ihr in die Hände kam. Als Lee ihr vom neuesten Stand der Dinge erzählte, sagte sie nur: »Wie schön für Kathleen. Guck doch mal, wem gehört denn dieses Tischtuch?«

Donald war verschwunden, auf geheimnisvolle Weise auch sein Auto. »Wo ist er hingegangen?« fragte Mrs. Harvey weinerlich, denn sie litt noch immer unter den Folgen des zweifachen Schocks. »Er war hier, als der Pfarrer sagte, den Kindern gehe es gut. Wahrscheinlich ist er schon nach Hause vorausgefahren. Ich finde, er hätte mit seiner Abfahrt ruhig warten können, aber Donald ist alles andere als hilfsbereit.«

Sie wurden auch ohne ihn fertig, aber wegen einer ärgerlichen Verzögerung mit Andrews Wagen war es schon nach Mitternacht, als das Grüppchen sich in Lees Haus im Eßzimmer versammelte, um auf das Neue Jahr zu trinken, »voll stolzen Triumphs«, wie der Professor es so nett ausdrückte. Bei sich dachte Lee, daß niemand triumphierender aussah als ihr Mann, und zwar ohne jeden Grund, denn nicht einmal Donald hatte weniger getan, um zum Gelingen des Abends beizutragen.

Das sagte sie ihm, bevor sie eindöste, und er lachte: »Natürlich triumphiere ich. Es ist vorbei. Morgen – nein, an diesem Tage noch werden alle abreisen, und dann haben wir's geschafft.«

Lee setzte sich plötzlich im Bett auf und zündete die Kerze wieder an.

»Was ist denn los? Natürlich kannst du es Tag nennen, aber schlafen mußt du jetzt trotzdem«, brummte Andrew, aber sie griff nach dem Buch neben dem Bett.

»Ganz genau. Es ist ein neuer Tag. Der allererste im Jahr. Ich möchte nachsehen, was die Planeten sagen«, und sie fing wild zu blättern an. Dann hielt sie inne, und es kam ein leises trauriges Lachen. »O je, das ist nicht sehr schön. Hör dir das nur an. ›Zu großes Selbstvertrauen in der Zukunft kann zum Unglück führen, aber der Beistand von Freunden wird Abhilfe schaffen. Wenn die Krise kommt, vergeuden Sie keine Zeit.‹ Das gefällt mir gar nicht. Was wohl mit ›Unglück‹ gemeint ist? Und ich wünschte, du hättest nicht so viel Selbstvertrauen.«

»Das Unglück finde ich weniger schlimm. Mir gefällt nur der Beistand von Freunden nicht. Den haben wir zur Genüge genossen. Damit reicht es. Blas bitte die Kerze aus. Es ist schon nach eins.«

Ein paar Stunden später wurden sie von Parsivals anhaltendem Gekläffe geweckt, der jetzt in der Waschküche schlief. Andrew fluchte leise vor sich hin. »Dieser verdammte Köter. Was hat er denn jetzt? Er wird die Arbeitshunde wecken.«

Lee murmelte etwas verschlafen und setzte sich dann auf. »Aber Parsival macht nachts nie Lärm. Sicher stimmt etwas nicht mit ihm. Vielleicht will er rausgelassen werden.«

Andrew preßte den Kopf wieder fest ins Kissen. »Er kann bis morgen warten. Ich bin doch nicht Parsivals Kindermädchen«, und dann drehte er sich zum Einschlafen um.

Aber jetzt wurde das Bellen lauter und klang jämmerlich. Lee schwang widerwillig ihre Beine aus dem Bett. »Ich kann nicht liegenbleiben und mir das anhören. Vielleicht ist es ein Einbrecher.«

»Um Himmelswillen«, begann Andrew gereizt, und dann verstummte er plötzlich. »Was ist das? Riecht das nicht nach Rauch?« und im nächsten Augenblick sprang er aus dem Bett und öffnete die Tür.

Ihr Zimmer führte direkt ins Wohnzimmer, denn Gänge gab es in dem alten Haus nicht. Im nächsten Raum war keine Spur von Feuer, aber aus der Küche drang langsam dicker Qualm, gemischt mit einem gräßlichen Geruch. Andrew brüllte: »Wacht alle auf. Die Küche steht in Flammen«, und stieß dabei heftig mit dem Professor zusammen, der aus seinem Zimmer kam.

Einen Augenblick lang herrschte wildes Durcheinander. Die Nacht war sehr dunkel, und das Haus glich einem finsteren Keller. Andrew rief Lee zu: »Zünde eine Kerze an. Nein, bring die Taschenlampe. Sind Sie es, Professor? Wir wecken besser Tante Hester.«

Aus dem Schlafzimmer kam Lees verzweifelte Stimme: »O Andrew, die Taschenlampe ist ausgebrannt. Ich bringe eine Kerze. Aber erst muß ich Parsival rauslassen. Vielleicht steht auch die Waschküche in Flammen.«

»Laß Parsival in Ruhe«, rief Andrew aufgeregt, als er sich in der pechschwarzen Dunkelheit durch die Küche tastete. »Verstehst du denn nicht, daß Sally schläft und ihr Zimmer wahrscheinlich jeden Moment zu brennen anfangen kann? Bring die Kerze und geh wieder raus, du kannst hier nicht helfen.«

Er tappte vorwärts, wobei er Streichhölzer anzündete, die sofort ausgingen, anstatt die Umgebung zu erleuchten. Das Zimmer schien ganz angefüllt zu sein mit Qualm und Menschen, denn inzwischen war Cynthia aus ihrem Wagen bis zu ihnen vorgedrungen, Miss Connor war aus ihrem Zimmer gekommen, der Professor versuchte, seine Kerze anzuzünden, und Lee bemühte sich verzweifelt, sich an allen vorbeizudrängen und in die Waschküche zu gelangen. Wohin man sich auch wandte, jeder stieß mit jedem zusammen oder trat jemand auf den Fuß.

Aber wo war das Feuer? In der Küche war Qualm, aber der Ofen war schon seit Stunden aus. Der Kamin war auch in Ordnung. Andrew, noch ganz verschlafen und von den vielen Leuten verrückt gemacht, so daß die Küche ihm wie eine pechschwarze Hölle erschien, brauchte einige Minuten, bis er merkte, daß der Qualm unter der schlecht schließenden Tür von Sallys Zimmer hervorkroch und daß der gräßliche Geruch von brennendem Kapokhaar kam. Er rief ihren Namen, tastete nach dem Türgriff, und bevor er ihn finden konnte, hörte man im Zimmer das Geräusch von zersplitterndem Glas. Verzweifelt rief er den anderen zu: Das Zimmer muß die reinste Hölle sein. Jetzt ist das Fenster kaputt. Und ich kann die Türe nicht öffnen. Mein Gott, sie ist zugeschlossen.«

Zum Glück war die Tür wie der größte Teil des Hauses schlecht gebaut und dünn. Als er sich kräftig dagegen warf, spürte Andrew, wie sie nachgab, und im nächsten Augenblick rief eine Stimme von drinnen: »Ist alles in Ordnung. Ich habe das Fenster eingeschlagen, um reinzukommen. Ich habe sie gepackt, und Grant hilft mir. Das Bett brennt.«

Andrew brach die Tür auf, als Grant gerade von außen rief: »Ich habe sie draußen. Es ist ihr nichts passiert. Holt schnell Wasser für das Zimmer.«

Dann wurde eine starke Taschenlampe in seine Hand geschoben, und Lawrence sagte hinter ihm: »Hier ist der erste Eimer, gieß ihn drauf, während ich den nächsten hole.«

Jetzt konnte Andrew erkennen, daß das Bett schwelte und eine Flamme an der Wand hochzukriechen begann. Der Nachttisch brannte langsam; der Qualm von brennendem Kapokhaar benahm einem den Atem. Lawrence begann heftig zu husten, aber seine Geistesgegenwart ließ ihn nicht im Stich. »Kannst du die Bettdecke erwischen? Man muß sie zum Fenster hinauswerfen, sie wird ewig weiterbrennen.«

Das gelang ihnen mit vereinten Kräften, und die Luft wurde wieder besser. Schnell bildeten sie eine Löschmannschaft, wobei jede Art von Gefäß Verwendung fand. Cynthia hatte die Bratpfanne gepackt und Lee die Milchkanne, während der Professor und Tante Hester, da sie nichts anderes fanden, alle falsche Scham in den Wind geschlagen hatten und sich nun mit einem der heikleren Teile von Alf Parsons Toilettegegenständen in der Hand näherten.

In Kürze war die Wand durchweicht, der Tisch gelöscht und die schwelende hölzerne Bettstatt nach draußen befördert. Die Helfer waren eifrig, aber es waren zuviele, und ihre Bemühungen wurden außerdem noch von Parsival behindert, der zwar der Held des Tages war, ihnen aber zur Last fiel, weil er von einem zum anderen rannte, die Leute zu Fall brachte und qualvoll aufheulte, wenn ihn jemand trat. Als sich die ganze Gesellschaft langsam von ihrem Schock erholte, begann sich Gereiztheit breitzumachen. Sie gerieten einander in den Weg, beschimpften sich, machten sich mit schlecht gezielten Wassergüssen naß und richteten eigentlich mehr Schaden an, als es das Feuer getan hatte. Aber schließlich war es ganz erloschen. Die Matratzenreste brannten draußen auf dem Gras. Tisch und Bett waren in den Hinterhof gebracht worden. Nur ein gräßlicher Geruch blieb zurück und die Gewißheit, daß sie dank Parsival einem schlimmen Unglück entgangen waren.

Als sich das erste Licht der Sommerdämmerung am Himmel zeigte, befand sich die ganze Gesellschaft in der Küche, wo sie nun in sonderbarem Aufzug Tee trank. Der Professor und Miss Connor waren, wie es ihrem Alter entsprach, anständig mit einem Morgenrock bekleidet, auch in einer schwierigen Situation konnte man sich nur sittsam bedeckt sehen lassen. Lawrence sah in seinem klatschnassen Morgenrock äußerst lustig aus, und Cynthia trug ein Negligé, das in der Nähe des Feuers lebensgefährlich geworden wäre. Grant hatte noch Zeit gefunden, über seinen Schlafanzug Ölzeug anzuziehen, und sah daher erhitzt und unbehaglich aus, und Andrews Schlafanzug war geschwärzt und versengt. Lee hatte in ihrer ersten Panik nicht daran gedacht, etwas anzuziehen, aber sobald die Gefahr gebannt war, hatte Andrew sie in seinen eigenen Morgenrock mit strengen Worten eingewickelt. »Zieh das an, oder geh zurück ins Bett.«

Zurück ins Bett? Niemand dachte auch nur ans Bett. Man dachte überhaupt wenig, denn alle waren vom Schlaf und vom Qualm benommen. Als dann jemand sagte: »Möchte nur wissen, wie es angefangen hat«, und Andrew brummig erwiderte: »Ich wette, Sally hat im Bett geraucht. Ich habe Tante Louisa so oft darüber schimpfen hören«, wandten sie sich plötzlich um und sahen einander in erschrockenem Erstaunen an.

»Übrigens«, fragte Lee schuldbewußt, »wo ist Sally und wie geht es ihr?« Es war höchst verwunderlich, daß niemand früher daran gedacht hatte, sondern daß alle sich damit begnügten zu wissen, daß sie sich draußen in Sicherheit befand und wahrscheinlich versorgt wurde. Was, wie Andrew böse bemerkte, eigentlich mehr sei, als sie verdient habe.

Grant sagte: »Sie ist schon wieder zu sich gekommen, und ich habe sie in einen Sessel auf der Veranda gesetzt. Ich bin sicher, daß ihr nichts passiert ist.«

»Nein«, sagte Miss Connor ruhig. »Sie hat sich wieder erholt, und Mr. Harvey ist bei ihr. Ich glaube nicht, daß sich noch jemand um sie kümmern muß.«

Aber damit konnte Lee sich nicht zufrieden geben. Sie mußte einfach wissen, ob es eine Versöhnung gegeben hatte oder ob sie sich noch stritten. Aber man konnte sich doch wohl nicht mit einem Mann streiten, der einem das Leben gerettet und einen aus einem brennenden Bett getragen hatte? Da sie es als Gastgeberin für ihre Pflicht hielt, sich zu vergewissern, daß es Sally gutging, schlich sich Lee weg und begab sich zur Veranda.

Was sie sah, war enttäuschend. Im Dämmerlicht war weder

etwas von Streit noch von Versöhnung zu entdecken. In Donalds Mantel gewickelt war Sally in einen großen Sessel gepackt, und Donald hockte lässig auf dem Verandageländer. Sie unterhielten sich nicht, was eigentlich ein gutes Zeichen war, dachte Lee, denn wenn sie sprachen, stritten sie sich. Andererseits konnte es bedeuten, daß Sally einen ziemlichen Schock abbekommen hatte.

»Geht es dir gut, Sally? Was ist denn passiert?«

Sally setzte sich auf, munter wie immer. »Ich habe *nicht* geraucht. Zwar bevor ich zu Bett ging, aber ich weiß ganz genau, daß ich die Kippe ausgemacht habe. Und Donald sagt, das Fußende habe gebrannt. Wie soll das von meiner Zigarette kommen?«

»Natürlich hat sie geraucht, ist dann eingeschlafen und hat die Kippe fallen lassen, so daß die Steppdecke Feuer gefangen hat«, berichtigte Donald ruhig. »Es ist ein Wunder, daß sie nicht verbrannt ist. Eine gräßliche Angewohnheit, im Bett zu rauchen. Das wird sie aufgeben müssen, wenn sie mit mir verheiratet ist.«

Auf diese Bemerkung schien es keine Antwort zu geben. Jedenfalls gab Sally keine, und Lee sagte verlegen: »Donald, wie kam es, daß du hier warst, und wie wußtest du, daß es brannte?«

Er sagte leicht verwirrt: »Um ehrlich zu sein, ich war wahnsinnig schlechter Laune. Alles ihre Schuld.«

»Ist deine eigene Schuld. Du hattest schon immer schlechte Laune.«

»Dem kannst du abhelfen, wenn wir verheiratet sind – aber kümmere dich erst mal um deine eigene. Dieser Saal und Mutter, die die große Dame spielte, und die Kinder, die verschwunden waren, alles stand mir bis oben, deshalb habe ich alleine eine Spazierfahrt gemacht. Es war eine herrliche Nacht«, fügte er zu seiner Verteidigung hinzu.

Lee lachte. »Ich kann diese Nacht überhaupt nicht herrlich finden. Aber erzähl weiter, Donald.«

Dann fuhr ich nach Hause und stellte den Berg hinunter den Motor ab, deshalb hörte ich den Hund bellen. Ich guckte das

Haus an und sah Rauch aus einem der Fenster quellen. Ich wußte nicht, daß es Sallys Fenster war; ich ging der Sache nach und sah ein brennendes Bett. Gerade da kam Grant dazu. Der Hund hatte auch ihn geweckt. Er sagte, daß es Sallys Zimmer sei, so warf ich das Fenster ein und kletterte hindurch, und da lag dieses Mädchen in tiefem Schlaf. Wie lange nimmst du übrigens schon Schlaftabletten?«

Zum ersten Mal klang Sallys Stimme beschämt, aber sie antwortete herausfordernd: »Erst seit ich dich wieder getroffen habe. Auch deine Schuld. Der nette Arzt aus Ruru hat sie mir gegeben, als er den Professor besuchen kam. Ich habe ihm in der Koppel mit meiner Jammergeschichte aufgelauert. Es ist das erste Mal in meinem Leben, daß ich welche nehme.«

»Und du tust gut daran, nie wieder welche zu nehmen. Na ja, da lag sie also auf einer schwelenden Matratze und in diesem gräßlichen Gestank. Ich habe sie dann durchs Fenster gehoben, und Grant hat sie hierher gebracht. Die frische Luft hat ihr gut getan, sie hat nichts abbekommen – und ich hoffe, das wird ihr eine Lehre sein.«

»Und dir auch«, sagte Sally, wobei sie sich aufsetzte und wie üblich unbekümmert lachte. »Fünf verlorene Jahre, ich bin praktisch eine alte Jungfer und du ein eingefleischter Junggeselle, und das alles nur, weil du so schrecklich aufbraust.«

»Und das alles nur, weil du ein intellektueller Snob warst und einen Wissenschaftler und keinen einfachen Farmer heiraten wolltest.«

»Das ist nicht wahr«, schrie Sally hitzig; Donald kletterte schnell vom Verandageländer, und Lee ergriff hastig die Flucht.

Sie waren sich alle einig, daß es keinen Zweck mehr hatte, ins Bett zurückzugehen. Andrew machte den Ofen an, und alle versuchten, Qualm und Ruß mit möglichst wenig heißem Wasser zu entfernen. Inzwischen war es heller Tag, Donald war gegangen, und die Gäste merkten, daß sie Hunger hatten. Sie sollten alle im Haus frühstücken, erklärte Lee. Die drei Zeltbewohner sollten keine eigenen Kochversuche unternehmen. Zu ihrem großen Erstaunen unterstützte Andrew ihre Einladung. »Am letzten Morgen braucht ihr euch darum nicht zu kümmern.

Ihr fangt besser mit Packen an«, sagte er munter, und Lee wurde für ihren Mann rot.

Er bestand darauf, ihr beim Kochen zu helfen, und als er schwungvoll eine Scheibe Schinken nach der anderen in die Pfanne warf, versuchte Lee zu protestieren. Mit gewichtiger Miene öffnete er ein weiteres Paket. »Das ist ein Fest«, flüsterte er ihr liebevoll ins Ohr.

17

»Seid ihr sicher, daß ihr heute abreisen wollt?« fragte Lee, wobei sie entschlossen dem flehenden Blick ihres Mannes auswich. »Ich meine, ihr müßt nach dem Theaterspielen und dieser grausamen Nacht schrecklich müde sein. Möchtet ihr nicht lieber noch ein oder zwei Tage warten?«

Aber wie es geht bei Leuten, die an einem Ort mehr als lange blieben – mit einem Mal sind alle von der Notwendigkeit überzeugt, sofort abreisen zu müssen.

»Liebling, ich muß einfach fliegen.« So Cynthia, und Lawrence als ihr Echo: »Es war ein wunderbares ländliches Zwischenspiel, meine Lieben, aber jetzt ruft die Stadt. Deswegen: die Straße frei!«

Der Professor sagte höflich: »Ich kann Ihnen beiden für diesen herrlichen Aufenthalt nicht genug danken. Aber selbst ›Der Mann, der zum Dinner kam‹ reiste einmal ab, und mein Zimmer ist bestellt.«

Sally, die nach ihrem Abenteuer blaß und mitgenommen aussah, sagte trotzdem, sie müsse reisen »Aber du kannst nicht fahren«, wandte Lee ein.

»Mach dir darüber keine Sorgen. Donald hat sich verpflichtet, Miss Connors Wagen zu holen, und der Dummkopf besteht darauf, mich nach Hause zu bringen. Ich weiß auch nicht, warum. Als ob eine kleine Tablette etwas schaden könnte.«

»Tante Hesters Wagen? Oh je«, wiederholte Lee erschrokken. Sich von dieser gemischten Gesellschaft zu trennen, fiel nicht so schwer, aber Tante Hester würde sie vermissen. Die Dame blieb jedoch nicht nur standhaft, sondern war auch vernichtend offen.

»Aber sicher, Liebes, und ich darf doch sagen, daß es höchste Zeit ist, daß du und Andrew, daß ihr euer Haus für euch habt. Mr. Harvey sagte mir gestern abend, daß er den Wagen völlig zufriedenstellend finde, deshalb gebe ich ihm heute einen Scheck und lege mein Schicksal in die Hände von Mr. Major, Parsivals und meines.«

Der kleine Hund hörte seinen Namen und öffnete ein Auge, schloß es aber sofort wieder. Er war von seinen heldenhaften Abenteuern und dem ungewöhnlichen Getue, das seither um ihn gemacht wurde, restlos erschöpft, sah nur sein Frauchen einmal an und legte sich dann wieder schlafen. Alle lachten und Lee sagte: »Welch ein Segen, daß du ihn damals morgens im Gestrüpp gefunden hast, Tante Hester. Wie lange das schon her zu sein scheint!«

»Das ist es wahrhaftig«, sagte Grant laut, und Lee errötete.

»Oh, das meinte ich wirklich nicht. Es war herrlich mit euch allen. Ich werde diese Zeit nie vergessen«, und sie versuchte mit einem Blick Andrew dazu zu bringen, ihre Worte zu bekräftigen.

Statt dessen wandte er sich an Miss Connor: »Mußt du wirklich so überstürzt abreisen? Du gehörst doch zur Familie, und die Familie tut sich immer zusammen, um über die Gäste zu lästern, wenn sie gegangen sind.«

Übertönt von neckenden Worten und Gelächter sagte Lee: »Liebe Tante Hester, das meinen wir wirklich ernst. Geh noch nicht.«

Ebenso leise antwortete Miss Connor, in der Stimme noch mehr herzliche Zuneigung als sonst: »Meine liebe kleine Nichte, ich muß. Wenn ich bleibe, bleibt Dennis auch, und wer weiß, wer seinem Beispiel noch folgen könnte? Andrew war sehr geduldig, aber auch bei ihm ist irgendwo eine Grenze.«

Als Lawrence startbereit war, erklärte Grant plötzlich: »Wenn es dir nichts ausmacht, alter Junge, fahre ich nicht mit.«

Es entstand ein unangenehmes Schweigen. Lee wußte zwar,

daß Andrew Grant schätzen gelernt hatte, aber trotzdem ... Sie sagte tapfer: »Nein, Grant, warum solltest du mitfahren? Bleib noch ein bißchen«, aber jetzt fürchtete sie um die Laune ihres Mannes.

Es gab jedoch keinen Grund zu irgendwelchen Befürchtungen. Grant bekam einen hochroten Kopf und erklärte, er fände es eine gute Idee, Arbeitsferien zu machen, und Mr. Macgregor habe ihm eine vorläufige Beschäftigung angeboten, wenn also Lawrence seinen Kram hinüberfahren und vor Macgregors Tür absetzen würde, könnte er selbst zu Fuß gehen.

Lawrence lachte etwas überheblich. »Herzlichen Glückwunsch, mein Junge. In Ordnung, ich werde mich um den Koffer und alles andere kümmern. Und jetzt können wir wohl starten, meine ich. Es ist zehn Uhr. Es gibt nichts besseres, als früh zu reisen.«

Sie versammelten sich alle, um ihn zu verabschieden, und plötzlich empfand Lee eine bisher unbekannte Zuneigung für Lawrence. Schließlich hatte hauptsächlich er einen großen Erfolg aus den Theaterstücken gemacht, und er hatte die Niederlage, die er bei Kitty erlitten hatte, sehr sportlich genommen. Außerdem hatte er nie auch nur andeutungsweise an die schreckliche Situation erinnert, als er zutiefst gedemütigt und mit einem zerstörten Selbstbewußtsein an seiner Zelttüre gestanden hatte und sie und Tante Hester beschämt an ihm vorbeigeschlichen waren.

Miss Connor, merkte Lee, empfand dasselbe, denn sie verabschiedete sich von Lawrence herzlich und ging sogar so weit zu sagen, sie habe sich gefreut, die Gesellschaft eines Künstlers genießen zu dürfen. »Ich war erstaunt festzustellen, wie sehr die Kunst in den Kolonien fortgeschritten ist, sie hat in der Tat meinen Horizont überschritten«, fügte sie humorvoll hinzu, »aber sie hat trotzdem die Kultur wesentlich gefördert.«

Lawrence zeigte sich von diesem Lob beeindruckt und beugte sich sehr galant über ihre Hand, die nicht mehr ganz so weiß und makellos war wie vor ungefähr einem Monat.

Er sagte dem Professor fröhlich auf Wiedersehen. »Und ich hoffe, Sir, daß Sie mir Ihren Unfall vergeben«, worauf der

Professor, wie man es nicht anders erwartet hatte, antwortete, daß er ihm mehr als vergeben habe, denn ohne die zerbrochene Flasche wären ihm diese herrlichen Ferien nie in den Schoß gefallen.

Damit hatten Lawrences schöne Reden sich erschöpft. Er verabschiedete sich kurz von Sally, gab der Hoffnung Ausdruck, daß sie ein Förderer ländlicher Kultur werden möge, sobald sie Mrs. Harvey in die Flucht geschlagen habe, was ihm einen finsteren Blick eintrug. Er küßte Lee leidenschaftlich, aber trotz dieser rein konventionellen Geste erntete Lawrence von Andrew einen noch finstereren Blick als von dessen Kusine. Seinem widerwilligen Gastgeber schüttelte er die Hand und gab unaufgefordert das Versprechen, sie im Laufe der Zeit noch einmal aufzusuchen. Zu Cynthia sagte er nur: »Dich sehe ich ja dann heute abend«, und ließ damit eine kleine Gesellschaft zurück, die brennend neugierig war, wie und wo dieses Treffen stattfinden würde. Dann kletterte er in seinen eleganten Wagen, winkte anmutig und war verschwunden.

Cynthia zeigte keine ungebührliche Eile, ihm zu folgen. Sie hatte sich, überlegte Lee, äußerst gut benommen und sie würde zweifellos ihre Belohnung erhalten – wenn man die unbeständige und anspruchsvolle Zuneigung von Lawrence Dean als Belohnung betrachten konnte. Als sie diese Bedenken ihrer Tante mitteilte, erwiderte Miss Connor, sie halte Miss Jordan für eine sehr tüchtige junge Frau mit einem starken Willen, und erinnerte daran, daß der frühere Gouverneur zu bemerken pflegte, eine entschlossene Frau könne jedem Mann Glück oder Unglück bringen.

Wie dem auch sei, Cynthia verabschiedete sich sehr freundlich und verdiente eigentlich nach ihrer Abfahrt Sallys Kommentar nicht, sie könne es sich leisten, Lawrence beim Start einige Zeit vorzugeben. »So ein Auto holt ihn leicht, wenn auch nicht für immer ein.«

Lee sah den Professor nur ungern gehen. Er verabschiedete sich von Andrew, Tante Hester und ihr mit unbeschreiblichem Charme. Wie schade, daß die beiden guten Alten nicht vergnügt zusammen abfuhren, mit der Absicht, die – nach Lees Meinung

– wenigen, ihnen noch verbleibenden Jahre in harmonischer, kultivierter Gemeinsamkeit zu verbringen. Es kam jedoch von niemandem sonst irgendein Zeichen der Rührung. Miss Connor war äußerst herzlich, aber völlig distanziert; nach seiner Abfahrt meinte sie, er sei ein ungewöhnlich netter Mensch, und sein Besuch habe ihr Freude gemacht. »Ich finde es sehr interessant zu entdecken, wie hochgebildet die Lehrkräfte an den Universitäten in den Kolonien doch sind. Sie halten unbedingt den Absolventen von Oxford oder sogar Cambridge stand.«

Danach sagte Lee traurig zu sich selbst und später zu Andrew, sie habe sich vielleicht doch geirrt, wenn sie angenommen habe, Tante Hester und der liebe Professor hätten je daran gedacht, bis an ihr Lebensende glücklich vereint zu sein.

Der aufregendste Augenblick kam, als Donald am Steuer von Miss Connors Wagen auftauchte. Die Besitzerin selbst war bei diesem Anblick nicht halb so bewegt wie ihr zukünftiger Chauffeur. »Großer Gott«, sagte Dennis und vergaß ganz, Donald zu seiner Verlobung zu gratulieren, die er insgeheim für sehr riskant hielt. »Großer Gott, was für ein schönes Auto. Es wird eine wahre Wonne sein, damit zu fahren. Wissen Sie«, sagte er zu Miss Connor, wobei er sehr jung und begeistert aussah, »gerade dieses Modell wollte ich immer einmal kaufen. Das wird phantastisch werden.«

Tante Hester sah fröhlich aus. »Auch ich werde die Reise genießen. In dem einen Monat, den Sie Zeit haben, sollte es uns gelingen, eine ganze Menge von Neuseeland zu sehen.«

Bei einem Abschiedstee zogen alle Lee mit ihren fehlgeschlagenen Heiratsvermittlungsversuchen auf. »Trotzdem verdankt ihr zwei mir ziemlich viel«, sagte sie, um sich zu verteidigen, zu Donald und Sally. »Vielleicht habe ich manchmal daneben gehauen, aber wenn du nicht hierher gekommen wärst, Sally, hättest du Donald nie wiedergesehen. Stell dir das vor.«

»Wenn man bedenkt, daß niemand Sally eingeladen hat, sondern daß sie lediglich ein Eindringling war«, sagte ihr Vetter brutal, »dann sehe ich nicht ganz ein, worauf du dir etwas einbildest.«

Sally sah nachdenklich aus. »Es war ein eigenartiger Zufall

und ein schrecklicher Schlag, meine unselige Zukunft hier wieder erstehen zu sehen.«

»Dein unseliger Zukünftiger möchte jetzt Miss Connor den Wagen aushändigen, und dich sicher auf die Reise bringen«, kommentierte Donald ruhig, und Sally küßte alle überglücklich und flüsterte Lee zu: »Eigentlich schön, eines Tages Nachbarn zu sein – vielleicht.«

Das hörte Donald, der bestimmt sagte: »Vielleicht wird Gewißheit, oder hat das nicht Shakespeare gesagt? Dann war es jemand anders. Jetzt beeil dich, mein Kind. Siehst du nicht, daß du alles aufhältst?«

Sie fuhren vergnügt streitend ab, und Lee sah ihnen nachdenklich nach. »Ich glaube, sie werden glücklich sein, wenn sie nur nicht immer zanken würden«, sagte sie, aber Miss Connor antwortete beschwichtigend, daß manche Menschen die bedauerliche Angewohnheit hätten, ihre tiefsten Gefühle unter dem Deckmantel des Streitens zu verbergen – eine Angewohnheit, die Sally zweifellos bald aufgeben würde.

»Und nun meine liebe Nichte und mein lieber Neffe, muß auch ich mich auf meine Reise machen. Ich sehe, daß Mr. Major oder Dennis, wie er von mir genannt werden möchte, meine Koffer freundlicherweise schon in den Wagen geladen hat. Ich beginne schon, die moderne Gewohnheit anzunehmen, Vornamen mit einer Leichtfertigkeit zu gebrauchen, die mein lieber Vater nie geduldet hätte. Nichtsdestoweniger, wenn der Papst – etc., etc. Auf Wiedersehen Lee! Ich hoffe, ich werde vor deiner Abreise noch einmal mit dir zusammensein. Schöner als dieses Zusammensein kann es gar nicht mehr werden, und ich freue mich sehr darauf. Andrew, du warst so gut zu mir, du hast meine altjüngferlichen Gepflogenheiten toleriert, hast sogar Parsival toleriert. Das war sehr freundlich von dir. Auf Wiedersehen, mein lieber Junge«, und Tante Hester streckte zum Abschied eine behandschuhte Hand aus.

»Aber nicht doch, meine liebe Tante Hester«, sagte Andrew, und ohne Umschweife gab er ihr einen herzlichen Kuß und einen vertraulichen Klaps auf die Schulter, was die Dame mit äußerster Befriedigung entgegennahm.

Dennis drückte Lee die Hand und versicherte ihr, es sei eine herrliche Zeit gewesen, und er könne gar nicht glauben, daß er auf diese Weise nun noch zu dieser phantastischen Reise kommen werde. Andrew klopfte er herzlich auf die Schulter und meinte, jetzt wisse er wenigstens, wie man ein Loch fachmännisch aushebe, rief Grant »Auf Wiedersehen« zu, legte vorsichtig den Gang ein und fuhr unter wahnsinnigem Gekläffe von Parsival und dem lauten Beifall der drei auf der Veranda Zurückgebliebenen davon.

»Du lieber Himmel«, sagte Lee, »das ist ein komisches Gefühl. Nur noch du und Grant sind übriggeblieben. Wahrscheinlich wartet Kitty schon am Zaun.«

Bei diesen Worten wurde Grant verlegen und richtete plötzlich eine unzusammenhängende Dankesrede an sie beide. »Die schönsten Ferien meines Lebens ... Eine schreckliche Belastung für dich, Lee ... Soviel Glück hätte ich mir nie träumen lassen ... Das verdanke ich nur euch beiden ... Ich werde euch immer dankbar sein«, und dann machte er sich irgendwie schließlich doch auf den Weg, murmelte noch immer stammelnd Dankesworte und hörte erst damit auf, als Andrew ihn erinnerte, daß er in der Nähe blieb und man sich nicht für immer trennte.

Lee lachte, als sie die gedrungene Gestalt über dem Hügelrücken verschwinden sah. »Tja, es kann wohl niemand sagen, daß diese Ferien nicht viel Gutes getan haben. Donald und Sally. Lawrence und Cynthia. Grant und Kitty. Tante Hester und Dennis.«

»Jetzt hör aber auf. Die letzten beiden kannst du nicht als ein Paar in Verbindung bringen. Das ist unanständig.«

»Sei nicht albern. Ich meine nur, daß sie zusammengebracht wurden und nun herrliche Ferien verbringen. Das war die viele Arbeit und die Theaterstücke und Mrs. Harvey und alles wert.«

»Jetzt muß ich dir schon sagen, mein Kind, daß das alles nicht wirklich dein Verdienst ist. Deine ganze Heiratsvermittlung ist daneben gegangen. Nicht ein einziges Paar entspricht deinen Absichten. Hör also auf, dir etwas darauf einzubilden, zieh lieber deine Reithosen an, und dann machen wir einen herrlichen Ritt.«

Als sie an einem Gatter hielten, kam Lee auf ihr Thema zurück.

»Ist es nicht schade, wenn alte Leute einsam sind? Weißt du, beide, Tante Hester und der Professor, werden früher oder später einsam sein. Ist es nicht ein Jammer, daß sie sich dessen nicht bewußt sind und ...«

»Jetzt dreh es nicht noch so, daß du sagen kannst ›Ist das nicht alles mein Verdienst?‹ Mein liebes Kind, sie haben beide mehr gesunden Menschenverstand. Tante Hester ist ein guter Kamerad, aber als Frau eines Professors in einer Stadt, die sie als Provinz betrachten würde, wäre sie völlig fehl am Platz. Dem Professor würde es auch nicht gefallen. Er liebt seine Freiheit, und er würde sie nicht um alles in der Welt aufgeben.«

»Ich meine, ich hätte mehr tun können, sie mehr zusammenbringen, oder vielleicht etwas nachhelfen können ...«

Andrew sah seine Frau entsetzt an. »Nachhelfen? Was hast du bloß vor? Diese Dinge spuken dir ständig im Kopf herum. Ich mache mir allmählich Sorgen um dich. Kannst du sie nicht einfach vergessen, wo doch jetzt alles vorbei ist?«

»Ich finde, man sollte andere Menschen nie vergessen, nur weil man selbst glücklich ist«, sagte Lee mit übertriebenem Selbstbewußtsein. »Ich muß immer über Sally und Donald nachdenken. Sie scheinen nicht richtig zueinander zu passen, und ...«

An dieser Stelle öffnete Andrew entschlossen das Gatter. »Ich weigere mich, diese verdammten Liebesaffären zu erörtern. Komm schwimmen, dann wird es dir wieder besser gehen.«

So war es auch. Nach einer halben Stunde in der Brandung wies Lee die Sorgen anderer Menschen weit von sich. Was machte es schon, wenn Lawrence Cynthia noch einmal im Stich lassen sollte?

Andrew hatte recht, auch Tante Hester und der Professor waren glücklich mit ihrer Ungebundenheit. Sally und Donald würden wahrscheinlich manches Hoch und Tief erleben, aber sie schienen es gewollt zu haben.

Als sie das Andrew mitteilte, stimmte er ihr bei, sagte aber mit Bestimmtheit, falls Sally tatsächlich die Absicht hätte, derartiges in Szene zu setzen, dann besser nicht auf ihrer Schwelle hier. Er wolle ein ruhiges Leben.

Als sie nach Hause zurückgekehrt waren, besprachen sie das Problem, das sie nicht mit ihren Gästen hatten erörtern wollen. Was sollte mit Sallys Zimmer geschehen? Andrew hatte Sally dazu gebracht, nach dem Frühstück ihre ganzen Habseligkeiten herauszuholen, und dann hatte er die Türe fest verschlossen. Es war ja egal, und niemand sollte sich Sorgen machen. Wenn alles normal verlaufen wäre, hätte natürlich die Versicherung gezahlt. Aber Andrew hatte entdeckt, was er Lee nun sagte, daß der Anwalt, der mit der Übergabe beauftragt gewesen war, die Versicherung hatte auslaufen lassen. Es war möglich, daß man den Anwalt dafür haftbar machen konnte, aber es war absolut nicht sicher.

Das Zimmer sah mehr als traurig aus. Bett, Tisch und Matratze waren natürlich nicht mehr zu retten. Die Wand mußte neu tapeziert und ein Regal neben dem Bett ersetzt werden. Lee sagte sofort, es wäre noch etwas Geld von den Hochzeitsschecks übrig, und sie würden es zum Herrichten des Zimmers benutzen. Dagegen wehrte sich Andrew entschieden. »Laß es, wie es ist. Wir werden die Wand in Ordnung bringen, aber nicht den Raum neu möblieren. Dieser Sommer hat gezeigt, wie wahnsinnig es ist, drei Gästeschlafzimmer zu haben. Eins weniger kann absolut nicht schaden.«

Aber Lee schüttelte hartnäckig den Kopf. »Es ist ein nettes kleines Zimmer und kann vielleicht von Nutzen sein. Wir werden es im Winter herrichten. Ich kann keinen Schandfleck in unserem lieben alten Haus ertragen.«

Andrew sah erstaunt aus, widersprach aber nicht. Er hätte nie gedacht, daß Lee selbst in der größten Begeisterung einen einzelnen Schandfleck an einem Haus beklagt hätte, das man beim besten Willen nicht als makellos bezeichnen konnte.

18

Eine Woche später begutachtete Lee nachdenklich Sallys früheres Zimmer. Trotz Andrews Protest hatte sie ihn gezwungen, das verbrannte Regal zu ersetzen, und er hatte damit begonnen, Wände und Möbel zu säubern und den vom Feuer angerichteten Schaden zu beheben. Zum Glück waren noch einige Tapeten übrig, aber als Lee versucht hatte, die Wand zu tapezieren, war das Ergebnis so erstaunlich gewesen, daß Andrew es an einem Regentag selbst machte.

»Aber jetzt laß es so. Es wird nicht neu möbliert. Das bringt nur Einladungen mit sich.«

Lee lachte. »Ich verspreche dir, ich werde so schnell niemanden mehr einladen. Nein, um ein neues Bett wollen wir uns jetzt nicht kümmern. Aber wenn es mir gelingt, werde ich einen Tisch besorgen.«

»Warum denn? Was soll ein Tisch, wenn das Zimmer doch verschlossen bleibt? Aber nun, wenn du es wirklich unbedingt willst . . .«

Wie immer hatte er schreckliche Angst, ihr irgend etwas nicht zu gönnen. Schließlich wurde die Angelegenheit durch einen Brief von Sallys Mutter gelöst, dem ein Scheck beigefügt war.

»Meine Lieben«, schrieb sie. »Ich bin entsetzt über den Schaden, den meine böse, kleine Tochter in Eurem netten Haus angerichtet hat. Ein Glück, daß Ihr nicht alle in den Betten verbrannt seid! Nehmt es mir nicht übel, wenn ich einen kleinen Scheck schicke, um einen Teil des Schadens wiedergutzumachen. Ich hoffe, es wird ihr eine Lehre sein, nicht im Bett zu rauchen; wie Ihr wißt, habe ich sie immer davor gewarnt, aber sie hat sich nicht darum gekümmert. Sie ist ein ausgesprochen dickköpfiges Mädchen, und ich kann nur hoffen, daß Donald Harvey weiß, worauf er sich einläßt. Ich persönlich glaube kaum, daß er viel Erfolg haben wird.

Es wird Euch interessieren, was ich von dieser Verlobung halte. Ich hatte Donald nie vorher gesehen. Diese alte Freundschaft begann in Dunedin, und wir wurden natürlich in keiner Weise um Rat gefragt. Ich mag ihn gerne und Euer Onkel auch, aber ich kann mir Sally nicht auf dem Lande vorstellen, und Euch wünschte ich, ihr würdet nicht so nahe wohnen.

Ihr Vater sagte mir jedoch, ich würde ihre Anpassungsfähigkeit und die Veränderung, die das Glück bewirkt, unterschätzen. In den letzten Jahren ist sie zwar weder glücklich noch einfach gewesen, aber ich beginne jetzt eine Veränderung festzustellen. Ihre Launen sind noch immer unberechenbar, aber sie scheint nun zum ersten Mal seit ihrer gelösten Verlobung zur Ruhe gekommen zu sein, und es läßt sich viel leichter mit ihr leben. Für uns alle, wenn auch vielleicht nicht für Euch, ist es ein Segen, daß sie sich Euch so aufgedrängt hat – obwohl ich das ausgesprochen mißbilligt habe –, und so ihren jungen Mann wiedertreffen konnte. Ich danke Euch herzlich, daß ihr sie aufgenommen habt. Und verzeiht bitte das schreckliche Unglück, das sie beinahe verursacht hätte.«

Sie lasen den Brief zusammen und lachten. »Tante Louisa sagt immer ihre Meinung, und Sally hat ihr das Leben schwer gemacht.«

»Hoffentlich macht sie es Donald nicht zu schwer.«

»Ich glaube schon, aber darüber mache ich mir keine Sorgen. Er scheint es nicht anders zu wollen. Ich vermute, du willst jetzt ein neues Bett und andere Sachen kaufen, weil der Scheck gekommen ist. Ich würde das Geld zurückschicken. Ich finde es Wahnsinn, noch ein leeres Zimmer herzurichten.«

Lee lachte. »Du armer Liebling, du hast einen Horror vor Besuchern und Gästezimmern bekommen. Was war das für eine herrliche Woche. Kaum Hausarbeit und Kochen, und ich war fast den ganzen Tag mit dir draußen. Es ist ein ganz anderes Leben.«

»Das hätten wir von Anfang an haben können, wenn man uns in Frieden gelassen hätte.«

»Trotzdem, es hat Spaß gemacht, oder nicht?«

»Vielleicht jetzt, wenn man zurückblickt. Du vermißt sie doch nicht, oder? Schließlich sind es Menschen, die zu dir passen.«

Lee beantwortete diese wesentliche Frage äußerst zufriedenstellend, indem sie bemerkte, daß Andrew einen albernen Komplex entwickelt habe, unter dem viele Farmer litten, wenn sie eine Frau aus der Stadt aufs Land verpflanzten. Abschließend meinte er noch: »Jetzt ist es ja erst einmal vorbei, aber ich glaube, nächstes Jahr um diese Zeit wird es wieder losgehen. Das Haus wird gerammelt voll sein, und du wirst wieder versuchen, alle möglichen Leute miteinander zu verheiraten.«

»Ganz bestimmt nicht. Ich habe nicht die Absicht, das Haus im nächsten Dezember mit Leuten zu füllen.«

»Dann im November, jedenfalls, sobald die Universitätsferien beginnen.«

»November wäre noch schlimmer.«

»Da ist es aber nicht so heiß. Trotzdem, du hast recht. Es wäre noch schlimmer, denn dann würden sie bis Dezember bleiben.«

»Weder November noch Dezember.«

Etwas in ihrer Stimme ließ ihn aufhorchen. Gab es irgendein Geheimnis?

»Wozu diese guten Vorsätze? Du weißt, daß du dich im entscheidenden Moment doch nicht daran halten wirst.«

»O doch, ganz bestimmt. Im nächsten Sommer werden wir keine Gäste haben. Unser Baby wird dann erst fünf Monate alt sein.«

»Was? Was sagst du da?«

Lee lachte. Sie hätte nie gedacht, daß Andrew sie so fassungslos anstarren könnte, aber anders konnte man seinen Gesichtausdruck nicht beschreiben, und das sagte sie ihm.

»Kannst du nicht einmal ernst sein? Lee, stimmt das wirklich?«

Die flehende Stimme ließ ihr Gelächter verstummen, und sie sagte in einem ganz veränderten Ton: »Ja. Wirklich und wahrhaftig. Ich war vor drei Wochen bei Dr. West, als ich Lebensmittel in Ruru einkaufen mußte. Liebling, findest du das nicht schön?«

Etwas später sagte Andrew: »Aber wie bist du nur mit diesen vielen Menschen fertiggeworden? Du hast wie eine Wahnsinnige gearbeitet. Warum hast du mir das nicht gleich gesagt?«

»Weil du wütend geworden wärst und außer Tante Hester alle rausgeworfen hättest. Oh, mir ist es gut gegangen. Ich glaube, ich bin so stark wie ein Pferd. Manchmal habe ich mich etwas unwohl gefühlt, aber es war nicht schlimm. Wenn ich mich so fühlte, dann habe ich dich angefahren. Erinnerst du dich nicht, wie böse ich war?«

»Böse? Unsinn! Du warst die ganze Zeit bester Laune«, und Lee merkte überrascht, daß er es wirklich ehrlich meinte.

Später sagte sie: »Du siehst also, der Scheck deiner Tante für das kleine Zimmer kommt wie gerufen. Kein Bett, sondern eine Wiege und einen herrlichen Wickeltisch. Oh, es wird soviel Spaß machen.«

Trotz seiner wirklich ehrlichen Freude konnte Andrew nicht umhin, ein leichtes Schuldgefühl zu verspüren. Hätte er ihre Freunde etwas netter behandelt, dann hätte sie dieses aufregende Geheimnis nicht vor ihm verborgen. Das sagte er ihr jetzt.

»Ich glaube, ich habe dich ziemlich im Stich gelassen. Ich hätte mich nicht so über die Leute aufregen sollen, aber irgendwie kam es dadurch, daß du soviel arbeiten mußtest und sie immer ihren Shakespeare herunterleierten und nicht nach Hause fahren wollten. Wie konntest du das nur geheimhalten? Hat niemand etwas geahnt?« Das kam plötzlich mit ziemlicher Eifersucht heraus. Ob sie es ihrer Tante erzählt hatte?

»Natürlich hat keiner etwas geahnt. Niemand hatte auch nur den leisesten Verdacht. Ich kann, wenn ich will, unheimlich gut etwas geheimhalten. Tante Hester? Ach was, sie am wenigsten von allen. Eine unverheiratete Frau! ... Was sollte sie schon von Babys verstehen?«

In diesem Augenblick hörte man Schritte auf der Veranda, und Grant erschien mit entschuldigendem Blick und einem Brief in der Hand.

»Tut mir leid, so hereinzuplatzen, wo ihr zwei gerade ein bißchen zur Ruhe kommt. Aber dieser Brief ist in unsere Post geraten. Das Postamt hat sich geirrt. Mrs. Macgregor meinte, ihr müßtet ihn sofort bekommen, weil es ein Luftpostbrief ist.« Mit diesen Worten legte Grant den Brief auf den Tisch und zog sich zurück, denn offensichtlich hatte er gemerkt, daß er in einem ungelegenen Augenblick gekommen war.

Lee rief ihm ihren Dank nach, lud ihn zum Tee ein, erhielt aber eine Absage und nahm dann den Brief in die Hand. »Hurra, von Tante Hester, die liebe Gute. Jetzt werden wir erfahren, wie es ihr und Dennis geht. Sie wird sicher unheimlich überrascht sein, wenn sie zurückkommt, und wir ihr von dem Baby erzählen. Der Brief ist an uns beide gerichtet. Ich lese dir vor.«

»Meine liebe Nichte, mein lieber Neffe,

Wie Ihr seht, haben wir unsere Rundfahrt auf der Südinsel jetzt begonnen, und wir finden alles herrlich, was wir bis jetzt gesehen haben. Die Reise nach Wellington ist sehr gut verlaufen, wir haben nur eine Nacht in einem kleinen reizenden Hotel an der Straße verbracht. Dann sind wir mit dem Schiff übergesetzt, die Fahrt war sehr angenehm und erfreulich. Dennis ist für mich ein herrlicher Begleiter. Uns geht es beiden gut, und Parsival hat sich an das Reiseleben gewöhnt. Er setzt sich auf und sieht aus dem Fenster, und leider muß ich sagen, daß er jeden anderen Hund auf der Straße mit lautem Protest begrüßt.

Noch einmal muß ich Euch, meine lieben jungen Freunde, für die herzliche Aufnahme danken, die Ihr einer unbekannten älteren Tante gewährt habt. Ich weiß nicht, ob es Euch bewußt ist, daß Lee fast meine einzige nahe Verwandte ist? Deshalb, und weil dein Vater und ich in unserer Jugend gute Freunde waren, nehme ich mir eine kleine Freiheit heraus. Statt diesen Wagen bei meiner Abreise zu verkaufen, würde ich ihn Euch gerne schenken, wenn ich darf. Ich wäre glücklich zu wissen, daß Ihr ein zuverlässiges Fahrzeug habt.«

Hier hielt Lee inne und sah ihren Mann verwirrt an. »Andrew, das Auto. Das ist ja herrlich, ich kann es kaum glauben.«

Andrew schluckte einmal, denn er war ein Mann, dem es nicht leicht fiel, etwas anzunehmen, und die unausgesprochene Behauptung, daß sein Wagen unzuverlässig sei, obwohl das stimmte, hatte ihn aufgeregt. Aber er sagte tapfer: »Bei Gott, das ist wunderbar. Furchtbar lieb von ihr. Sie ist eine sehr großzügige alte Freundin, nicht wahr?«

»Großzügig? Sie ist ein Engel. Jetzt lese ich dir den Schluß vor, obwohl sich in meinem Kopf schon alles dreht.«

»Glaubt bitte nicht eine Sekunde, daß ich Euer eigenes ausgezeichnetes Auto unterschätze. Ich weiß, es war ein wertvoller, zuverlässiger Freund, aber zuweilen scheint es einen gewissen Widerwillen beim Start zu zeigen, und das könnte in einem dringenden Fall einmal unangenehm sein. Ich würde mir ganz besonders Sorgen machen, wenn ich denken müßte, daß Lee in einer Winternacht auf ihrem Weg zum Entbindungsheim in Ruru aufgehalten würde.«

Hier hielt Lee wieder inne und schnappte nach Luft. Dann las sie die Stelle langsam noch einmal: »Auf ihrem Weg zum Entbindungsheim«. Was bedeutete das? Konnte sie etwas geahnt haben?

Einen Augenblick lang sah Andrew verwirrt aus. Ein Mann möchte gern als erster etwas von seinem eigenen Baby wissen, überlegte er. Aber natürlich mußte diese Anspielung ein reiner Zufall sein. Sie konnte nichts geahnt haben. Was sollte Miss Connor von den Realitäten des Lebens wissen? »Sie meint so etwas wie einen Unfall. Einen Unfall, wie er dem Professor zugestoßen ist. Was schreibt sie weiter?«

Lee starrte einen Moment zerstreut auf den Brief, dann riß sie sich zusammen und fuhr fort: »Wie Ihr wißt, verlasse ich England im April, aber Ihr werdet in Gedanken stets bei mir sein. Euer Kind wird wahrscheinlich in den Wintermonaten ankommen, und ich hoffe, Ihr werdet es mich per Telegramm wissen lassen. Es ist mir durch den Kopf gegangen, liebe Lee, daß du, falls du einen Sohn bekommst, ihn nach seinem Großvater nennen solltest. Bei einer Tochter könnte der Name vielleicht abgewandelt werden. Das ist nur ein Vorschlag, und vielleicht seid Ihr nicht damit einverstanden, aber für einen zweiten Namen ginge es wohl, wenn Ihr den ersten schon festgelegt habt.«

Hier hielt Lee inne und begann zu lachen. »Und wir meinten, sie wäre so blind und unschuldig. ›Ich glaube, Euer Kind wird wahrscheinlich in der Mitte des Winters ankommen‹ – sie muß es also schon ziemlich lange gewußt haben«, und jetzt brach sie in hemmungsloses Lachen aus.

Andrew packte sie fest bei den Schultern. »Jetzt ist es wieder um dich geschehen. Wenn das passiert, bin ich auf das Schlimmste gefaßt. Was ist denn jetzt los?«

»Der Name« keuchte Lee. »Großvaters Name . . .«

»Wie hieß er? Irgend so etwas Schreckliches wie Bert?«

»Schlimmer. Augustus Horatius«, sagte Lee und vergoß ein paar hysterische Tränen.

»Augustus Horatius, großer Gott!«

»Augusta ist als zweiter Name nicht so schlimm. Ob es wohl ein Junge oder ein Mädchen wird? Warte eine Sekunde, Andrew, ich hole das Horoskopbuch . . .«

Mary Scott

Meisterin des heiteren Romans.

Von Mary Scott sind folgende Taschenbücher
im Goldmann Verlag erschienen:

Übernachtung - Frühstück ausgeschlossen. Roman (6316)
Na endlich, Liebling. Roman (3913)
Das Jahr auf dem Lande. Roman (3882)
Fremde Gäste. Roman (3866)
Das Teehaus im Grünen. Roman (3758)
Geliebtes Landleben. Roman (3705)
Zärtliche Wildnis. Roman (3677)
Oh, diese Verwandtschaft! Roman (3663)
Verlieb dich nie in einen Tierarzt. Roman (3516)
Flitterwochen. Roman (3482)
Hilfe, ich bin berühmt. Roman (3455)
Kopf hoch, Freddie! Roman (3390)
Onkel ist der Beste. Roman (3373)
Fröhliche Ferien am Meer. Roman (3361)
Das waren schöne Zeiten. Roman (2782)
Ja, Liebling. Roman (2740)
Macht nichts, Darling. Roman (2589)
Truthahn um Zwölf. Roman (2452)
Wann heiraten wir, Freddie? Roman (2421)
Zum Weißen Elefanten. Roman (2381)
Und abends etwas Liebe. Roman (2377)
Es ist ja so einfach. Roman (1904)
Tee und Toast. Roman (1718)
Mittagessen Nebensache. Roman (1636)
Frühstück um Sechs. Roman (1310)
Es tut sich was im Paradies. Roman (730)

Mary Scott / Joyce West

Das Rätsel der Hibiskus-Brosche. Roman (3492)
Tod auf der Koppel. Roman (3419)
Der Tote im Kofferraum. Roman (3369)
Das Geheimnis der Mangroven-Bucht. Roman (3354)
Lauter reizende Menschen. Roman (1465)

Goldmann Verlag Neumarkter Straße 18 8000 München 80

Danielle Steel

Träume des Lebens
6860

Es zählt nur die Liebe
8826

Alle Liebe dieser Erde
6671

Glück kennt keine Jahreszeit 6732

Nur einmal im Leben
6781

Nie mehr allein
6716

Doch die Liebe bleibt
6412

GOLDMANN

Danielle Steel

Unter dem Regen-
bogen 8634

Die Liebe eines
Sommers 6700

Palomino
6882

Schiff über dunklem
Grund 8449

Liebe zählt keine
Stunden 6692

Das Haus von San
Gregorio 6802

Der Ring aus Stein
6402

Sag niemals adieu
8917

Vertrauter Fremder
6763

GOLDMANN

Harold Robbins

Hollywood
9140

Die Moralisten
9200

Der Pirat
9247

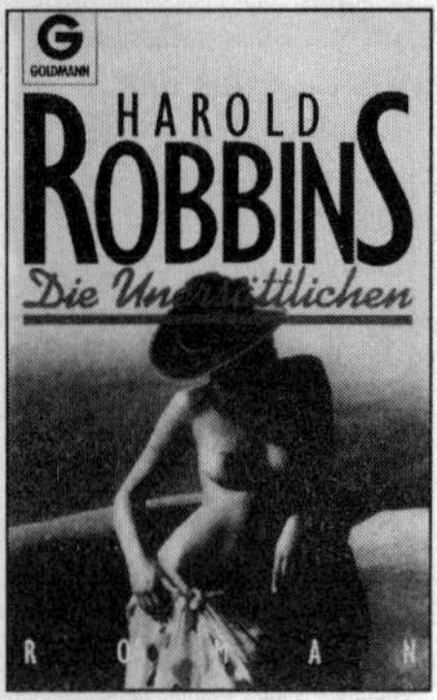

Die Unersättlichen
9281

Adieu Janette
8400

Der Seelenfänger
6830

Die Aufsteiger
6407

Die Unsterblichen
8516

GOLDMANN

Sidney Sheldon

Sidney Sheldon
Blutspur
6342

Sidney Sheldon
Diamanten-Dynastie
6758

Sidney Sheldon
Kalte Glut
8876

Sidney Sheldon
Zorn der Engel
6553

Sidney Sheldon
Das nackte Gesicht
6680

Jenseits von
Mitternacht
6325

Ein Fremder
im Spiegel
6314

Kirschblüten
und Coca-Cola
9144

Im Schatten der Götter
9263

GOLDMANN

Goldmann Taschenbücher

Allgemeine Reihe
Unterhaltung und Literatur
Blitz · Jubelbände · Cartoon
Bücher zu Film und Fernsehen
Großschriftreihe
Ausgewählte Texte
Meisterwerke der Weltliteratur
Klassiker mit Erläuterungen
Werkausgaben
Goldmann Classics (in englischer Sprache)
Rote Krimi
Meisterwerke der Kriminalliteratur
Fantasy · Science Fiction
Ratgeber
Psychologie · Gesundheit · Ernährung · Astrologie
Farbige Ratgeber
Sachbuch
Politik und Gesellschaft
Esoterik · Kulturkritik · New Age

Goldmann Verlag · Neumarkter Str. 18 · 8000 München 80

Bitte
senden Sie
mir das neue
Gesamtverzeichnis.

Name: ______________________

Straße: ______________________

PLZ/Ort: ______________________